AR NÓS AN PHÁISTE

PÁDRAIG STANDÚN

Cló Iar-Chonnacht
Indreabhán
Conamara

An chéad chló 2012
© Cló Iar-Chonnacht 2012

ISBN 978-1-905560-80-6

Dearadh: Deirdre Ní Thuathail
Dearadh clúdaigh: Outburst Design

Foras na Gaeilge

Tá Cló Iar-Chonnacht buíoch de Fhoras na Gaeilge
as tacaíocht airgeadais a chur ar fáil.

Faigheann Cló Iar-Chonnacht cabhair airgid
ón gComhairle Ealaíon.

Tá an t-údar buíoch de Chlár na Leabhar Gaeilge (Foras na Gaeilge) as coimisiún a bhronnadh air i leith an tsaothair seo.

Gach ceart ar cosaint. Ní ceadmhach aon chuid den fhoilseachán seo a atáirgeadh, a chur i gcomhad athfhála, ná a tharchur ar aon bhealach ná slí, bíodh sin leictreonach, meicniúil, bunaithe ar fhótachóipeáil, ar thaifeadadh nó eile, gan cead a fháil roimh ré ón bhfoilsitheoir.

Clóchur: Cló Iar-Chonnacht, Indreabhán, Co. na Gaillimhe.
Teil: 091-593307 **Facs:** 091-593362 **r-phost:** cic@iol.ie
Priontáil: Nicholson & Bass.

I

Sheas Stiofán Ó hAnluain os comhair balla a bhí timpeall ceithre troithe ar airde, a dhá uillinn mar phrapa faoi, i lár an ghailearaí uachtair i Músaem Van Gogh in Amstardam. Bhí sé tar éis uair an chloig a chaitheamh ag breathnú ar na pictiúir cháiliúla a tharraing an t-ealaíontóir in imeacht deich mbliana roimh a bhás. Bhí Stiofán tuirseach, a chosa tinn tar éis dó trí shraith staighrí a dhreapadh. Ní mórán áit suí a bhí ann, na suíocháin a bhí san áit tógtha ag gasúir mheánscoile ar cuairt lae, spéis acu i chuile rud ach san ealaín.

Chuir sé an oiread dá mheáchan agus ab fhéidir leis ar a chuid uillinneacha leis an mbrú a thógáil dá chosa. Bhreathnaigh sé síos na trí stór go dtí an t-urlár íochtair, áit a raibh fuadar faoi na daoine a bhí scaipthe ar fud na háite, ar nós na mbeach. Bhí iontas air gur fágadh folús chomh mór sin i lár an fhoirgnimh, go háirithe in áit tiomnaithe d'fhear a chuir lámh ina bhás féin. Ach mhúinfeadh seisean ceacht dóibh, a dúirt Stiofán leis féin, gan mórán machnaimh á dhéanamh aige ar a raibh i gceist aige tabhairt faoi.

B'fhada roimhe sin ó tugadh aird ar bith ar Stiofán, ach ón nóiméad a dhreap sé in airde ar bharr an uchtbhalla bháin sin, é ina sheasamh suas díreach agus titim trí scór troigh síos go talamh faoi, m'anam gur tugadh aird air. Chuala sé daoine i bhfad uaidh ag tarraingt a n-anála nuair a chonaic siad cá raibh sé ina sheasamh, ar nós go raibh siad tar éis cic a fháil sa mbolg. In aon nóiméad amháin bhí dearmad glan déanta ar Van Gogh, agus bhí chuile dhuine sa bhfoirgneamh ag breathnú ar Stiofán, ag fanacht go dtitfeadh sé síos le pléascadh ar nós uibhe ar an urlár marmair. Dúradh leis i chuile theanga ar domhan gan léim a chaitheamh. Bhí an domhan mór is a mháthair ann. Bhí daoine den uile dhath agus cine bailithe ó chéin is ó chóngar le breathnú ar na pictiúir, ach bhí píosa ealaíne nach raibh súil ar bith acu leis á thaispeáint dóibh, ealaín ghníomhach chleasaíochta a mbeadh Van Gogh é féin tógtha go mór leis. Bheadh sé níos fearr arís, ar ndóigh, ar mhaithe leis an ealaín, dá dtitfeadh sé, ach ní raibh sé i gceist ag Stiofán bás a fháil go fóill, cé go raibh a fhios aige go maith go raibh sé i mbaol a bháis san áit a raibh sé.

Níor theastaigh uaidh léim de chineál ar bith a chaitheamh an lá sin nuair a d'éirigh sé ar maidin. Anois agus é ina sheasamh ar an mballa le chuile dhuine ag breathnú air níor thuig Stiofán cén fáth a ndeachaigh sé suas ar an mballa a bheag nó a mhór. Smaoineamh a bhuail é, smaoineamh contúirteach, ach smaoineamh a thug ar ais i lár an aonaigh é. Cén dochar? Céard a bheadh le cailleadh aige? A shaoirse, b'fhéidir, ar feadh tamaill. Ach gheobhadh sé cúnamh. D'inseodh duine eicínt dó cérbh é féin. Humpty Dumpty, ach is ina shuí ar an mballa a bhí Humpty seachas ina sheasamh.

Bhí a fhios ag Stiofán a ainm, agus an tír arbh as dó, ach bhí go leor rudaí eile imithe amú air. Céard a thug air teacht go hAmstardam? Bhí a fhios aige anois é. Ainm an aerfoirt. Schiphol. Ainm a chuir "scioból" sa mbaile i gcuimhne dó. Theastaigh uaidh dul in áit eicínt lena chuid airgid a chaitheamh. Airgead tirim ar fad a bhí aige. Tharraing sé an oiread agus ab fhéidir leis as na bancanna nuair a chuala sé nárbh fhéidir muinín a chur iontu ní ba mhó. Ní raibh aon bhanc le trust, a dúirt amadán eicínt ar an raidió, ach an banc móna nó banc na mbuidéal. Nó b'fhéidir gurbh é féin a chuimhnigh air sin. Bhí sé sách glic ar an mbealach sin, tráthúil go maith ina chuid cainteanna. Chroch Stiofán a lámh leis an slua, á mbeannú, ós rud é go raibh siad ar fad ag breathnú air, a mbéal oscailte ag cuid acu, faitíos an domhain orthu go dtitfeadh sé. Baol air. Níor bhraith sé chomh compordach ann féin le fada. D'airigh sé an tarraingt anála arís nuair a tháinig scanradh ar na daoine a luaithe a chonaic siad a lámh ag dul san aer. Chroch sé an dá láimh ar nós an Phápa ansin. Rith daoine isteach sna cúinní, faitíos orthu go dtitfeadh sé anuas sa mullach ar an gcuid acu a bhí bailithe ar an urlár íochtair ag féachaint aníos air.

"Ná bíodh imní ar bith oraibh," a d'fhógair Stiofán, i nGaeilge, ach is amhlaidh gur mó scanraidh a bhí orthu dá bharr sin, mar nach raibh Gaeilge ag duine ar bith de na diabhail. Faraor nach raibh sé ar a chumas eitilt, a smaoinigh sé agus é ag breathnú síos. Chuir sé sin cathú air léim, ach níor ghéill sé dó. B'fhearr breathnú chun cinn ná féachaint síos, é ag éirí neirbhíseach de chéaduair tar éis dó dul suas ar an mballa. Bhí rud eicínt ag baint leis an spás mór idir é féin agus an talamh a bhí ag iarraidh breith air, é a tharraingt anuas go broinn an fhoirgnimh. Cén Ghaeilge atá ar *gravity*? Cibé cén t-ainm a bhí air, sin a bhí á tharraingt.

Bhí a dhóthain feicthe ag Stiofán ina fhéachaint bheag síos le go mbeadh a fhios aige go raibh fios curtha ar na póilíní. Bhí líne saighdiúirí, nó dream gléasta mar iad, tar éis teacht isteach sa seomra íochtair, iad ag imeacht i ndiaidh a chéile ar nós lachan, gunnaí gearra cúpla troigh ar fhad acu. Gunnaí gáis, b'fhéidir. Bhí na daoine a bhí thíos in íochtar á mbrú amach an doras acu. Bhí an méid sin feicthe ag Stiofán i bhfaiteadh na súl, ach níor mhaith leis breathnú síos arís ar fhaitíos go dtarraingeodh an talamh síos é. Bhí a fhios aige nach raibh le déanamh aige ach sleamhnú anuas ar chúl an bhalla a raibh sé ina sheasamh air agus bheadh an ghéarchéim thart. Ach cén uair a bheadh an deis arís aige aird an phobail a tharraingt air féin?

Nach orthu a bheadh an t-aiféala nach bhfeicfidís críoch an scéil, a dúirt sé leis féin, agus é ag smaoineamh ar na daoine a bhí díbrithe ag na póilíní nó saighdiúirí nó cibé cé hiad féin. Meas tú an bhfaighidís a gcuid airgid ar ais? Bheidís ar buile gur chaill siad an deis na pictiúir in íochtar a fheiceáil. Ní bheadh oiread is Van Gogh amháin feicthe acu, mar nach raibh sa ngailearaí íochtair ach pictiúir shamplacha den chineál a bhíodh á bpéinteáil san Ísiltír roimh aimsir Vincent is a chairde, pictiúir dhubha, dhorcha, murarbh ionann is na dathanna áilne a phéinteáil Van Gogh ina dhiaidh sin, na pictiúir a tharraing na sluaite isteach lá i ndiaidh lae.

Thug Stiofán faoi deara nach raibh droim iompaithe ag duine ar bith acu siúd sna háiléir ina thimpeall ó tharraing sé é féin suas ar an mballa. Bhí sé ar nós go raibh siad faoi gheasa aige: Seapánaigh, Meiriceánaigh, Sasanaigh, gasúir scoile na hÍsiltíre. Bhí na pictiúir ba cháiliúla ar domhan ar a gcúl ach ní raibh súil amháin ag breathnú orthu ach de thimpiste trasna an tseomra. Sheas sé ar leathchois lena mheáchan a chur ar an gcois eile. D'airigh sé an tarraingt anála sin arís, ar nós na gaoithe móire a chloisfeá le linn stoirme. Ligeadh osna eile nuair a chuir sé a dhá chois le taobh a chéile. Bhí taitneamh le baint as seo, agus an leathchos eile á chrochadh aige. Rinne sé rince beag, aon dó trí, aon dó trí, mar a d'fhoghlaim sé ag an scoil fadó. Ba é an t-aon duine san áit é le haoibh an gháire ar a bhéal.

D'imigh an gáire óna éadan nuair a smaoinigh sé gur dóigh gur piléar an chéad rud eile a d'aireodh sé, piléar a bhainfeadh anuas dá phrapaireacht é in aon bhuille amháin.

Smaoinigh sé ar na scannáin agus ar an nuacht teilifíse a bhí feicthe in imeacht na mblianta aige, snípéir armtha ag cur deiridh le fuadach nó le robáil go snasta le haon urchar amháin. Ach bheadh daoine i gcontúirt sna cásanna sin. "Níl aon duine curtha i gcontúirt agamsa ach mé féin," a dúirt sé os ard. "Nach bhfuil cead agam mo rogha rud a dhéanamh le mo shaol féin? Ach b'fhéidir gur fearr dom a bheith cúramach ná a bheith amaideach. Má thagaim anuas anois, chuile sheans go mbeidh mé beo fós ag deireadh an lae."

Chuir sé ceist air féin ansin an raibh aon dlí á bhriseadh aige. Go bhfios dó, ní raibh. Thug an smaoineamh sin dóchas agus misneach dó. Tuige nach mbeadh cead ag duine seasamh ar bhalla áit ar bith ina thír féin? Bhuel, níorbh é a thír féin í go baileach, ach nach Eorpach a bhí anois ann? Nach raibh an cead céanna aige an talamh seo, cré na hEorpa, a shiúl agus a bhí ag na naoimh ó Éirinn a chuaigh amach ann fadó le léann agus cultúr a thabhairt do na barbaraigh? Thograigh Stiofán ar an eolas seo a roinnt ar an slua.

"A chairde Gael," a thosaigh sé, mar a bheadh sé ag labhairt le dream sa mbaile. "A chairde Eorpacha agus domhanda, ba chirte dom a rá . . ." Bhreathnaigh siad air ar nós nár thuig siad focal as a bhéal, agus is amhlaidh nár thuig. Ach bhí fear amháin a thuig cén teanga a labhair sé. "*Fuckin' Irish*," a chuala Stiofán é ag rá lena bhean, nó leis an mbean a bhí leis ar aon chaoi, ar nós go raibh muintir na hÉireann náirithe os comhair an tsaoil aige. "Is mó an náire tusa ná mise," arsa Stiofán leis, "mar ní amháin nach bhfuil a fhios agat teanga do thíre féin, ach cuireann sé déistin ort. Téirigh i dtigh an diabhail."

Ba léir nár thuig na hÉireannaigh céard a dúirt sé, ná duine ar bith eile ach an oiread. Ach ba ghearr gur shleamhnaigh duine isteach lena dtaobh a bhuail bleid orthu, é ag caint leo ó chorr a bhéil, ag iarraidh a fháil amach cén teanga a bhí á labhairt aige. Bleachtaire. "Is gearr go mbeidh a fhios acu cé mé féin agus cé hiad mo mhuintir ó thús go deireadh. Ach ní bhfaighidh siad amach uaimse é. Nílim ag iarraidh baint ná páirt a bheith agam leo, go díreach mar nár theastaigh uathusan aon bhaint a bheith acu liom, nó ní bheinn caite isteach sa teach altranais bréan sin acu."

Baineadh geit as Stiofán gur chuimhnigh sé ar an méid sin i ngan fhios dó féin. Bheadh uaireanta an chloig caite aige lá eile agus ní bheadh cuimhne ar bith aige cá raibh sé ná cén fáth a raibh sé ann. B'fhéidir go raibh a chuimhne níos fearr de bharr go raibh sé chomh hard os cionn leibhéal na farraige. Bhí an fharraige íseal sa tír seo. Tuige ar thug siad an Ísiltír ar an áit mura raibh? Bhí sé go hard san aer, trí stór, chomh maith le hairde an bhalla agus a airde féin. "Caithfidh mé aghaidh a thabhairt ar na cnoic agus na sléibhte," ar sé os ard leis féin. "Cá bhfios nach dtiocfaidh mo chuimhne ar ais go huile is go hiomlán? Ach an bhfuil sliabh ar bith sa tírín beag seo a d'fhéadfainn a dhreapadh?"

Nuair a dhírigh Stiofán a chuid smaointe ar a mhuintir féin bhí a fhios aige anois go soiléir gurbh iad a chlann a rinne an feall, gurbh iadsan a chuir i ngéibheann é sa teach bréan altranais sin in aghaidh a thola. Chuir sé a dhá láimh le taobh a chloiginn ar nós gur theastaigh uaidh an t-eolas sin a choinneáil istigh agus gan ligean dó éalú amach trína chluasa. "Ní féidir liom dearmad a dhéanamh air sin. Mo chlann féin a rinne é," ar sé os ard. "Mo mhuintir féin. Na deamhain. Thóg siad amach ón áit a thaitin liom mé, áit ar airigh mé sa mbaile ann agus chuir siad isteach sa mbeairic mhór lofa mé. Ná dearmad an t-eolas sin. Mo mhuintir féin a rinne an diabhal orm."

Rinne Stiofán iarracht a chlann a fheiceáil i súile a chuimhne, ach chinn air. Ní hé nach bhfaca sé daoine uaidh istigh ina intinn nó a shamhlaíocht, ach níor éirigh leis aghaidh a chur leo. Ní raibh a fhios aige fiú cé mhéid acu a bhí ann nó ar cheart a bheith ann. Bhí sé ar nós go raibh sé ag breathnú ar sheanphictiúr dubh is bán ar an teilifís, a raibh ceo ag teacht agus ag imeacht air dá bhuíochas. Is beag nach mbeadh na daoine á fheiceáil aige níos soiléire. Bheadh sé ar tí iad a aithint. An chéad rud eile bheidís imithe ar nós deataigh. "B'fhéidir go bhfuair siad ar fad bás i ngan fhios dom, gur taibhsí iad anois. Sin é an fáth nach féidir liom iad a fheiceáil."

Fuair sé radharc ansin a bhí chomh soiléir anois agus a bhí sé an lá a tharla sé. Chonaic sé é féin uaidh sa reilig le cónra bheag bhán ina lámha aige, slua ina thimpeall, a bhean lena thaobh, sagart i mbun urnaithe. Ach cá raibh na gasúir eile? B'fhéidir nár tugadh chun na reilige iad. Le iad a chosaint ón mbrón. B'fhéidir nach raibh gasúr ar bith eile acu. Ach caithfidh sé go raibh. Nach iad a chuir i ngéibheann é? Nó b'fhéidir gurbh í a bhean ba chúis leis? Ach bhí tuairim mhaith aige go raibh sise imithe ar shlí na fírinne le tamall anuas. Nó imithe le fear eile, b'fhéidir. Bhí sí imithe in áit amháin nó in áit eile acu. Ní raibh aon mhaith inti anois dó sa gcruachás seo, pé ar bith ann nó as di.

Theastaigh uaidh a chuid uisce a dhéanamh, ach bheadh air teacht anuas ón mballa agus dul isteach sa leithreas. Tuige nár smaoinigh sé air sin roimhe seo? Bhíodh a bhean á rá sin leis i gcónaí, go dtagadh gníomh roimh smaoineamh ina chás seisean. Dhéanfadh sé rud mar gur tháinig fonn eicínt air é a dhéanamh. Thagadh an t-aiféala ina dhiaidh sin. "Mo bhean," ar sé agus ar feadh an tsoicind sin shíl sé go dtiocfadh sí chun a chuimhne, ach d'imigh sí uaidh mar a imíonn an ceo ó na cnoic maidin lae fómhair.

Chonaic sé na cnoic ansin chomh soiléir agus a bhí siad lá breá samhraidh ar bith – Binn Ard, Binn Bhuí, Binn Ghorm – ach go raibh siad ar fad gorm ina intinn, ceo na maidine mar láschuirtíní eatarthu. Smaoinigh sé ar an líne "Nuair a éiríonn an ghaoth a scaipeann an ceo" ach ba í an ghrian seachas an ghaoth a scaip an chuid is mó den cheo fad is a bhain sé le Stiofán. Faraor nach raibh gaoth ná grian a scaipfeadh ceo a chinn, agus é ag iarraidh greim a choinneáil ar a chuid uisce, a bhí ar tí pléascadh.

B'fhéidir nach dtabharfadh aoinneach faoi deara an t-uisce á ligean ina streall the síos ar a chosa. Shíl sé go súfadh éadach a threabhsair é ach bhí an iomarca de ann. Rith sé síos ar a bhróga. Sceith an abhainn thar bruach ansin agus rith sé síos ar an mballa roimh thitim síos na trí stór go dtí an t-urlár íochtair. Chrom Stiofán a chloigeann le náire agus chroith sé a lámha agus a ghuaillí in iarracht a thaispeáint nach raibh aon neart aige air.

Ba é an tÉireannach a dúirt "Fuckin' Irish" a thosaigh an bualadh bos mall. Bhreathnaigh cúpla duine air ar nós gur cheap siad go raibh sé ag dul thar fóir. Thosaigh Stiofán ar a bhosa féin a bhualadh ansin in aithris air agus níorbh fhada go raibh formhór na ndaoine sa halla á dhéanamh. Ar feadh an ama sin bhí sórt cairdis i measc an tslua, ach níor sheas sé i bhfad. Ní sheasann aon rud ar an saol seo i bhfad, a threabhsar fliuch ag fuarú síos thar a ghlúine chomh fada lena bhróga.

Thosaigh duine eicínt ag fógairt ar na micreafóin ansin i dteangacha éagsúla, ag rá leis na daoine an foirgneamh a fhágáil go ciúin agus go calma, ag tosú ó na hurláir íochtair. Chuir Stiofán a mhéara ina chluasa i dtosach mar go raibh an torann miotalach ag cur as dó. Bhraith sé ansin nach raibh sé chomh socair ar a chosa lena lámha crochta suas ar an mbealach sin, agus thograigh sé ar iad a ligean síos ar a dhá thaobh. D'airigh sé nach raibh an chaint mhiotalach ródhona nuair a lean sé air, ach baineadh geit as gach uair a stop sé agus a thosaigh sé arís.

Níor chorraigh na daoine a bhí ina thimpeall, cé go raibh a fhios ag Stiofán ón ngluaiseacht ó na hurláir eile go raibh daoine ag dul i dtreo an dorais. Níor bhreathnaigh sé síos ina ndiaidh ar fhaitíos go dtiocfadh fonn air titim. Bhí cosúlacht ar na daoine thart air gur mhothaigh siad ar bhealach eicínt go bhfanfadh seisean beo fad is a d'fhanfadh siadsan mar chuideachta aige. Bhí sé ar nós go raibh siad á choinneáil ar an mballa trí bheith sa seomra céanna leis. Chuirfeadh gluaiseacht ar bith isteach ar pé ar bith fórsa a choinnigh ina sheasamh ar an mballa bán sin é.

Ghabh Stiofán buíochas leo. "Go raibh míle maith agaibh," ar sé óna chroí, cé go raibh a fhios aige go maith nár thuig siad focal. Ach tuigeann daoine rudaí seachas caint. Airíonn siad mothúcháin nó, mar a deir siad féin, na *vibes*. Níor theastaigh ó dhuine ar bith acu go dtitfeadh sé go talamh, a smaoinigh sé. Bhraith sé umhal dá bharr sin go dtí gur smaoinigh sé gurbh é an fáth ba mhó nár theastaigh uathu nach bhfaigheadh sé bás ná go ngoillfeadh sé orthu é a fheiceáil sínte, briste, pléasctha ar an marmar, fáinne fola thart ar a chloigeann, ag sileadh dearg óna chluasa. Ba mhó a bheidís féin gortaithe as radharc mar sin a fheiceáil agus iad in ainm is a bheith ar a gcuid laethanta saoire.

"Tá an trua céanna acu domsa is atá acu do Vincent Van Gogh," a dúirt sé leis féin. "Ní thagann siad anseo i ndáiríre de bharr a chuid pictiúr ach mar gur bhain sé de leathchluas agus gur chuir sé lámh ina bhás féin." Rinne sé laoch de féin, laoch a d'fheil don aois sin agus don aois seo chomh maith. Bhí Dia curtha dá chois, an duine in uachtar, cead ag an duine a rogha rud a dhéanamh lena shaol féin, agus bíodh an diabhal ag Dia. Bhí Dia ag gáire, mar a dúradh i gceann de na sailm, ag gáire faoi na hamadáin uilig a cheap go raibh siad níos cliste ná é féin.

Bhí Bíobla Ollannach Van Gogh feicthe ag Stiofán sa

músaem, oscailte ag leathanach de chuid an fháidh Íseáia, píosa scrioptúir a thaitin go mór leis an ealaíontóir. Fear mór creidimh a bhí ann i dtús a shaoil, é ina mhinistir Protastúnach sula ndeachaigh sé le péintéireacht. Chuaigh sé i bhfeidhm chomh mór sin ar lucht a linne sa mBeilg, áit a raibh sé i mbun seanmóireachta, gur baisteadh "Críost na mianach guail" air agus é ina shéiplíneach do na mianadóirí. Bhraith an dream os a chionn go raibh sé ródhíograiseach ó thaobh an chreidimh agus scaoil siad óna dhualgais é. Chuaigh sé le spioradáltacht de chineál eile ansin, spioradáltacht na healaíne. D'fhoghlaim sé a cheird, agus in imeacht deich mbliana thug sé cuid de na pictiúir is fearr ar domhan ar an bhfód. Céad fiche bliain i ndiaidh a bháis bhí daoine fós ag teacht isteach sa músaem ina raibh siad leis an obair sin a fheiceáil beo ar na ballaí. Ba rud amháin é leabhar a cheannacht leis na pictiúir a fheiceáil, rud eile ar fad iad a fheiceáil go díreach mar a rinneadh iad.

Ag breathnú ina thimpeall dó, bhraith Stiofán cumhachtach ar bhealach eicínt nár thaitin leis. Bhí bás agus beatha ina lámha aige, a bhás is a bheatha féin. B'fhéidir gur mar seo a bhraith na hImpirí sa Róimh fadó nuair a bhí ar a gcumas duine a choinneáil beo nó a chur den tsaol le hiompú ordóige. Ach níorbh é a mbeatha féin a bhí ina lámha acu, ach beatha na gCríostaithe bochta. Bhí an chumhacht chéanna sin aigesean, ach in ainneoin an áit ina raibh sé ina sheasamh, gan trácht ar an gcontúirt a bhain leis, níor theastaigh uaidh bás a fháil go ceann tamaill eile.

Ba í an phian ba mhó a chuir imní air. Ní bheadh locht ar bith aige ar imeacht ón saol, dá bhféadfaí é a dhéanamh gan phian. Bhí a shaol ina chíor thuathail uilig, a intinn scaipthe, a mheabhair ar strae. Bhí sé ina ualach ar a mhuintir, ar an domhan, d'fhéadfá a rá, mar ní raibh a fhios ag aoinneach céard ba cheart a dhéanamh leis. Dá mba iad a chlann nó a mhuintir a chuir isteach sa teach altranais é, gach seans gur cheap siad go raibh an rud ceart á dhéanamh acu. Ach bhí sé ina phríosúnach ann, na doirse faoi ghlas, gan trácht ar intinn na ndaoine a bheith faoi ghlas ag drugaí.

Ní bheadh aon choiscéim ina shaol níos éasca ná an choiscéim ar aghaidh a thabharfadh go talamh é, ach ní raibh sé réidh leis an gcéim sin a thógáil faoi láthair. Dá gcasfadh sé ina thimpeall, ní fheicfeadh sé céard a bhí roimhe amach agus é ag titim. Nach mbeadh sé chomh héasca céanna a shúile a dhúnadh, ach bhí a fhios aige go n-osclódh sé iad ar an turas gearr síos go talamh. Chaithfeadh sé casadh timpeall gan titim. Le go mbeadh a dhroim leis an bhfolús mór sin a bhí i lár an fhoirgnimh. Chasfadh sé timpeall agus dhéanfadh sé machnamh ansin ar an gcéad chéim eile.

Thosaigh an lucht féachana ag rá le Stiofán i dteangacha éagsúla gan corraí nuair a tháinig imní orthu go raibh sé i mbaol titime. Shín seisean a lámha amach ar chaon taobh mar a chonaic sé dream ag siúl ar rópaí sa sorcas nó ag dul thar Easanna Niagara sna scannáin. D'fhág sé a chosa le taobh a chéile ar an mballa agus thosaigh sé ar iad a chorraí ar éigean. Lean sé air go mall stuama go dtí go raibh sé iompaithe thart. Fuair sé bualadh bos breá bríomhar ón lucht féachana, cosúlacht ar chuid acu gur cheap siad gur aisteoir den tsórt a chuireann péint ar éadain agus a sheasann ar shráid siopadóireachta a bhí ann.

Cé go raibh an baol ann i gcónaí go dtitfeadh sé i ndiaidh a chúil, bhraith Stiofán i bhfad níos fearr. Bhí chuile shórt ceart ach gur airigh sé nárbh fhada go gcaithfeadh sé a chac a dhéanamh. Bhí sé sách dona a bheith ina sheasamh ansin, a bhríste fuar fliuch lena chuid uisce féin ach bheadh sé ina pháiste ceart dá mbeadh air a chac a dhéanamh ina threabhsar chomh maith. Thograigh sé dearmad a dhéanamh air chomh fada agus ab fhéidir. Bhí a fhios aige go raibh an rogha aige i gcónaí teacht anuas ón mballa agus ligean do na póilíní nó do ghardaí an mhúsaeim a rogha rud a dhéanamh leis.

Bhíodar ag fógairt ó am go ham ar na daoine san urlár uachtair an foirgneamh a fhágáil, ach cé is moite de bheirt a raibh deifir orthu in áit eicínt, d'fhan an slua ina thimpeall. An seó is fearr ar an mbaile. Faoin am seo thosaigh lucht na micreafón ag labhairt go díreach leis féin i mBéarla, ag rá leis gan aon imní ná faitíos a bheith air. Bhíodar ar mhaithe leis agus chuirfí cibé cúnamh a theastaigh uaidh ar fáil. Bhí comhairleoirí ilteangacha oilte acu a bheadh sásta am a chaitheamh leis len é a chur ar bhealach a leasa.

"Tá comhairleoir agaibh, má tá," arsa Stiofán os ard. "Cá bhfuair sibh an Gaeilgeoir? An Gaeilge nó Gaolainn atá aige? Tabhair aníos anseo an té atá i gceist agaibh go gcloisfidh mé agus go bhfeicfidh mé." Ní raibh cosúlacht air go raibh aoinneach ag éisteacht leis ná ag tabhairt aon aird air, ach ar ndóigh bíonn spiadóirí chuile áit. Ní bheadh a fhios ag duine cé leis a mbeadh sé ag caint. Cén t-iontas go raibh a intinn is a mheabhair chinn ina gcíor thuathail.

D'airigh Stiofán a chac ag teacht go tréan. Is dóigh gurbh é an t-imní a chuir buinneach air. Scaoil sé beilt a bhríste agus chuaigh sé síos ar a ghogaide. Chuaigh an cac ó pholl tóna go tóin poill, titim trí stór in aon soicind amháin. Ghlan sé é féin lena naipcín póca agus chuir sé ar ais ina phóca é. D'fhiafraigh sé den slua, "Céard a chaitheann an fear bocht uaidh a chuireann an fear saibhir ina phóca?" Níor fhreagair duine ar bith acu, ar ndóigh, ach thug sé a fhreagra féin dóibh: "An rud a bhíonn ar a naipcín póca!"

Dhírigh Stiofán suas é féin. Bhí a fhios aige go raibh sé

tar éis é féin a chur i gcontúirt, ach d'éirigh leis teacht slán tar éis dó an gníomh a chur i gcrích. Bhí cosúlacht ar an slua go raibh siad idir dhá chomhairle, déistin ar chuid acu de bharr a raibh déanta go poiblí aige, fonn ar an gcuid eile bualadh bos a thabhairt. Bhí a fhios aige féin go raibh deis eile tugtha aige do na póilíní cás a chur ina choinne mar gur nocht sé a thóin in áit phoiblí, an ghrian agus an ghealach á dtaispeáint le taobh a chéile aige agus cúpla pláinéad eile idir eatarthu. Bheidís in ann é a chur sa bpríosún go ceann i bhfad. Ach b'fhéidir nárbh é sin an rud ba mheasa ar domhan. Bheadh am aige a chuid smaointe a chur i dtoll a chéile, mura raibh sé sin dodhéanta ar fad sa gcaoi ina raibh sé i láthair na huaire. Ní fhéadfadh príosún a bheith tada níos measa ná an teach altranais.

Murarbh ionann agus an chéad teach ina raibh sé, teach álainn le taobh na farraige, teach nua amach is amach, cosúlacht ón ospidéil air. Rómhaith is róghlan a bhí sé, an lucht freastail ag scuabadh is ag glanadh is ag cur snasa ar na hurláir ó mhaidin go faoithin. An snas céanna a chuir deireadh lena thréimhse sa teach sin. B'ionann agus an leac oighir é mura mbeadh na bróga cearta ar dhuine. Is amhlaidh a sciorr sé féin agus chas sé a rúitín. Tugadh go dtí ospidéal é agus cuireadh plástar ar an gcois. Bhí a áit tógtha, duine eile ar a leaba, é ar liosta feithimh faoin am a raibh sé ar ais ar a sheanléim arís. B'in é an uair a cuireadh isteach é san áit ar ar thug sé féin an príosún.

Bhí lucht na micreafón ag fógairt arís. Aerfort nó stáisiún traenach a chuir sé i gcuimhne do Stiofán, an fógra ceannann céanna arís is arís eile. Leadrántacht. Is air féin a bhí sé ar fad dírithe an uair seo ach thug sé cluas bhodhar dó. Níor theastaigh uaidh iad a chloisteáil. Bhí sé tinn tuirseach de. Tuige nár chuir siad piléar ann agus fáil réidh leis gan aon phian ná trioblóid? Urchar gunna a chuir Van Gogh den tsaol, ach thóg sé dhá lá ar an bhfear bocht bás a fháil. Ba rud maith é sin ar bhealach mar gur thug sé deis dó labhairt lena dheartháir Theo agus síocháin a dhéanamh leis. Ach cuimhnigh ar an bpian a bheadh air. Níor theastaigh uaidh go mbeadh pian air. Pian den tsórt sin go háirithe.

II

"Tommy, Tommy . . ." Shín Magda Siberski méar i dtreo ghuthán póca Thomáis Uí Anluain, fón a bhí ag creathadh ar an mbord os a gcomhair, an solas ag lasadh agus ag múchadh. Bhí sé deacair an torann uaidh a chloisteáil mar go raibh an oiread sin daoine ag caint agus ag comhrá sa teach ósta lárchathrach.

Bhreathnaigh Tomás ar ainm an té a bhí ag glaoch air agus rinne sé comhartha láimhe le Magda gur chuma leis faoi. Chaoch sé leathshúil uirthi agus chroith sé a ghuaillí. Thaitin an cailín seo leis ó casadh ar a chéile iad nuair a bhearr sí a ghruaig cúpla lá roimhe sin. Bhí trí bliana caite aici in Éirinn, ach ní raibh sé cinnte cárbh as di go cinnte. Sualannach a bhí inti ach dubh a bhí a cuid gruaige, murarbh ionann is Sualannach ar bith eile a casadh air. Mhínigh sí gur de bhunadh na Seirbia agus na Cróite í. Thug sí le fios go raibh a hathair ar thaobh amháin sa gcogadh nuair a thit an tsean-Iúgslaiv as a chéile. Bhain a máthair leis an gcine ar an taobh eile agus is cosúil gur thug sí léi a hiníon don tSualainn, áit ar tógadh í, agus ar fhoghlaim sí le gruaig fir a bhearradh. Bhí sí bródúil as a ceird, duais idirnáisiúnta bainte amach aici i bPáras an bhliain roimhe sin.

Rinne Tomás meangadh léi trasna an bhoird bhig, mar go raibh sé deacair aon chaint a dhéanamh san áit. Ach bhí an oíche ar fad acu le bheith ag caint. Bheadh béile acu ar ball, agus cá bhfios céard a tharlódh ina dhiaidh sin? B'in an chúis nár fhreagair sé an glaoch óna dheirfiúr Sara. Chuirfeadh sé glaoch ar ais uirthi lá arna mhárach. Leis an gceart a thabhairt di choinnigh sí i dteagmháil leis agus is minicí i bhfad a ghlaodh sí air ná a mhalairt. Bhí sé cruógach sa mbanc agus bhí saol sóisialta aige, murarbh ionann is Sara, a raibh a saol iomlán tugtha aici dá fear agus dá beirt clainne.

Leag Magda lámh ar a láimhsean agus thug sé sin Tomás ar ais ó bhóithrín na smaointe. Ach ní ar mhaithe le cairdeas a chothú a bhí sí ach ag taispeáint dó go raibh an fón ag bualadh arís.

"Ná bac léi," arsa Tomás. Mhúch sé an fón, agus chuir sé ina phóca é.

"Bean?" a d'iarr Magda i mBéarla.

Is beag nach raibh ar Thomás béiceach lena chur in iúl gurbh í a dheirfiúr í. Dúirt sé go labhródh sé léi an lá ina dhiaidh sin, mar nach bhféadfadh sé í a chloisteáil san áit ina raibh siad.

Chroith Magda a cloigeann, ag tabhairt le fios nár chreid sí focal uaidh. "An scéal céanna a bhíonn ag gach fear."

"Is fíor dom é." Tharraing Tomás an fón as a phóca agus bhreathnaigh sé ar na téacsanna. Bhí naoi gcinn acu ó Sara ag rá leis glaoch láithreach uirthi, go raibh a n-athair i dtrioblóid eicínt in Amstardam.

"An gcreideann tú anois mé?" Thaispeáin Tomás ceann de na téacsanna do Mhagda. "Caithfidh mé dul amach le glaoch a chur ar ais uirthi."

Thóg Magda a mála agus dúirt go rachadh sí leis.

"Fan anseo agus tabhair aire do na deochanna," a dúirt Tomás léi. "Ní bheidh mé i bhfad. Is beag is féidir liom a dhéanamh faoi rud ar bith go dtí amárach."

Bhí Tomás ag eascaine ar an mbealach amach ón teach

ósta. Tuige a gcaithfeadh a athair a ladar a chur isteach sa scéal nuair a bhí an chosúlacht air go mbeadh an t-ádh lena mhac an oíche sin? Níorbh í an chéad uair í a tharla a leithéid. Ní bheadh focal uaidh ar feadh cúpla mí, ach bheadh ar dhuine é a tharraingt as díog eicínt ansin.

"Ní chreidfidh tú cá bhfuil sé?" arsa Sara nuair a ghlaoigh sé uirthi. "Caithfidh tú dul ann ar an bpointe." D'inis sí dó go raibh Stiofán ina sheasamh in áit thar a bheith contúirteach i Músaem Van Gogh, go bhféadfadh sé titim síos trí stór nóiméad ar bith, sin mura raibh sé tite cheana féin.

"Foc é," arsa Tomás faoina anáil ach sách ard gur chuala a dheirfiúr é. "Tuige a ndéanann sé seo orainn?"

"Tá a fhios agat nach bhfuil sé go maith ina intinn. Níl aon neart aige air."

"Ní bheinn chomh cinnte de sin. Scaibhtéireacht atá ar bun aige, ar nós déagóra. Níl aon smacht aige air féin. Caithfidh sé triail a bhaint as an gcéad rud a thagann isteach ina chloigeann."

Bhí intinn Sara dírithe ar an am i láthair. "Tá sé i bhfíorchontúirt agus caithfear rud eicínt a dhéanamh faoi."

"Faraor nach dtiteann sé go talamh agus bás a fháil ar an bpointe agus ní bheidh orainn cur suas lena chuid diabhlaíochta níos mó!"

"Ní hé sin atá uait i ndáiríre," a dúirt Sara go séimh.

"Cén chaoi ar éirigh leis dul go hAmstardam agus é ceaptha a bheith faoi chúram sa teach altranais sin? Tuige a bhfuil muid ag íoc an oiread sin airgid leo nuair nach bhfuil siad in ann aire a thabhairt dó?"

"Cuirfidh muid na ceisteanna sin nuair a bheas an fhadhb seo réitithe," a d'fhreagair a dheirfiúr.

"Cén chaoi ar éalaigh sé as an áit sin? Tá ballaí arda ina thimpeall agus níl aon bhealach amach ach tríd an ngeata."

"Cá bhfios domsa?" Bhí na ceisteanna sin curtha ag Sara uirthi féin ar feadh an tráthnóna, gan aon fhreagra orthu. Theastaigh uaithi a hintinn agus intinn Thomáis a dhíriú ar an bhfadhb a bhí le réiteach, ach bhí na ceisteanna fós ag teacht.

"Ach ní raibh aon airgead aige?"

"Caithfidh sé go bhfuair sé in áit eicínt é."

"Ar dhúirt an dream a bhí in ainm is aire a thabhairt dó go raibh sé ar iarraidh? Nó ar tháinig sé seo ar fad aniar aduaidh ort?" a d'fhiafraigh Tomás. Ansin ghabh sé leithscéal léi nár éist sé lena teachtaireachtaí nó nár bhreathnaigh sé ar a cuid téacsanna. "Tá a fhios agat féin, tráthnóna, tar éis lá oibre."

"Dúirt siad go raibh sé ann aréir, gur chodail sé ina sheomra agus go raibh sé ann i gcomhair a bhricfeasta ar maidin. Ní raibh sé ann don lón ach is minic a tharlaíonn sé sin. D'fhanadh sé amuigh sna gairdíní."

"Meas tú an ndeachaigh duine eicínt leis? Ní bheadh sé in ann ticéad a cheannacht agus dul ar eitleán leis féin gan treoir ó dhuine eicínt."

"Bíonn sé meabhrach go maith laethanta áirithe, cé go mbíonn sé measctha ag an am céanna. Díríonn sé a intinn uilig ar rud amháin uaireanta . . ."

"An raibh aon chuma air gur theastaigh uaidh deireadh a chur leis féin?" a d'iarr Tomás.

D'fhreagair Sara a cheist le ceist eile, ceist a rinne míchompordach é. "An bhfaca tú le gairid é?"

Níor mhaith le Tomás a rá cén fhad. "Tá sé tamall, ach bhí sé ar intinn agam dul ag breathnú air go luath."

"Níl aon neart aige ar an gcaoi a bhfuil sé," a dúirt Sara.

Bhraith Tomás ciontach. "Bíonn sé deacair breathnú air agus é ar nós an pháiste. Is geall é le bheith ag caint le stráinséir. Tá sé níos measa ná sin i ndáiríre nuair a bhreathnaíonn sé ormsa, a mhac, ar nós nach bhfaca sé riamh cheana mé."

Smaoinigh Sara arís ar a hathair ina sheasamh ar an mballa sin agus é i mbaol titim don bhás. D'fhéadfaí na ceisteanna eile a phlé am eicínt eile. "Céard atá muid ag dul a dhéanamh faoi?"

"Cé a thug an scéala duit?"

"Cén difríocht a dhéanann sé sin?" a d'iarr Sara.

"Bhí mé ag iarraidh a fháil amach cén chaoi ar aithin siad é."

"Frítheadh a *phassport* ar urlár an mhúsaeim. B'fhéidir gur thit sé amach as a phóca. Duine ón Roinn Gnóthaí Eachtracha a ghlaoigh."

"An bhfuil uimhir agat?"

"Cén mhaith glaoch ar ais orthu?"

"B'fhéidir go bhfuil athrú ar an scéal, go bhfuil sé tagtha anuas faoi seo."

"Dúirt siad go gcuirfidís scéala chugainn chomh luath is a tharlódh rud amháin nó rud eile." Bhí sé soiléir óna caint cérbh é an rud eile.

"Seans nach ndéanfaidh sé é sin, nuair nach bhfuil sé déanta aige go dtí seo . . ."

"Caithfidh duine eicínt dul anonn len é a thabhairt abhaile."

"Go dtí go dtarlóidh an rud céanna arís," arsa Tomás.

"Ní féidir linn é a fhágáil ann," a dúirt Sara i nguth a bhí trína chéile. "Rachaidh mé féin ann. Gheobhaidh mé duine le haire a thabhairt do na páistí."

"Tá a fhios agam go gcaithfidh mé dul ann," a d'fhreagair Tomás go calma, "ach an bhfuil eitilt ann an t-am seo den oíche? Caithfidh mé tuairisc a chur, bealach a fháil . . ."

"B'fhéidir go mbeadh na Gardaí anseo in ann dul i dteagmháil leis na póilíní thall," arsa Sara.

"An-smaoineamh," a dúirt Tomás. "Beidh mé i dteagmháil leat chomh luath is a bheas scéala ar bith agam, agus má fhaigheann tusa scéala ar bith, cuir glaoch orm."

"Freagair do ghuthán, as ucht Dé ort," an chomhairle a chuir Sara air. "Bhí mé as mo mheabhair ag iarraidh fáil tríd."

"Tá a fhios agat féin, oíche Dé hAoine," an leithscéal a bhí ag a dheartháir.

Chuaigh Tomás ar ais isteach sa teach ósta chun an scéal a mhíniú do Mhagda. Ba mhaith leis í a fheiceáil arís. Chuirfeadh sé glaoch uirthi nuair a d'fhillfeadh sé. Thug sí póigín ar an leiceann dó roimh dhul isteach sa tacsaí a d'ordaigh sé di.

III

"Cén chaoi in ainm Dé ar lig sibh as amharc é? Lig sibh as amharc é chomh fada sin nach bhfuaireamar scéala ar bith faoi go dtí go raibh sé i músaem in Amstardam!" Úinéir an tí altranais, Traolach Mac Diarmada, a bhí ar buile. Chuir sé na ceisteanna sin ar an mbeirt bhanaltraí: a iarbhean chéile, Samantha, agus Edwina Stoc, a leannán. "Suaimhneas" a thug sé féin agus Samantha ar an áit nuair a cheannnaigh siad an teach altranais. Ní mórán suaimhnis a bhí acu ó casadh ar a chéile eisean agus Edwina.

"Is leatsa an áit," arsa Samantha leis go dubhach. "Ní féidir súil a choinneáil ar chuile dhuine gach nóiméad den lá. Bhí tú ag obair anseo sách fada le go mbeadh a fhios sin agat. Mura bhfuil tú sásta leis an gcaoi a bhfuil sé á rith, faigh bainisteoir eile."

"Is linne an áit," a cheartaigh Traolach, "agus tá chaon duine againn chomh freagrach céanna as gach a tharlaíonn ann. Is mar sin a bhreathnaíonn na húdaráis sláinte air chomh maith."

"Is leatsa é nuair atá brabach le baint as," a d'fhreagair Samantha go searbhasach. "Is linne é nuair a bhíonn trioblóid ann. Cá bhfuil na ceamaraí CCTV a gheall tú?"

"Is tusa a mhaíonn gur leatsa a leath nuair a bhíonn réiteach idir an bheirt againn á phlé ag na dlíodóirí," arsa Traolach. "Bíonn tú breá sásta leath den mhaoin a fháil an uair sin."

"Tuige nach mbeadh? Tá sé ag dul dom."

"Chuir mise chuile phingin a bhí agam isteach ann," arsa a hiarfhear céile.

"D'oibrigh mise go crua agus go coinsiasach ar feadh na mblianta le go mbeadh sé ar cheann de na hionaid is fearr atá thart. D'fhéadfadh sé a bheith i bhfad níos fearr dá mbeadh fáil ar an infheistíocht a bhí geallta," a dúirt Samantha. "Tá na doirse róchúng agus an staighre contúirteach. Dhúnfaí an áit dá ndéanfaí scrúdú ceart air."

"B'fhéidir go mbeidh sé dúnta i bhfad níos túisce ná mar a cheapann tú, nuair a chloisfeas muintir na n-othar eile gur éalaigh Ó hAnluain. Gan trácht ar na húdaráis sláinte."

Bhí cosúlacht ar Edwina gurbh fhearr léi a bheith in áit ar bith eile ar an saol ná a bheith ag éisteacht leis an spochadh seo. "Ní mór dúinn díriú ar an bhfadhb atá romhainn i láthair na huaire." Chuir sí a cosa dea-dhéanta thar a chéile, a sciorta ag titim siar beagán lena glúine a thaispeáint.

"Tuige nár dhúirt tusa liom nach raibh sé ag an lón?" a d'iarr Samantha uirthi, í ag breathnú ar ghlúine Edwina ar nós gur masla di iad.

"Ní raibh muid ag caint, an cuimhneach leat?" a d'fhreagair Edwina. "Tar éis an mhasla a thug tú dom aréir."

"Cén masla?" a d'iarr Traolach.

"Níor inis mé ach an fhírinne." D'fhan Samantha go dtí go n-inseodh Edwina gur thug sí striapach uirthi.

Níor rug Edwina ar an mbaoite. "Idir an bheirt againne atá sé. Ní fiú trácht anois air. Tá ceist i bhfad níos tábhachtaí le plé againn. Go sibhialta, tá súil agam."

Chroith Traolach a chloigeann. "Shíl mé go raibh muid imithe thar na hargóintí sin faoin am seo."

Bhreathnaigh Samantha air, olc ina súile. "Ní bheadh fadhb ar bith eadrainn dá gcoinneofá do bhod i do threabhsar." Ghoill sé go mór uirthi nach raibh ar a cumas bata is bóthar a thabhairt d'Edwina nuair a fuair sí amach faoin gcaidreamh idir í agus a fear. Ní raibh cead a leithéid a dhéanamh faoi dhlí na tíre, ar ndóigh. Ach d'oibrigh an dlí ar mhaithe le chaon duine acu: ní raibh ar chumas Thraolaigh fáil réidh léise ach an oiread.

D'oscail Traolach comhad ar an mbord os a chomhair. "Caithfidh muid an drochphoiblíocht a thiocfas as seo a bhainistiú," ar seisean.

"Tá saol fir idir bás is beatha," a dúirt Samantha, "agus tá muid ag caint ar phoiblíocht a bhainistiú!"

"Céard is féidir linn a dhéanamh faoi cibé céard atá le tarlú in Amstardam? Ní mór dúinn muid féin a chosaint nó beidh Suaimhneas dúnta gan mórán achair, na seandaoine caite ar an gcarn aoiligh."

"Nach agat atá an trua dóibh," a dúirt Samantha. "Níl siad ach ar nós ainmhithe sa scioból fad is a bhaineann sé leatsa."

"Is beag a bheas fágtha le roinnt eadrainn," arsa Traolach, "mura dtugann muid aire dár ngnó. An féidir linn díriú ar an gceist atá idir lámha ag an nóiméad seo?"

"Níorbh ionann Stiofán agus an gnáthdhuine eile atá anseo," a dúirt Edwina. "Bhí sé trioblóideach sular tháinig sé anseo, agus bhí a fhios sin ag a mhuintir. Sin é an fáth ar roghnaigh siad Suaimhneas, toisc na ballaí arda ina thimpeall."

"D'éalaigh sé mar sin féin," arsa Traolach, a chloigeann ag dul ó thaobh go taobh aige ar nós uasal le híseal. Bhí sé ag obair sa teach altranais ar feadh tamaill mhaith ach chuaigh sé ar ais ag obair mar thógálaí nuair a chlis ar a phósadh. Bheadh sé dodhéanta fanacht sa teach altranais le Samantha agus Edwina tar éis gach ar tharla, go háirithe an lá sin nuair a rug Samantha ar an mbeirt acu sa gcófra faoin staighre. Léirigh an cruinniú seo cé chomh deacair agus a bhí sé déileáil leis an mbeirt acu faoi aon dhíon amháin.

"Bheadh Stiofán Ó hAnluain imithe gan tásc ná tuairisc as áit ar bith eile i bhfad roimhe seo," an tuairim a bhí ag Edwina. "Agus tá a fhios ag a mhuintir é sin chomh maith linne. Bhris sé a chos san áit dheireanach ina raibh sé. Níor tharla a leithéid dó anseo."

"Brisfidh sé a chloigeann agus a thóin agus chuile rud eatarthu, má thiteann sé ón áit ina bhfuil sé faoi láthair," a dúirt Samantha sular chuir sí ceist ar Edwina. "Ar thóg sé a tháibléid ar maidin?"

"Chomh fada le m'eolas, thóg."

"Chomh fada le d'eolas!" arsa Samantha ina diaidh. "Ar thóg sé iad nó nár thóg?"

Bhraith Edwina a rá gur chuma léi dá gcuirfeadh sé suas ina thóin iad, ach thograigh sí a bheith proifisiúnta, "Fuair sé a chógas leighis ar nós chuile dhuine eile. Ní féidir liom faire ar chuile dhuine go dtí go gcuireann siad na táibléid ina mbéal."

"Bíonn sé suaimhneach nuair a thógann sé a tháibléid," arsa Samantha.

D'fhreagair Edwina go searbhasach, "Dá mbeadh sé ceangailte den chathaoir agus na táibléid curtha siar ina bhéal ní rachadh sé in aon áit. Cá bhfios dúinn nach iad na deamhan táibléid a chuir ina chloigeann dul go hAmstardam?"

"Mura dtaitníonn leat a bheith ag obair anseo . . ."

Chuir Edwina a cloigeann ar leataobh. "Faraor nach bhfuil na coinníollacha oibre níos fearr."

"Is iomaí áit eile a ghlacfadh le duine atá chomh flaithiúil lena bhfuil á thairiscint aici," a dúirt Samantha agus í ag breathnú ar ghlúine Edwina.

Lig Traolach osna. "Mura bhfuil ómós ag daoine dá chéile . . ."

"Breathnaigh cé atá ag caint ar ómós," arsa Samantha. "Cá fhad ó bhí ómós agatsa d'aoinneach?"

Sheas Traolach suas. "Ní féidir linn tada a shocrú mar seo."

"Céard is féidir linn a shocrú faoi láthair?" a d'iarr a hiarbhean chéile. "Ní féidir linn Ó hAnluain a thógáil anuas ón áit ina bhfuil sé. Má mhaireann sé, gach seans go mbeidh siad ag iarraidh orainn glacadh leis arís. Is ceist eile ar fad í má chuireann sé lámh ina bhás féin. Ach má dhéanann féin, eisean a bheas ciontach. Ní muide."

Shuigh Traolach síos. "Caithfidh muid straitéis a oibriú amach. Beidh sé ródheireanach tar éis dó bás a fháil. Má tá ceisteanna le freagairt, caithfidh na freagraí a bheith ar bharr ár dteanga againn."

Rinne Samantha gáire beag searbhasach. "Ní raibh trioblóid ar bith agat leis an mbualtrach riamh cheana nuair a bhí ort labhairt go poiblí. Ná bíodh aon imní ort. Déarfaidh tú an rud ceart leis na meáin."

"Ní féidir leo chuile mhilleán a chur ar theach altranais," a dúirt Edwina. "Ní hé an chéad áit é ar éalaigh daoine as i ngan fhios don saol, cuid acu nár frítheadh riamh."

"Gearradh fíneáil ar úinéirí an tí as ar éalaigh siad," arsa Samantha gan breathnú ar Edwina, ar nós nach raibh a fhios ag an mbean eile céard faoi a raibh sí ag caint.

"Is cás polaitiúil anois é," arsa Traolach, "ós rud é go bhfuil súil chomh géar á coinneáil ar chúrsaí leighis agus sláinte. D'fhéadfadh ceisteanna Dála a bheith ann má thagann sé seo chun solais."

Ní raibh aon amhras ar Samantha go dtiocfadh an scéal chun solais. "Ní fhéadfadh Ó hAnluain suíomh níos fearr ar domhan a roghnú le poiblíocht a fháil, le haird an domhain a tharraingt. Sin é an fear a bhí ceaptha a mheabhair a bheith caillte aige. Chuir sé an dallamullóg orainne chomh maith is a chuir sé ar a chlann féin."

Bhreathnaigh Traolach ar a uaireadóir. "B'fhéidir gur cheart dúinn breathnú ar an nuacht." Chuir sé an teilifís ar siúl ach ní raibh Stiofán Ó hAnluain luaite sna ceannlínte. "B'fhéidir nach bhfuil sé ina scéal chomh mór is a cheap muid," a dúirt sé.

"Caithfidh sé go bhfuil sé beo fós," arsa Samantha.

"Tuige a gceapann tú é sin?" a d'iarr Traolach.

"Bheadh sé ar an nuacht cinnte dá gcaithfeadh sé léim anuas ón áit sin. B'fhéidir go bhfuil cosc ar é a thuairisciú fad is atá an cás idir dhá cheann na meá."

Bhí a tuairim féin ag Edwina. "Is dóigh nach bhfuil cead ceamara ar bith a thabhairt isteach ann ar fhaitíos go gcuirfeadh an rud is lú as dó. Ach buailfidh an cac an *fan* nuair a bheas an ghéarchéim thart."

"Is aisteach an leagan é sin a chur ar dhuine bocht a bpléascann a chloigeann ar an urlár," arsa Samantha. Rinne sí aithris ar Edwina. "Buailfidh an cac an *fan!*"

Chosain Edwina í féin. "Is leagan cainte idirnáisiúnta atá ann. Bheadh sé cloiste ag duine ar bith a mhaireann sa saol réadúil."

Mhúch Traolach an teilifís. "Cén plean atá againn le muid féin agus an gnó seo a chosaint?"

D'fhreagair Samantha, "Sin í an phríomhfhadhb atá againn go mbíonn muid ag breathnú ar ionad sláinte a thugann aire do sheandaoine mar ghnó. Caithfidh sé go bhfuil níos mó ná sin i gceist."

"Mura bhfuil teacht isteach eicínt as, ní féidir áit mar seo a rith. An as grá Dé nó ó do chroí mór a dhéanann tusa do chuid oibre?" a d'iarr Traolach go soiniciúil.

"Saothraím mo chuid airgid chomh maith leis an gcéad duine eile," arsa Samantha. "Ach tá níos mó i gceist leis ná gnó. Is cairde liom iad na daoine is faide atá ann. Cuireann sé as dom nuair a chailltear iad. Níl Stiofán i bhfad linn ach beidh mé buartha má tharlaíonn tada dó, ní ar mhaithe leis an ngnó ach ar mhaithe leis féin agus a mhuintir. Níl mórán aithne agam ar a mhac, ach tá Sara go deas."

"Níor mhaith le haoinneach duine nó ainmhí a fheiceáil gortaithe," arsa Edwina. "Chonaic mé coinín beag maraithe le taobh an bhóthair ar maidin agus ghoill sé orm go linn bhuí na gcaolán."

Gháir Samantha. "Deir siad go bhfuil na coiníní cosúil le cuid de na daoine, nach stopann siad choíche ag . . . Tá a fhios agat. Gach seans go raibh a shólás faighte ag do choinín sula bhfuair sé bás."

D'iarr Traolach, "Tuige a gcaitheann tú beag is fiú a dhéanamh de gach rud a deir sí?"

"A deir sí," arsa Samantha ina dhiaidh. "An bhfuil ainm ag an duine seo a bhfuil tú ag caint uirthi? Nó an é nach bhfuil inti ach bréagán? *Trophy*? Ornáid? *Bimbo*?"

Níor fhreagair Traolach a ceist. Rinne sé iarracht eile díriú ar an gceist. "Ar cheart dúinn glacadh arís le Ó hAnluain má iarrann a mhuintir orainn glacadh leis?"

Dúirt Edwina gur cheap sí gur mó trioblóid é ná rud ar bith eile: go gcaithfí an iomarca ama ag faire air agus go gcaillfeadh othair eile an cúram a bhí ag dul dóibh dá bharr.

"B'fhéidir nach ndéanfaidh siad scéal mór de gur éalaigh sé má thugann muid le fios go nglacfaidh muid ar ais leis," a dúirt Traolach.

"Más ó thaobh gnó atá daoine ag breathnú air," arsa Samantha, "is féidir níos mó airgid a iarraidh le haire a thabhairt dó. Ach nach bhfuil muid ag breathnú chun cinn rómhór? Is beag an seans atá aige teacht slán, déarfainn."

"Ach tá sé glic," a dúirt Traolach.

Níor aontaigh Edwina leis. "Amaideach atá sé, dul suas ar bhalla in áit mar sin."

"Tá sé glic, cinnte," arsa Traolach. "Duine ar bith atá in ann éalú as seo agus a bhealach a dhéanamh go hAmstardam . . . Ní amadán ar bith é."

"B'fhéidir nach bhfuil sé leath chomh glic is a cheapann sé. Tá a leithéid ann," arsa Samantha, ag breathnú ar Edwina.

IV

"Meas tú cá ndeachaigh mo dhuine?" a d'iarr Séamas Mac Cormaic. Bhí cuid de na seanóirí bailithe le chéile sa seomra suí i Suaimhneas tar éis tae an tráthnóna. Ní raibh aird ar bith ag aoinneach ar an teilifís a bhí ar siúl sa gcúinne. Chomh luath is a tháinig deireadh na nuachta gach oíche chastaí anuas an fhuaim le go mbeidís in ann labhairt lena chéile nuair a thogróidís.

"Cén duine?" a d'iarr Máirín Ní Bhriain.

"An seanbhuachaill leis an muinéal fada a bhí anseo aréir," ar seisean. "Mo dhuine a bhí ag bladaráil leis féin nuair a bhíomar ag caint. Bhailigh sé leis ón seomra seo ar maidin ag rá gur theastaigh uaidh an áit a fhágáil go beo."

"Chuaigh sé chun na bhflaitheas," arsa Eibhlín Uí Ruairc, a bhí suite go domhain i gcathaoir bhog, a cloigeann ar leataobh aici. Bhí tráidire trasna os a comhair. Leagtaí a béile air, ach bhí sé ann i ndáiríre chun nach n-éalódh sí as a cathaoir. Ní raibh ar a cumas a cosa a choinneáil fúithi i gceart. Lig sí scairt gháire. "B'fhéidir gur go hifreann a chuaigh sé. Chuaigh sé go háit eicínt acu, mar a théann chuile dhuine ar deireadh."

"Faraor nach dtéann tú féin go ceann eicínt acu," arsa Séamas faoina anáil, "agus bheadh suaimhneas againn."

"Nach bhfuil suaimhneas againn mar atá muid," a dúirt Máirín. "Nach in ainm na háite seo? Suaimhneas mo thóin, nuair a thosaíonn sí siúd ag béiceach."

Labhair Séamas i gcogar le Máirín. "Dúirt sé go raibh sé ag dul go dtí an t-aerfort. Shíl mise gur seafóid a bhí air."

"Cé a dúirt?" d'iarr Máirín, ar nós go raibh dearmad déanta aici ar cé faoi a raibh Séamas ag caint.

"Mo dhuine a bhí anseo aréir," a d'fhreagair Séamas.

"Déarfainn go raibh seafóid air."

"Ní raibh tada air ach seafóid," a d'fhreagair Máirín.

"Ní raibh sé in ann a rá liomsa an raibh sé pósta nó scaoilte."

"Tuige?" a d'iarr Séamas. "An raibh súil agat air?"

"Dá mba rud é go raibh fear uaim, ní fear é a bheadh imithe as a mheabhair," ar sise.

"Déarfainn nach raibh aon fhear agat riamh," arsa Séamas.

"Tuige a ndeir tú é sin?"

"Mar nár phós tú riamh. Nach in a dúirt tú liom?"

"Ní hé sin le rá nach raibh fear agam," a dúirt Máirín. "Ní raibh mé sách seafóideach le fear ar bith a phósadh. Is rud eile ar fad é sin. Níor theastaigh a leithéid uaim. Nach raibh gadhar agam?"

Gháir Séamas. "Ní choinneodh sé sin te thú san oíche."

"M'anam ach go gcoinneodh. Labradór mór dubh a bhí ann, Ranger. Ní fhéadfá comhluadar níos fearr a bheith agat."

"Ní raibh spéis ar bith agat sa rud eile?" a d'iarr Séamas. Lig Máirín uirthi nár thuig sí a ceist. "Cén rud eile?"

"Tá a fhios agat go maith."

Chuir Micí a ladar féin isteach sa scéal. "An rud a dhéanann an tarbh leis an mbó."

Thosaigh Eibhlín ag rá arís is arís eile, "Bó bhradach, bó bhradach."

"Ní raibh ceachtar againn ag caint leatsa," arsa Séamas le Micí. "Ní féidir le duine comhrá a bheith aige anseo gan duine eile a shorn a shá isteach ann."

"Níor chuir mé mo shorn in aon áit," a d'fhreagair Micí. "Labhair go híseal, mura bhfuil sibh ag iarraidh go gcloisfeadh aon duine sibh."

Chuir Máirín ceist. "Céard faoi a raibh muid ag caint?"

"Déan dearmad air," arsa Séamas.

"Bhíomar ag caint ar mo dhuine a bhí anseo aréir agus atá imithe inniu, cén t-ainm a bhí air?"

"Dheamhan a fhios agam," arsa Séamas. "Ach déarfainn go raibh an fear céanna imithe as a mheabhair.

"D'fhéadfadh sé a bheith imithe ón saol uilig," a dúirt Máirín. "D'fhéadfadh sé a bheith bailithe i dtigh diabhail."

Chuir Micí Ó Faoláin a ladar isteach sa scéal arís. "Níl gach rud ceart sa seomra láir. Tá siad ar nós mála easóg ann, fear an tí agus a bheirt bhan, an dá *nurse*. Tá siad ag troid is ag achrann, agus is cuma leo cé atá ag éisteacht."

"Tá an fear bocht sin sáinnithe ag an mbeirt bhan," an tuairim a bhí ag Máirín, "chaon duine ag troid len é a fháil."

"Is ag an mbean óg atá sé i láthair na huaire," arsa Micí, "agus níl an ceann eile in ann glacadh leis sin. Éad atá uirthi."

"Tuige nach mbeadh?" a d'iarr Séamas. "Nuair a goideadh a fear uaithi, an bhean bhocht."

"Cén chaoi a mbeadh sí in ann é a choinneáil nuair a d'éirigh sí chomh ramhar sin?" a d'iarr Máirín.

"Tá sí chomh ramhar le bó," arsa Eibhlín. "Bó bhradach, bó bhradach, bó bhradach."

"Is bean bhreá í," a dúirt Séamas, "bean chineálta, murab ionann is an bhitseach eile."

Chroith Micí a chloigeann. "Ach is deise í an stumpa óg le breathnú uirthi. Faraor nach bhfuil mé cúpla scór bliain níos óige. Bhainfinn croitheadh aisti."

Rinne Séamas gáire. "Cúpla scór? Trí nó ceithre scór ba chirte a rá. Is fada ó bhí aicsean den tsórt sin agatsa."

Bhí Eibhlín ag rá léi féin os ard, "Aicsean, aicsean, aicsean. Níl tada uaibh ach aicsean."

"Is fada ó bhí aicsean de chineál ar bith ag ceachtar againne," a dúirt Séamas. Máirín a d'fhreagair. "Labhair ar do shon féin. Bhí tairiscint agamsa aréir, bíodh a fhios agat."

Bhreathnaigh Séamas ar Mhicí. "An tusa a bhí á hiarraidh? Shílfeá go mbeadh náire ort."

"Ní hé," ar sí le déistin. "Ní ghabhfainn in aice leis an strachaille sin. Mo dhuine a bhí anseo aréir agus a d'imigh inniu. D'iarr sé orm cá raibh mo sheomra. Nach é a bhí dána?"

"Céard a dúirt tú leis?" a d'iarr Micí, a dhá bhois á gcuimilt le chéile aige, é ar bís lena fhreagra a chloisteáil.

"Uimhir a dó dhéag," a dúirt mé. "Agus ná déan aon mhoill. Nigh thú féin sula dtagann tú in aice liomsa."

"Ar tháinig sé?" a d'iarr Séamas.

"An raibh sé le cuireadh mar sin a dhiúltú?" ar sise.

Bhí Micí ag cuimhneamh. "Ní leat an seomra sin. Ní leatsa uimhir a dó dhéag, ach le . . ."

Bhí meangadh mór gáire ar bhéal Mháirín. "Nach in é an fáth ar dhúirt mé leis é?"

Bhí Séamas ag comhaireamh ar a chuid méaracha. "Dó dhéag. Nach le hEibhlín ansin an seomra sin? Nach thú an diabhal!"

"Meas tú an ndeachaigh sé chomh fada léi?" a d'iarr Micí. "An bhean bhocht. Ní bheadh a fhios aici céard a bheadh ar siúl."

"Mura mbeadh." Bhí ardtaitneamh á bhaint ag Máirín as an scéal. "Tuige a bhfuil sí ag fógairt 'aicsean' ó mhaidin in ard a gutha? Tar éis an oíche is fearr a bhí riamh aici."

Chroith Micí a chloigeann ó thaobh go taobh. "Ní raibh sé sin ceart ná cóir."

"B'fhéidir gurbh í a thug bata is bóthar don diabhal," arsa Séamas, " gurb in é an fáth ar imigh sé ar maidin. Meas tú ar chuir an dream san oifig fios air agus gur dhíbir siad amach as an áit é?" Cheartaigh Máirín a scéal, mar b'fhacthas di go raibh sé ag dul rófhada. "Ag magadh a bhí mé i ndáiríre. Níor thug mé uimhir ar bith dó, ach ní hé sin le rá nár chuimhnigh mé air."

Bhí Micí fós fiosrach. "Ach céard a dúirt tú leis?"

"Dúirt mé leis dul i dtigh diabhail."

"Dul i dtigh diabhail," arsa Eibhlín ina diaidh agus lean sí uirthi á rá arís agus arís eile go dtí gur fhógair Séamas uirthi stopadh.

"Éist leis an mbean bhocht," a dúirt Micí. "Níl aon neart aici air."

"Táim bodhraithe aici." D'éirigh Séamas agus d'iarr ar Mháirín ar theastaigh uaithi dul go dtí seomra na bh*fags*, le toitín a bheith aici.

"Tiocfaidh mise leat," arsa Micí.

"Ar iarr mé ortsa teacht liom?" a d'fhiafraigh Séamas ar ais. "Fan anseo le do chailín."

"Cén cailín?" a d'iarr Micí.

"Eibhlín, ar ndóigh. Níor stop tú ach ag rá 'Eibhlín bhocht' ar feadh na hoíche."

"Coinnigh oraibh," arsa Micí. "Níl mise ag iarraidh teacht idir an bheirt agaibh."

"Cén chaoi?" a d'iarr Máirín.

"Ní raibh a fhios agam gur *date* a bhí agaibh i seomra na bh*fags*."

Bhí fearg ag teacht ar Shéamas. "Ní *date* é, ach ní chaitheann tusa. Caitheann Máirín."

"Chaithfinn ceann dá bhfaighinn in aisce é," arsa Micí.

Thug Séamas freagra gearr air. "Dhéanfá go leor, táim cinnte, dá bhfaighfeá in aisce é."

"Tá sé rófhuar amuigh ann," a dúirt Máirín. "Níl dúil chomh mór sin agam sna toitíní, ach amháin nuair a bhím ag imirt chártaí."

"D'fhéadfadh muid cluiche a bheith againn," a dúirt Séamas.

"Níl aon fhonn orm anocht," ar sise.

"Cé chomh minic a deireann bean é sin?" a d'iarr Micí.

"Níl aon fhonn orm anocht." Bhí a freagra ag Máirín. "Ní chuirfinn milleán uirthi á rá dá mba rud é go raibh sí in éineacht leatsa."

D'fhan siad ar fad ina dtost go ceann tamaill. Bhí caint le cloisteáil ón oifig síos an halla, cé nach raibh siad in ann a thuiscint céard a bhí á rá ag na daoine ar leo an teach altranais.

Ba é Micí ba thúisce a labhair. "Nach mbeadh sé barrúil dá mbeadh muid ar fad imithe as an áit nuair a thiocfas siad amach ón gcruinniú sin? Tá a n-aird iomlán ar an té atá bailithe leis ó mhaidin, gan spéis ar bith acu sa dream atá fanta."

"Níl aon áit agamsa le dul." Bhí cuma an bhróin ar ghuth Mháirín. "Dhíol mé mo theach le teacht isteach anseo."

"Nach bhfuil tú sásta anseo?" a d'iarr Séamas, ar nós nár thuig sé cén fáth nach mbeadh sonas ar chuile dhuine a bhí istigh ann.

"Is mór idir a bheith sásta agus d'áit féin a bheith agat," a d'fhreagair Máirín. "Níl aon tinteán mar do thinteán féin."

D'iarr Séamas ar Mhicí, "An é nach bhfuil tusa sásta agus tú ag caint ar éalú amach as i lár na hoíche?"

"Ní raibh mé ach ag cur i gcás," a dúirt Micí. "Tá m'áit

féin ag mac mo dheirféar agus a bhean. Is cosúil go bhfuil dearmad déanta ar cá ndeachaigh mé, cé gurbh iad a chuir anseo mé. Bíodh acu. Cuirfidh mé na laethanta atá fanta agam isteach anseo."

Bhreathnaigh Máirín ar Shéamas. "Is cosúil go bhfuil tusa chomh sásta le bó le coca féir anseo."

"Dheamhan locht air. Nach bhfuil comhluadar agam? Togha na cuideachta cé go mbíonn muid ag troid ó am go ham. Nach fearr é sin ná a bheith i mo chónaí ar thaobh an tsléibhe gan aon duine le feiceáil agam ó mhaidin go faoithin ach fear an phosta."

"Is minic nach mbíonn sé sin féin le feiceáil na laethanta seo," a dúirt Máirín, "ach na litreacha curtha i mbosca ag an ngeata."

Labhair Micí. "Ní fear an phosta a bhí againne, ach bean. Bean bhreá a bhí inti freisin."

Rinne Máirín magadh. "Is dóigh gur bhain tú triail aisti?"

"Bhí sí pósta. Faraor."

Chuaigh Séamas i dtreo an dorais le go mbeadh a thoitín aige. "Ní hé seo an áit is measa."

"Bhí misneach ag mo dhuine mar sin féin," an tuairim a bhí ag Micí.

"Cén duine?" a d'iarr Máirín.

"Mo dhuine a bhí anseo aréir agus a chuaigh amach sa saol mór inniu."

Labhair Eibhlín ar nós go raibh a misneach faighte ar ais aici tar éis do Shéamas an seomra a fhágáil. "Chuaigh sé i dtigh diabhail. I dtigh diabhail a chuaigh sé. Ach tiocfaidh sé ar ais. Éireoidh sé arís tar éis trí lá. Moladh go deo le Dia."

"Ag éirí níos seafóidí in aghaidh an lae atá sí," arsa Micí.

"Tá sí ag déanamh praiseach dá Teagasc Críostaí," an tuairim a bhí ag Máirín.

Lean Eibhlín uirthi ag rá, "I dtigh diabhail . . ."

V

Níor bhraith Stiofán Ó hAnluain chomh tuirseach riamh ina shaol. Is beag nach raibh na cosa ag lúbadh faoi. Bhí cuid den chomhluadar a bhí ina thimpeall ag imeacht as an áit de réir a chéile. Bhí an *tannoy* ag síorfhógairt orthu an músaem a fhágáil. Ba léir go raibh an lá istigh, am dúnta tagtha. Níor fhéad sé iad a choinneáil, cé gur cheap sé go raibh sé níos fearr as nuair a bhíodar thart air.

Ní raibh chuile dhuine imithe, ar ndóigh, agus fad is a bhí duine amháin seachas lucht faire an mhúsaeim agus na póilíní agus na saighdiúirí thart air d'airigh Stiofán go raibh sé réasúnta sábháilte. Bhí a sháith cloiste aige le linn a shaoil faoi lucht gunnaí ag dul thar fóir. Níor thóg sé ach duine amháin ar theastaigh uaidh gaisce a dhéanamh praiseach a dhéanamh de chuile shórt. Bhreathnófaí isteach sa scéal, ar ndóigh. Thabharfadh aturnae mór le rá a bhreith *blah blah blah* ach bheadh fuil doirte, duine maraithe. Bheadh anam agus spiorad éirithe as an gcorp, ag eitilt ar aghaidh go dtí na flaithis nó cibé cén áit a ndeachaigh a leithéid. Bheadh fuil agus anam silte nach bhféadfaí a chur ar ais sa gcolainn loite arís.

Ba léir gur tháinig imní ar an lucht féachana nuair a shuigh Stiofán síos ar a ghogaide ar bharr an bhalla agus é ag lorg faoisimh dá chosa. Bhí trua le tabhairt faoi deara i súile na ngnáthdhaoine timpeall air, an lucht faire ag féachaint go géar air, le deis a fháil breith air agus é a thógáil anuas den bhalla. Ach cérbh iad na gnáthdhaoine? Cérbh iad an lucht faire? Ba mhar a chéile dó iad. Ní bheadh spiadóir ina spiadóir dá mba rud é go raibh cosúlacht spiadóra air. B'fhéidir go raibh chuile dhuine acu ina spiadóirí, nó b'fhéidir nach raibh spiadóir amháin féin i measc an tslua sin. Cá bhfios dó? Fad is nach ndearna siad iarracht breith air agus é a chiapadh ba chuma leis cérbh iad féin.

"Ba mhaith liom deoch uisce a fháil," a dúirt Stiofán. Bhreathnaigh daoine ar a chéile ach ba léir nár thuig aoinneach céard a bhí á rá aige. Rinne sé comhartha óil ar nós go raibh gloine á chur chuig a bhéal aige agus dúirt, "*Water.*" Bhí sé ar intinn aige roimhe sin gan aon fhocal Béarla a labhairt go deo arís, ach nuair a thagann an crú ar an tairne ní raibh dochar ar bith ann teanga na ngall a úsáid. Thóg sé tamall orthu teacht leis an uisce, rud a chuir i gcuimhne do Stiofán gur thug sé sin deis dóibh nimh nó druga eicínt a chur tríd.

"*You drink half,*" a dúirt Stiofán leis an gcailín a tháinig lena dheoch. D'ól sí é gan drogall ar bith. Thaispeáin sé ansin le comhartha láimhe cén áit a raibh sí leis an ngloine a fhágáil. Fad láimhe uaidh. "Go raibh maith agat," ar sé léi, agus tháinig meangadh gáire ar a béal chomh deas is a chonaic sé riamh. Faraor nach raibh sé óg arís, ar sé leis féin, ach ansin chuimhnigh sé nach bhféadfadh sé a bheith mídhílis dá bhean chéile. Má bhí bean aige, an raibh sí beo nó marbh? Sin í an cheist: an raibh sí beo nó marbh? Dá mba rud é go raibh sí básaithe ní raibh aon laincis air. Níor gheall sé ach "Go scara an bás sinn". Ach bhí a fhios aige i gcúl a chinn go raibh sé ceaptha an tsíoraíocht a chaitheamh in éineacht lena bhean chéile. Cén dochar? B'fhéidir go raibh sí chomh maith leis an gcéad bhean eile.

"Caithfidh sé go raibh mé i ngrá léi," ar sé os ard leis féin agus é ag iarraidh an bhean a phós sé a thabhairt chun cuimhne. An raibh sí chomh deas leis an gcailín óg seo? Gach seans go raibh, nuair a bhí sí i mbláth a hóige. Ach seanchailleach a bheadh inti anois, dá mairfeadh sí, chomh sean leis féin. Bheadh sí cosúil leis an tseanchailleach a raibh sé ag caint léi san áit as ar éalaigh sé. Bhí na fir eile san áit ag magadh faoi go rachadh sé go dtí a seomra le go mbeadh an chraic acu. B'fhearr leis dul go purgadóir. Ach, ar ndóigh, níor dhúirt sé é sin léi. Níor theastaigh uaidh an bhean bhocht a ghortú. Scéal eile ar fad a bheadh ann leis an gcailín a leag an t-uisce lena thaobh. Ba chuma leis léim anuas ar an urlár marmair tar éis dó leathuair a chaitheamh leis an gcailín sin, cailín deas crúite na mbó, bhuel, an cailín deas a d'iompair a ghloine uisce sa gcás seo.

Sea, an t-uisce. Is beag nach raibh dearmad déanta aige air, a chuid smaointe imithe ar seachrán. Tuige a raibh a bhéal spalptha agus deoch uisce lena thaobh? Líon sé a bhéal agus d'fhág an chuid eile sa ngloine. Bheadh deoch eile aige ar ball. Dá mba rud é go raibh nimh curtha san uisce ní bheadh blogam amháin chomh dona le dhá bhlogam. Ní dhearna an deoch a d'ól an cailín aon dochar di. Bhreathnaigh sé thart féachaint cá raibh sí ach ní raibh aon dé uirthi.

Spiadóir eile, b'fhéidir. Ní raibh aoinneach le trust. Gheall sé dó féin nach n-ólfadh sé níos mó. Scaoil sé an méid a bhí coinnithe ina bhéal aige amach ar nós gur smugairle a bhí ann. Chas sé a chloigeann ó thaobh go taobh ar nós nár thaitin an t-uisce leis ar fhaitíos go gceapfadh an lucht féachana gur ag iarraidh iad a mhaslú a bhí sé trí smugairle a chaitheamh. Ní drochmheas a bhí aige ar na daoine seo ach ardmheas mar gur fhan siad leis nuair a bhí deis acu imeacht leo abhaile.

Smaoinigh Stiofán ar shuí síos i gceart ar an mballa. A scíth a ligean. Thabharfadh sé sin deis níos fearr do na póilíní agus na saighdiúirí breith air, ach bhainfeadh sé an meáchan dá chosa. Tabhair meáchan air. Bhí sé réidh le titim. Níor sheas sé chomh fada sin in aon iarraidh amhán ó bhíodh an soiscéal fada á léamh sa séipéal nuair a bhí sé ina mhalrach. Léite i Laidin, scéal na páise, páis Chríost agus gan tuiscint ar bith ag an lucht éisteachta ar a raibh á rá, seachas an sagart. Sórt pionóis a bhí sa soiscéal fada, pionós a chuireadh le pianta Chríost ar bhealach eicínt. Sheastaí ar leathchois uaireanta leis an bpionós a dhéanamh níos géire. Sórt cluiche a bhíodh ann faoin am sin, na buachaillí ag coimhlint lena chéile cé acu is faide a sheasadh. Is fearr suí gearr ná seasamh fada, agus lena láimh dheas leagtha ar an mballa le meáchan a cholainne a ghlacadh, chuir sé cos amháin síos roimhe go mall, agus an ceann eile ina dhiaidh go dtí go raibh sé ina shuí ar an mballa. Faoiseamh, a mhac. Bhí a fhios aige go mbeadh air a bheith ag faire níos géire ná riamh le dul as bealach an té a bheadh ag iarraidh breith air. Ba chuma leis ar bhealach dá mbéarfaí anois air. Bhí sé tuirseach den taispeántas, den agóid, de cibé céard a bhí ar siúl aige, ach bhí sásamh as é a dhéanamh mar sin féin.

Tháinig sé chun cuimhne gur fear agóide a bhí ann féin ag tús a shaoil, agóidí san ollscoil, agóidí ar shráideanna Bhaile Átha Cliath, agóidí faoi *apartheid* san Afraic Theas, in aghaidh Uachtarán Mheiriceá Richard Nixon agus an cogadh a bhí ar siúl aige i Vítneam. Bhí na trioblóidí ó thuaidh ann freisin, ar ndóigh. Ar bhealach bhíodar siúd róghar don bhaile. B'fhurasta i bhfad a bheith ag cur in aghaidh na Springboks imirt ag Bóthar Lansdún ná a bheith ag seasamh taobh le taobh le dream nár theastaigh uathu ach Ambasáid na Breataine agus chuile dhuine istigh ann a lasadh, fiú agus na *Brits* céanna freagrach as Domhnach na Fola i nDoire.

Bhí athair Stiofáin ag leagan cáblaí do Murphy ar fud London ag an am, ag íoc as a mhac san ollscoil, mac a chaith níos mó ama ar na sráideanna i mbun agóide ná ag freastal ar a chuid léachtaí. Nach tráthúil go bhfaca an t-athair a mhac ar chéad leathanaigh *Scéala Éireann* agus é thall i gCricklewood an lá a lasadh an Ambasáid? Ní hé gur theastaigh óna mhac dul chomh fada an lá sin, mar nár chreid sé sa díoltas, súil ar shúil, fiacail ar fhiacail. Scuab an slua chun siúil é in aghaidh a thola. Agóid shíochánta a theastaigh uaidhsean. Ba dhuine de lucht leanta Martin Luther King as a mhodhanna oibre a bhí ann, cé nár choinnigh an tsíochántacht an piléar ó dhoras Mháirtín. Nuair a fiafraíodh dá athair cén fáth a raibh sé ag cur an oiread spéise sa ngrianghraf ar an bpáipéar, d'fhreagair sé, "Sílim go n-aithním an t-amadán sin."

Níor inis a athair do na fir eile cérbh é an t-amadán sa bpictiúr, ar ndóigh, mar bhí náire air. Scríobh sé chuig a mhac an tseachtain céanna. Ba chuimhneach le Stiofán peannaireacht mhór an té nár chleacht an scríbhneoireacht ach corruair. Dúirt a athair leis go bhfaigheadh sé jab dó le Murphy an samhradh dár gcionn. Bheadh air costais an choláiste a thuilleamh é féin as sin amach. Níor luadh an agóid ná an t-údar a raibh sé ann: ar ar tharla oíche Dé Domhnaigh a chuaigh thart, Domhnach na Fola. Ní raibh aon spéis ag a athair in aon rud seachas go mbeadh a mhac i mbun staidéir. Má theastaigh uaidh dul ar na sráideanna, bheadh air a bhealach féin a íoc.

Níor chaith Stiofán samhradh na bliana sin ar na cáblaí lena athair mar gur tháinig cónra a athar i dtír ar long Holyhead i lár na Bealtaine. Taom croí a fuair sé nuair a bhí cábla mór á tharraingt ag slua fear i Watford. Níor oibrigh Stiofán lena athair thall, ach d'oibrigh sé ar na cáblaí ann, maiteanas de chineál eicínt á lorg aige. Theastaigh an t-airgead, ar ndóigh, freisin, mar nach raibh ag a mháthair ach pinsean baintrí agus beirt níos óige le tógáil aici léi féin. Uair ar bith a chuala sé trácht ar fhoireann sacair Watford sna blianta ina dhiaidh sin chuimhnigh sé ar an maor a chuir a athair isteach sa scuaine, ag tarraingt téide leis an gcábla ceangailte de. Thit fear amháin sa scuaine agus níor cheadaigh an maor d'aon duine an líne a fhágáil le cuidiú leis an té a thit go dtí go mbeadh an cábla istigh. Ba é athair Stiofáin a thit.

Tháinig athrú saoil ar Stiofán an samhradh sin. Bhí a athair básaithe. Chlis air ina chuid scrúduithe. Bhí air rogha a dhéanamh agus ba é an rogha a rinne sé ná iarracht a dhéanamh dul isteach sa nGarda Síochána. Shíl sé go mbeadh sé ar dhubhliosta de bharr a chuid agóidíochta ach is cosúil gur mó aird a tugadh ar thuairimí na nGardaí ina áit dúchais ná ar rud ar bith a rinne sé sa gcathair. Fad is a bhain leo sa mbeairic áitiúil, fear óg a bhí ann ó chlann mhaith. Bhí a chroí san áit cheart, dar leo. D'imir sé peil leis an gclub agus bhí a athair tar éis bháis. Thar rud ar bith eile bhí sé tar éis tamall a chaitheamh ag an ollscoil. Buntáiste do Gharda óg ar bith. Bhí air scrúdú na nGardaí a dhéanamh mar sin féin, scrúdú nach raibh mórán níos deacra ná an ceann a rinne sé ag fágáil na scoile náisiúnta dó. Idir sin agus agallamh éasca, d'éirigh leis.

Bhraith Stiofán go raibh allas ar a bhaithis agus é ina shuí ar an mballa. Níor chuimhnigh sé ar aon rud chomh soiléir sin leis na blianta. B'fhada ó tháinig a athair chun a chuimhne a bheag nó a mhór, ach níorbh aon iontas é sin mar go raibh sé básaithe le breis agus dhá scór bliain. Smaoinigh sé ar feadh soicind go raibh a chuimhne ar ais, ach nuair a rinne sé iarracht a mháthair a thabhairt chun cuimhne, agus ina dhiaidh sin a bhean agus a chlann, ní raibh aon rud ann. B'fhéidir gur dul amú a bhí air; nár phós sé riamh; nach raibh aon chlann aige. Ach chaithfeadh sé go raibh máthair aige. Ní fhéadfaí teacht ar an saol gan mháthair. Mura bhfuair sí bás an-óg agus nach raibh aon chuimhne aige ar a héadan. Ach cé a thóg é? Bhí an t-eolas sin imithe amú sa gceo chomh maith. "Cén dochar?" arsa Stiofán leis féin os ard. "Tiocfaidh sé ar fad ar ais luath nó mall. Má bhí mé in ann m'athair a thabhairt chun cuimhne, tiocfaidh mo mháthair ar ais chugam chomh maith, agus mo bhean agus mo chlann ina diaidh." Bhí a fhios aige go gcaithfeadh sé greim docht daingean a choinneáil ar a athair. Bheadh sé mar sórt ancaire. D'fhéadfadh sé go raibh an chuid eile acu ceangailte den ancaire céanna. Dá mbeadh sé ar a chumas an áit a raibh cuimhne a athar a choinneáil oscailte, bheadh deis aige teacht ar na smaointe eile timpeall air.

Chuaigh líne trí intinn Stiofáin: "Is iomaí áras i dteach m'Athar." Bhí a fhios aige cé a dúirt é, ach chinn air ainm a chur leis. Ach bhí sé in ann é a fheiceáil ina intinn, gruaig fhada agus féasóg air, croí dearg ar a chliabhrach. Togha fir, ach cén t-ainm a bhí air? Mac Dé, sin é é. Bhí an ceart ar fad aige, áit faoi leith réitithe i gcomhair chuile dhuine. Mar sin a chonaic Stiofán freisin é. Bhí a athair feicthe aige ar ball ach níor fhéad sé a mháthair a fheiceáil faoi láthair mar go raibh an cuirtín tarraingthe, an doras dúnta. Bheadh chuile shórt ceart ar ball, gach rud soiléir, gach doras oscailte, gach cuirtín oscailte.

Bhí sos ann ar feadh tamaill, sos cainte, tost ón té a bhí ag caint go síoraí ar na micreafóin. Bhí air dul abhaile chuig a bhean is a chlann. Níor sheas an sos i bhfad. Bean a thosaigh ag caint ar an *tannoy*, guth álainn aici ach gliceas eicínt ag baint léi. D'airigh Stiofán é sin ar an bpointe.

Labhair sí go díreach leis ar nós gur seanchara léi é. Thabharfaí chuile chúnamh dó. Bheadh gach duine lách tuisceanach. Ná bíodh aon imní air. Mar dhea. Bhí a fhios ag Stiofán gur duine de na spiadóirí í. An ceann céanna, b'fhéidir, a thug an deoch uisce dó a bhí lán le nimh. Bitseach cheart chruthaithe. Thabharfadh seisean freagra uirthi. Bhuail sé an ghloine uisce ó bharr an bhalla lena thaobh. Rinneadh smidiríní de ar an urlár íochtair. B'in freagra Stiofáin ar a cuid plámáis.

Gach uair a labhair an cailín ar na micreafóin, d'fhreagair Stiofán í i nGaeilge. Choinnigh sé air ag caint fad is a bhí sise ag caint. Stop sé ar an bpointe a stop sí. Bhain an lucht féachana agus éisteachta sult as seo agus thosaigh cuid acu ag déanamh aithrise air ina dteanga féin. Bhí an-torann cainte ann agus gan focal ar bith le cloisteáil. Bhí beagnach an oiread gáire ann agus a bhí caint. Shíl Stiofán gur iontach an rud é go raibh an oiread sin daoine ag baint taitnimh as an tráthnóna. Ba dheise i bhfad gáire a chloisteáil agus ardghiúmar a fheiceáil seachas aghaidheanna gruama.

Stop an chaint a bhí ar siúl ar an aer go tobann. Stop chuile dhuine in éindí leis agus d'fhan siad ar bís go dtí go dtosódh sé arís. Chloisfeá biorán ag titim. Casacht a bhris an tost, fear óg a raibh drochshlaghdán air. Ba léir go raibh náire air. Shíl Stiofán go dtabharfadh sé cúnamh dó trí chasacht a dhéanamh é féin. Thosaigh daoine eile ar an rud céanna a dhéanamh agus ba ghearr go raibh chuile dhuine, ach an fear óg a raibh an chasacht air i ndáiríre, ag casacht. Tháinig deireadh leis sin go mall nuair nach raibh ar chumas an tslua tuilleadh a dhéanamh agus leathnaigh tost sa halla mór arís.

D'ardaigh Stiofán leath-thóin agus lig sé broim. Thosaigh roinnt daoine ag gáire. Lig duine eicínt eile broim ansin agus ní fada go raibh siad le cloisteáil chuile áit. Bhí drochbholadh sa seomra mór sula i bhfad, naipcíní á gcur lena srón ag roinnt mhaith de na daoine a bhí i láthair. Stop siad sin freisin nuair nár éirigh le daoine tuilleadh acu a dhéanamh. Bhí an áit ciúin arís go ceann tamaill. D'imigh roinnt daoine amach as an áit thart faoin am sin, mar gheall ar an mboladh, b'fhéidir. Shuigh cuid de na daoine óga ar an urlár, a gcosa trasna ar nós gur *yoga* a bhí ar siúl acu. Ba dheacair súil a choinneáil ó chosa fada dea-dhéanta cuid de na cailíní a raibh sciortaí gearra orthu. Bhí Stiofán ag iarraidh breathnú chuile áit ach ar a leithéid. Sin rud amháin nár theastaigh uaidh a fháil ina threabhsar agus chuile dhuine ag breathnú.

B'fhada ó sheas an bod céanna agus é ina chodladh ná ina dhúiseacht. Bhí an aois tagtha air i ngan fhios, beagnach, ach bhí fonn air breathnú ar áilleacht cailín óig i gcónaí. Bhí sé i nádúr fir a bheith mar sin. Ní raibh súil aige go mbeadh sé le bean go deo arís ach níor stop sé sin é ó bheith ag breathnú orthu ná ag smaoineamh fúthu. Bhí sé san áit mhícheart faoi láthair le machnamh ar a leithéid agus rinne sé iarracht na smaointe sin a dhíbirt óna intinn, mar a mholadh na misinéirí d'fhir óga fadó. Nach iomaí duine nár chuimhnigh ar rudaí áirithe ar féidir le fir agus mná a dhéanamh lena chéile go dtí gur chuir na misinéirí cosc orthu.

Ní raibh a fhios ag Stiofán cén fáth nár rith cuid de na daoine ar theastaigh uathu breith air amach as an slua le greim a fháil air. D'fhéadfaidís a lámha a cheangal le chéile agus é a thabhairt leo go dtí an príosún nó go dtí stáisiún na bpóilíní. Ní dhéanfadh sé iarracht ar bith éalú uathu. Ní bheadh am aige éalú i ndáiríre. Ach ba léir faoi láthair nach raibh suim ar bith acu breith air. Bhí a fhios aige go bhféadfadh sé ligean air féin go raibh sé len é féin a chaitheamh anuas go talamh ach ní raibh spéis ar bith aige é sin a dhéanamh go fóill. B'fhada leis go mbeadh an trioblóid seo ar fad thart. Chuirfeadh sé deireadh leis dá dtitfeadh sé anuas den bhalla ach ní raibh sé réidh chun é sin a dhéanamh fós. Bhí rud eicínt á choinneáil siar. Ní raibh a fhios aige céard é féin, ach bhí rud eicínt nár thuig sé á stopadh.

VI

D'éirigh le Tomás Ó hAnluain ticéad a fháil ar eitilt na hoíche ó Bhaile Átha Cliath go hAerfort Schiphol in Amstardam. Chuidigh an Roinn Gnóthaí Eachtracha leis suíochán a fháil mar go raibh an t-eitleán lán. Tugadh suíochán faoi leith dó ag cúl an bhus aeir in aice leis an áit as ar oibrigh an lucht freastail. Ba leo siúd an suíochán sin i ndáiríre ach tugadh dó é ar iarratas na Roinne. Bhraith sé go raibh sé róghar don leithreas agus bhí iontas air go raibh bia á réiteach ina leithéid d'áit. Bhí an chuid is mó réitithe cheana, i bpacáiste de chineál amháin nó i gceann eile, ach bhí tae agus caife sách oscailte. B'fhéidir gurbh é an t-uisce fiuchta a rinne an difríocht. Níor mhaith leis féin tae a ól in áit a raibh boladh chomh bréan ag teacht ón leithreas.

Thaitin duine den bheirt a bhí ag obair mar aeróstach leis. Bean óg, ghealgháireach a bhí inti lena gruaig fionn ceangailte siar ag cúl a chinn. Bhí an bhean a bhí ag obair léi sna caogaidí, lorg na mblianta de *pheroxide* ina gruaig siúd a bhí ceangailte siar ar an gcaoi chéanna. Ní mó ná sásta a bhí sise gurbh éigean dóibh a n-áit phríobháideach féin a roinnt le Tomás.

"Táim ar mo chosa ó mhaidin," ar sí leis an gcailín óg, sách ard le go gcloisfeadh Tomás í, "agus ba chóir go mbeadh áit éigin agam dom féin le gur féidir liom éalú ó na deamhan paisinéirí sin."

"Cás speisialta atá ann," a d'fhreagair an cailín eile, súil á caochadh aici le Tomás, a bhí ag éisteacht le chuile fhocal a dúirt siad.

Ní raibh an bhean eile sásta géilleadh. "Beidh mise ag caint leis an gceardchumann faoi."

"Tá a ndóthain le déanamh ag an gceardchumann ag plé le cúrsaí pá agus eile."

"Tá na coinníollacha ina n-oibríonn daoine chomh tábhachtach le rud ar bith eile," an freagra a bhí ag an mbean níos sine.

"Tá suíochán saor chun tosaigh," a dúirt an cailín óg léi. "Tóg an ceann sin agus fanfaidh mise anseo."

"Is leatsa an ceann chun tosaigh. Tá tú ina theideal. Go díreach mar atá mise i dteideal an chinn seo ach go bhfuil sé bainte díom."

"Is cuma liom," a d'fhreagair an bhean níos óige. "Nach féidir linn áit a mhalartú don turas seo más maith leat?"

Bhí Tomás ag súil gur mar gheall airsean a theastaigh uaithi fanacht i gcúl an eitleáin. Chuimhnigh sé ansin ar Mhagda. B'fhéidir go mbeadh Magda bailithe léi nuair a thiocfadh sé ar ais. Bhí sí go deas ach ní mórán aithne a bhí aige uirthi i ndáiríre. Maidir lena hathair . . . ? Ní raibh a fhios aige an beo nó marbh a bheadh sé. Ach bhí rud eicínt tarraingteach faoin gcailín óg seo. D'éist sé leis an gcomhrá a bhí ar siúl idir na mná fad is a bhí daoine ag bordáil an eitleáin.

Chaith an bhean níos sine a cloigeann siar ar nós circe. "Tá a fhios againn ar fad go maith cén fáth a bhfuil tusa ag obair chun tosaigh san eitleán seo."

"B'fhearr liomsa a bheith san áit nach bhfuil mórán daoine ag breathnú orm," a d'fhreagair an cailín óg.

"Tiocfaidh an lá sin má fhanann tú chomh fada is a d'fhan mise leis an gcomhlacht seo. Sin mura bhfaighidh muid ar fad bata is bóthar toisc an eacnamaíocht. Bíonn an óige chun tosaigh i gcónaí ar na heitleáin seo, na cailleacha chun deiridh."

"Níl sé sin fíor."

"Mura bhfuil," a d'fhreagair an bhean eile, "bheadh muid díbrithe as an jab fadó murach an ceardchumann a sheas an fód ar ár son. Níl siad ag iarraidh bean ar bith atá os cionn an dá scór. Níl an íomhá cheart ag an gcomhlacht mar gheall orainn."

"Seafóid," arsa an cailín óg. "Is fearr i bhfad tusa ná mise i mbun na hoibre seo."

"Cé as ar tháinig tusa? Tá a fhios ag an saol mór gur gnéas a dhíolann chuile rud. Nach fearr i bhfad le paisinéirí, fir go háirithe, a bheith ag breathnú ortsa le do lámha san aer agus do chíocha ag bogadh, ag taispeáint dóibh cá bhfuil na doirse éalaithe, ná a bheith ag breathnú ar mo leithéidse."

"Tá tusa i bhfad níos éifeachtaí ná mise ag an obair seo," arsa an mbean óg, cé go raibh cosúlacht uirthi go raibh sí ag cuimhneamh. "Is mó i bhfad atá agatsa le bogadh nuair a chuireann tú do lámha san aer ná mise."

"Níl aon neart agatsa air, ach is mar sin atá an saol," a dúirt an t-aeróstach ba shine. "Suas leat chun tosaigh anois mar is gearr go mbeidh chuile dhuine istigh."

"Caithfidh sé go bhfuil tábhacht faoi leith ag baint leat, nuair atá eisceacht mar seo déanta ar do shon," a dúirt an t-aeróstach níos sine le Tomás nuair a bhí an bhean óg imithe chun tosaigh.

"Níl ionam ach gnáthphaisinéir," ar seisean. "Duine nár chuir a shuíocháin in áirithe in am."

"Bleachtaire, déarfainn," ar sise. "Cuirfidh mé geall go bhfuil tú ar do bhealach go hAmstardam sa tóir ar lucht drugaí na hÉireann atá thall."

"Mise? Tá tú i bhfad ón marc."

Bhreathnaigh sí go géar air. "Sórt bleachtaire atá ionam féin chomh maith fad is a bhaineann sé leis na cúrsaí seo. Breathnaím ar chuile dhuine, ag iarraidh a dhéanamh amach cé hiad féin agus cén fáth a bhfuil siad ag dul go dtí an áit seo nó siúd."

"Cá bhfios duit nach mangaire drugaí atá ionam ó thús go deireadh?" a d'fhiafraigh Tomás.

"Drochsheans go mbeadh lucht rialtais ag cur moille ar an eitleán le tú a fháil ar bord."

"Is bleachtaire thú ceart go leor," arsa Tomás ag gáire. "Sherlock Holmes ceart."

"Ní hé an chosúlacht amháin a chomhaireann," ar sise, "ach cén fáth a mbeadh ar dhuine dul sa treo seo chomh deireanach sin sa lá nach féidir leis fanacht go maidin."

Sheas Tomás le cogar a chur ina cluas. "Táim do mo dhíbirt as an tír mar gheall ar an ngalar atá orm."

Choinnigh an bhean siar uaidh ar nós gur baineadh geit aisti. "Ag magadh atá tú?"

"Dheamhan magadh."

"Cén galar? An bhfuil sé tógálach?"

"Galar a tholg mé i gceantar na soilse dearga in Amstardam anuraidh," ar seisean. "Galar in áit nach féidir liom a lua le bean shibhialta. Sin é an fáth a bhfuil mé do mo chur ar ais ann."

Bhí amhras ina súile siúd. "Ba cheart go mbeadh a fhios ag na paisinéirí eile," ar sise, "má tá sé seo tógálach."

"Tá tú sábháilte go maith mura dtéann an bheirt againn isteach sa leithreas sin le spraoi a bheith againn," a dúirt Tomás i gcogar sách ard go gcloisfeadh na paisinéirí ar chúl an eitleáin é.

"Ní féidir focal as do bhéal a chreidiúint," ar sise. D'imigh sí léi i mbun a cuid cúraimí ar nós nach raibh a fhios aici an ag magadh nó i ndáiríre a bhí Tomás.

Chuimhnigh Tomás ar an am a thug sé a athair go dtí an Phortaingéil go gairid tar éis don Alzheimer's teacht air de chéaduair. Bhí cosúlacht ar an scéal le tamall roimhe sin nár thuig Stiofán aon rud nó nár aithin sé aon duine i gceart. Bhí sé sách glic agus é ag tabhairt le fios gur thuig sé gach a raibh ag tarlú, ach ba léir do dhaoine a raibh aithne mhaith air nár thuig. Nuair a chonaic sé an bratach dhearg agus uaithne ar eitleán TAP de chuid na Portaingéile, d'fhógair sé, "Maigh Eo."

Níor dhearmad a athair a chontae dúchais riamh agus is ann a thugadh sé féin agus a bhean a gclann ar saoire nuair a bhíodar óg. Bhí deartháir le hathair Thomáis ar an bhfeilm, fear nár phós riamh tar éis dó aire a thabhairt dá mháthair fad is a mhair sí. B'ionann is flaitheas do ghasúir na cathrach an tsaoirse agus an spraoi a bhí acu faoin tuath. Bhí a uncail beo i gcónaí agus cé go raibh sé níos sine ná Stiofán, ní bhfuair sé an galar intinne a mhúch súile a dhearthár ar go leor d'imeachtaí an tsaoil. "Pórtar" an míniú a thug Uncail Marcas air sin. Bhíodh cúpla pionta aige sa teach ósta mórán chuile lá dá shaol. Níor ól a dheartháir, athair Thomáis, deoch mheisciúil riamh go dtí gur éirigh sé as na Gardaí, agus d'ól sé an iomarca de ansin mar gur bhraith sé go raibh a intinn ag scaipeadh cheana féin sula ndeachaigh sé ar pinsean.

Chuimhnigh Tomás ar an trioblóid a bhí aige lena athair ar an mbealach go dtí an Phortaingéil. Níor thuig an seanfhear go raibh fir ag obair mar aeróstaigh agus chaith sé an t-am ag fiafraí cá raibh an *hostess*. Shíl sé gur saighdiúir nó póilín a bhí sa bhfear a bhí ag freastal ar na paisinéirí toisc an chulaith éadaigh a chaith sé. Dhiúltaigh a athair Béarla ar bith a labhairt le muintir na háite thall cé go raibh neart den teanga sin ag na daoine a bhí ag freastal ar boird ann. "Mura bhfuil Gaeilge acu," a deireadh sé, "ba cheart dóibh í a fhoghlaim." Ní iontas ar bith é nár thug Tomás leis é ar saoire ar bith ina dhiaidh sin.

Dhúisigh Tomás óna bhrionglóid lae nuair a tháinig an t-aeróstach óg ar ais go dtí cúl an eitleáin le cúpla citeal a fhiuchadh. D'fhiafraigh Tomás a hainm di.

"Nach tú atá fiosrach?"

"Ní féidir liom labhairt i gceart le bean mura bhfuil a hainm ar eolas agam," a d'fhreagair sé. "Níl sé ceart ná cóir ná sibhialta a bheith ag tabhairt 'tusa' ar chailín álainn."

"Cén t-ainm atá ar an mbean atá ag obair liom?" a d'fhiafraigh sise, aoibh an gháire ar a béal.

"Bhí faitíos orm é sin a iarraidh uirthi," a d'fhreagair Tomás. "Ní raibh sí an-mhór liom mar gheall gur ghoid mé a suíochán."

"Shíl mé nach raibh tú in ann caint le bean i gceart mura raibh a fhios agat a hainm."

"Ní mar a chéile sibh."

Rinne an cailín meangadh mór gáire. "Ach tá sí níos gaire do d'aois-se ná mise. Shíl mé go mbeadh sibh an-mhór lena chéile."

"Tá sí ar comhaois le mo mháthair. Níl aon locht agam uirthi mar bhean, ach bheadh an bhearna san aois eadrainn iomarcach."

"Nach réiteodh sí do chuid tae duit?" a d'iarr an cailín. "Céard eile a bheadh uait ag an aois a bhfuil tú?"

"Is fearr tusa ná í siúd ag réiteach tae, déarfainn," a d'fhreagair Tomás. "Tá tú in ann citeal a iompar i chaon láimh, feictear dom."

"Táim in ann iad a dhoirteadh in áiteacha aisteacha freisin," ar sise go magúil.

"Coinnigh greim daingean orthu," ar seisean, "agus ní tharlóidh aon timpiste."

"Cé a bhí ag caint ar thimpiste?"

Chaoch Tomás leathshúil uirthi. "Ní bheifeá ag iarraidh do phost a chailleadh mar gheall ar uisce a dhoirteadh ar sheanleaid?"

"Caithfidh mé imeacht," ar sise, "mar tá na paisinéirí ag fanacht ar a gcuid tae agus caife. Maedhbh," ar sí ansin, "ós rud é go bhfuil tú chomh fiosrach."

"Banríon Chonnacht," arsa Tomás ina diaidh, "an t-ainm is deise a d'fhéadfadh a bheith ort." Bhreathnaigh sé ar a tóin dheas ag bogadh ó thaobh go taobh agus í ag siúl léi leis na citil ina lámha aici, sciorta uirthi a tháinig ar éigean chomh fada lena glúine. Thiocfadh sí sin idir fear agus codladh na hoíche. Thiocfadh sí idir é agus Magda chomh héasca céanna. Fear singil a bhí ann. Tuige nach mbeadh chaon duine acu aige? Níorbh é an chéad uair aige é a bheith ag plé le beirt nó níos mó ag an am céanna. Ach bhí an fhadhb seo maidir lena athair le réiteach i dtosach. Thiocfadh deireadh leis sin ar bhealach amháin nó ar bhealach eile taobh istigh de chúpla lá. Bheadh sé ar ais sa ngnáthshaol ina dhiaidh sin agus bhí súil aige go mbeadh uimhir ghutháin an Mhaedhbh seo ina phóca aige faoi sin.

Ghoill sé ar Thomás gur iompaigh a athair amach mar a bhí faoi láthair. Bhíodh an bheirt acu mór lena chéile i gcónaí go dtí gur tháinig an galar seo air. Chuireadh sé iontas ar a chairde go raibh athair agus mac ar nós deartháireacha, ag dul go Páirc an Chrócaigh nó Bóthar Lansdún lena chéile le haghaidh cluichí peile agus iománaíochta, sacair agus rugair. Deiridís gur mar gheall gur ón tuath a athair a bhí rudaí amhlaidh. Thugadh fíorjeaicíní na cathrach *culchie* air. Níor thaitin sé leis go dtabharfaí leasainm mar sin air. I mBaile Átha Cliath a rugadh agus a tógadh é. Bhí canúint na cathrach ar a theanga, bratach ghorm na háite ina láimh aige nuair a bhíodh Baile Átha Cliath ag imirt, ach ní raibh sé ach céim amháin as an bpuiteach dar leis an dream a raibh a chuid fréamhacha go domhain sa mbaile mór.

"Tá an t-athair ina mhac agus an mac ina athair," a dúirt Tomás leis féin nuair a smaoinigh sé ar an gcaidreamh eatarthu. Shíl sé nach raibh sé nádúrtha go mbeadh air aire a thabhairt dá athair. Ba chuma leis dá mba rud é go raibh sé ar nós athair ar bith eile: ag siúl ar an trá, ag imirt gailf, ag ól dí tráthnóna, ag baint taitnimh as roinnt blianta suaimhneacha i ndiaidh na hoibre. "Ach ní mar sin atá Stiofán s'againne," a dúirt Tomás leis féin, "ach ag éalú ó thithe altranais, agus ag déanamh amadáin de féin i dtíortha i bhfad ó bhaile." Níor mhaith leis é a admháil dó féin, ach b'fhearr leis ag an nóiméad sin go mbeadh a athair marbh ná beo nuair a shroichfeadh sé féin ceann scríbe.

Níorbh é a athair é ní ba mhó. Bhí an chosúlacht chéanna air, bhí a ghuth mar a bhí sé riamh, ach bhí sé ar nós go raibh an t-anam imithe amach as, a chloigeann fágtha folamh. Ba bheag spéis a chuir Tomás i spioraid riamh, olc, maith ná dona, ach shíl sé go mb'fhéidir go raibh ciall leis an dearcadh seanaimseartha sin. Ní amháin go raibh a anam féin imithe as a athair ach bhí drochspiorad tagtha isteach ina áit. Níor chreid Tomás riamh sna diabhail, fiú amháin nuair a bhí creideamh aige, ach cá bhfios nach raibh ciall leis an leagan amach sin ón tús? D'fhéadfaí go leor a mhíniú ar an mbealach sin. Céard eile seachas diabhal a chuirfeadh in intinn seanfhir dul ag pleidhcíocht i músaem i bhfad ó bhaile?

Bhí aiféala ar Thomás go raibh an iomarca den ualach a bhain lena n-athair ag luí ar Sara. Naomh a bhí inti i ndáiríre, cé narbh é sin an sórt ruda a déarfadh sé léi go deo. Bhí sórt teannais eatarthu riamh, rud a bhí nádúrtha go maith idir dearthair agus deirfiúr. Is dóigh go raibh grá aige ina chroí istigh di ach níor bhraith sé é sin ach corruair. Bhí sí ródheas, rómhilis ar bhealach eicínt. D'íoc sí féin agus, lena cheart a thabhairt dó, a fear céile as an gcuid is mó den chostas a bhain le haire a thabhairt dá n-athair. Thabharfadh sé féin síntiús anois is arís ach bhí a fhios aige nár thug sé a dhóthain. Bhí a shaol féin aige agus bhí sé sách deacair aire a thabhairt dó féin, gan trácht ar aire a thabhairt dá athair chomh maith.

Ag smaoineamh air sin dó thug Tomás faoi deara go raibh a gcuid oibre déanta ag na haeróstaigh agus go raibh siad ag filleadh ar chúl an eitleáin. Bhraith sé go mbeadh dúshlán roimhe *date* a fháil le Maedhbh, ach ó thug sí a hainm dó níos túisce bhí dóchas áirithe aige.

"An bhfuil sibh críochnaithe le haghaidh an lae?" a d'fhiafraigh Tomás díobh nuair a bhíodar ar ais, soithí áirithe á shocrú acu.

"Ag magadh atá tú," a dúirt an bhean ba shine. "Caithfidh muid casadh timpeall in Amstardam agus aire a thabhairt d'eitilt eile ar ball."

"Nach é an trua é nach bhfuil sibh ag fanacht thar oíche san Ísiltír?" ar seisean.

"Ná habair go bhfuil tú fágtha i d'aonarán uaigneach," a d'fhreagair Maedhbh.

Bhí straois mhór gháire ar an mbean eile. "Fanfaidh mise leat agus fáilte," ar sí go magúil.

"Faraor go bhfuil ort iompú thart agus dul ar ais arís," arsa Tomás chomh searbhasach céanna.

Leag sí a lámh ar leiceann Thomáis go spraíúil. "Bíodh an diabhal ag an jab, fad is atá tusa agam, bíodh galar ort nó ná bíodh."

"Cén galar?" a d'iarr Maedhbh.

"Nár inis sé duit gur phioc sé suas galar ar na sráideanna dearga in Amstardam agus go bhfuil sé ar a bhealach ar ais ag iarraidh leighis ar cibé saghas póite atá ann. Leigheas na póite . . ." Rinne sí gáire croíúil. "Leigheas an straoilleacháin a thug dó é."

"Níor chreid tú an tseafóid sin?" a d'iarr Tomás.

"Fan amach ó na soilse dearga," ar sise go héadrom.

Thug sí faoi deara duine de na paisinéirí lena láimh san aer, agus chuaigh sí chun freastal a dhéanamh uirthi.

"An bhfuil tú i do chónaí sa gcathair?" a d'iarr Tomás ar Mhaedhbh.

"Cónaim sa spéir an chuid is mó den am," a dúirt sí, "ag eitilt ó áit go háit ar nós na bhféileacán."

"Bhí a fhios agam é," arsa Tomás, "spéirbhean agus féileacán in aon duine álainn amháin."

"Plámás agus seafóid in aon fhear amháin."

"Níor fhreagair tú mo cheist," a dúirt Tomás. "Cá bhfuil tú i do chónaí i ndáiríre?"

"Nuair nach bhfuil mé san aer," a d'fhreagair sise. "Tuige a bhfuil tú ag iarraidh é sin a fháil amach?"

"Ba mhaith liom castáil leat uair éigin."

"Nár casadh ar a chéile anocht muid?"

"Ba mhaith liom castáil leat i gceart. Chuideodh sé go mór liom dá mbeadh d'uimhir ghutháin agam."

"Ní thugaim m'uimhir do chuile dhuine."

"Ní mise chuile dhuine."

"Níl aon aithne agam ort," ar sise.

"Nach bhféadfá aithne a chur orm?"

"Níl a fhios agam." Bhí Maedhbh ar nós go raibh sí idir dhá chomhairle.

"Tá buachaill eile agat?" a d'iarr Tomás.

"Buachaill eile?" ar sise. "Cá fhad ó bhí tusa i do bhuachaill?"

"M'aois atá ag cur as duit?"

Chroith Maedhbh a guaillí. "D'ólfainn deoch leat, b'fhéidir."

"Tabharfaidh tú d'uimhir dom mar sin?"

"Tabhair d'uimhirse domsa," ar sise, "agus feicfidh muid. Cén uair a bheas tú ar ais in Éirinn?"

"Taobh istigh de chúpla lá."

"Cuir d'uimhir isteach ansin." Shín sí chuige a fón póca. "Céard é sin a dúirt Monica faoi ghalar?"

"Cé hí Monica?" a d'iarr Tomás. "Do Mhamó?"

Bhí an bhean eile tagtha ar ais. "Tabharfaidh mise Mamó duit," ar sí. "Tuige a bhfuil sibh ag caint fúmsa?"

"Céard é sin a dúirt tú faoi ghalar a bheith air seo?" Shín Maedhbh méar i dtreo Thomáis.

Rinne Monica gáire. "Is é féin a dúirt liom é, cé go mbreathnaíonn sé sláintiúil go maith. Thógfainn seans air, dá bhfaighinn é."

Chaoch Maedhbh leathshúil ar Thomás. "Seo é an seans is fearr a gheobhas tú anocht, déarfainn."

"Faraor ach beidh mise in Amstardam agus ise bailithe abhaile," ar seisean.

"Ar chuala tú faoin bhfear a chuaigh go dtí ceantar na soilse dearga a bhí dall ar dhathanna?" a d'iarr Monica.

"Níl sé ag iarraidh caint bhrocach a chloisteáil," arsa Maedhbh léi.

"Cá bhfios duit?"

"Ní duine mar sin é."

"Níor thóg sé i bhfad ortsa aithne a chur air," a dúirt Monica.

"Is naomh ó na flaithis mise," arsa Tomás. "Sin é an fáth a bhfuil mé ag eitilt chomh hard."

"Déarfainn go bhfuil scaibhtéireacht agus diabhlaíocht ag baint leat," an tuairim a bhí ag Monica. "Tá an chuma uilig ort."

"Nach tú atá eolach faoi shúile an duine," arsa

Maedhbh agus í ag cur téacs sciobtha chuig Tomás chun a huimhir a thabhairt dó.

"Tá go leor le foghlaim agatsa fós, a chailín," an freagra a thug Monica. "Seo linn. Caithfidh muid ullmhú le tuirlingt."

VII

"**A**on scéal?" a d'iarr Edwina Stoc ar a leannán Traolach nuair a chuaigh sé ar ais chun na hoifige tar éis cuairt a thabhairt thart ar na hothair uilig i Suaimhneas.

"Is cosúil nár tharla tada nua ó shin in Amstardam, nó má tharla níl siad len é a chur in iúl dúinne," a d'fhreagair Traolach. "Ghlaoigh mé cúpla uair ar an Roinn Gnóthaí Eachtracha agus dúirt siad go gcuirfidís scéala chugainn dá dtarlódh aon rud suntasach."

"An bhfuil a mhac imithe anonn?" a d'iarr Edwina.

"Tá sé ar a bhealach, is cosúil. Fuair siad suíochán dó ar eitilt na hoíche."

Lig Edwina osna. "Is minic gur dea-scéala gan scéala ar bith a fháil."

"É sin, nó is é seo an calm roimh an stoirm," ar seisean.

"Ní shéideann gach stoirm chomh dona is a bhíonn geallta."

Bhí tost ann ar feadh tamaill, tost a bhris Traolach lena cheist, "An bhfuil siad ar fad ann? Nó ar éalaigh aon duine ó shin?"

"Níor bhreathnaigh mé chomh géar riamh," a d'fhreagair sise. "Tá a bhformhór ina gcodladh, an chuid eile gar go maith dó."

"Níor thug tú faoi deara aoinneach ag caitheamh toitín faoi na bráillíní?" a d'iarr Traolach go héadrom.

"An cuimhneach leat an oíche sin?" ar sise. "Fuair an fear bocht bás go gairid ina dhiaidh."

"Tá súil agam nach é an íde béil a thug Samantha dó a chriog é," a gháir Traolach.

"An ag caint ormsa atá sibh?" Sheas Samantha ag an doras, gan í cinnte an moladh nó cáineadh a bhí ar siúl acu.

D'fhreagair a hiarfhear céile, "Bhíomar ag caint ar an oíche a thug tú mo dhuine faoi deara le toitín lasta faoin bpluid aige."

"D'fhéadfadh an áit a bheith lasta aige. Ba mheasa an tubaiste a bheadh ansin ná an méid a tharla inniu," a d'fhreagair sí. D'iarr sí faoi Stiofán in Amstardam agus fuair sí an freagra céanna a fuair Edwina.

"An raibh an chuid eile dár gcuid aíonna ag caint air?" a d'iarr Traolach.

"Cá bhfios domsa?" a dúirt Samantha. "Níl a fhios agam céard faoi a bhíodar ag caint nuair a bhíomar istigh anseo."

"Níor luaigh siad é le ceachtar agaibh?" a d'iarr seisean.

"Bíonn an oiread daoine ag teacht agus ag imeacht," arsa Edwina, "nach dtugann siad mórán faoi deara. Tá go leor acu *doolally* iad féin agus níl a fhios acu céard atá ag tarlú."

"Ní deas an rud é sin le rá," arsa Samantha.

"Céard?" a d'iarr Edwina.

"Go bhfuil cuid acu *doolally*."

"An bhfuil tú ag rá nach bhfuil?"

"Nílim ag rá go bhfuil a meabhair acu uilig, ach tá easpa ómóis ag baint le caint mar sin."

"Ag caint eadrainn féin atá muid," arsa Edwina. "Nílim ag súil go rachaidh sé thar an tairseach."

"Is easpa ómóis atá ann," arsa Samantha. "Ní féidir a bheith ag caitheamh anuas ar dhaoine istigh anseo agus ag ligean orainn go dtaitníonn siad linn nuair atá muid amuigh ar an urlár."

"Tóg go réidh é," a dúirt Traolach. "Caitheann duine scíth a ligean corruair, anáil a tharraingt, sos a thógáil ón obair. Mura bhfuil muid in ann scaoileadh lenár gcuid mothúchán istigh anseo . . ."

"Táthar in ann é sin a dhéanamh ceart go leor," an freagra a thug Samantha, "agus scaoileadh le níos mó ná mothúcháin. Táthar in ann scaoileadh le héadaí, scaoileadh le moráltacht, scaoileadh le gnáthshrianta an tsaoil."

"Sin é an t-am a caitheadh," arsa Traolach, ar nós go raibh sé tuirseach, "agus tá sé thar am agat é a fhágáil i do dhiaidh."

"Nuair a fhágann tusa í sin i do dhiaidh," a dúirt Samantha faoina hanáil. Más rud é gur chuala an bheirt eile céard a dúirt sí, níor lig siad orthu é. Bhí cleachtadh acu faoin am seo ar a ráitis nimhneacha a scaoileadh tharstu.

Ní raibh Samantha críochnaithe. "Ní beithígh bhainne iad na daoine atá faoinár gcúram anseo. Ní scioból atá againn le beithígh a mbíonn a gcuid airgid á mbleán uathu maidin agus tráthnóna. Is daoine daonna iad na hothair ar nós muid féin."

Ní raibh Edwina sásta scaoileadh léi. "Ní aontaím leat faoi sin a bheag ná a mhór."

"Céard?" a d'iarr Samantha ar nós nár chleacht sí easaontas ó dhaoine eile ar an bhfoireann oibre.

"Níl aon duine istigh anseo ar mo nós-sa," arsa Edwina, "mar níl intinn ná meabhair cheart ag a bhformhór. Níl mé ag rá nach togha na ndaoine iad nó nach raibh siad meabhrach lena linn, ach is cosúil le cloigne cabáiste go leor acu faoi láthair."

"Go maithe Dia duit é," arsa Samantha.

"Nílim ag inseacht ach an fhírinne," a d'fhreagair

Edwina. "Ní ag caitheamh anuas orthu atá mé ach ag aithint an chuma atá orthu. Agus ní aontaím go bhfuil siad ar nós muid féin. Níl aon duine acu ar mo nós-sa."

"Bí buíoch do Dhia go bhfuil tú chomh maith is atá tú," arsa Samantha. Cheartaigh sí í féin. "Chomh maith is a cheapann tú . . ."

"Céard a chiallaíonn tú leis sin?" a d'iarr Edwina.

"B'fhéidir go bhfuil sé sin romhainn ar fad fós," a dúirt Samantha, "Alzheimer's, díothú intinne, cailleadh na meabhrach."

"B'fhearr liom a bheith imithe ón saol ná a bheith ar nós an dreama sin," an tuairim a bhí ag Edwina. "Chuirfidís fonn múisce ort nuair a fheiceann tú ag ithe iad, go díreach ar nós moncaithe a d'fheicfeá ar chlár nádúir ar an teilifís, ag crúbáil a gcuid beatha ar nós nár chuala siad trácht riamh ar scian ná ar forc."

Bhí rabhadh ag Samantha di. "Fainic thú féin. An té a bhíonn ag magadh, bíonn a leath faoi féin."

"Ní ag magadh a bhí mé nuair a chuir mé i gcomparáid le moncaithe iad," a d'fhreagair Edwina, "ach ag inseacht na fírinne. Níl aon neart acu air, is dóigh. Níor theastaigh uathu iompú amach ar an mbealach sin, ach bíonn siad gránna ag breathnú. Sin rud nach féidir a shéanadh."

"Ná cloiseadh aoinneach thú á rá sin," arsa Traolach, a bhí ag faire ar an bhfón amach ar a aghaidh ar nós go ndéanfadh sé difríocht go raibh sé ag breathnú air.

"Tuige nach mbíonn daoine in ann rudaí a aithint mar atá siad?" a d'iarr Edwina. "Tuige a mbíonn orainn ligean orainn go bhfuil rud gránna go deas ionas nach ngortófar daoine?"

"Déanann an grá an rud a bhreathnaíonn gránna go deas," a d'fhreagair Samantha. "Feictear é sin i gcónaí sna gasúir le míchumas meabhrach. Bíonn lán a ngrá ag a muintir orthu is cuma cén chaoi a mbreathnaíonn siad."

Bhí ceist eile ag Edwina. "An cuimhneach libh an rírá agus an ruaille buaille a bhí ann faoin bhfear grinn sin a chuir cosúlacht na ndaoine gortaithe air féin agus é ar seó mór teilifíse? Bhí an ceart ar fad aige, agus sin é a dúirt cuid de na daoine gortaithe iad féin. Níor theastaigh uathu sin nach mbreathnófaí orthu mar atá siad."

"Is cuimhneach liom go maith an clár sin agus bhí go leor de na daoine gortaithe agus go leor dá muintir a bhí fíorchorraithe faoi," arsa Samantha.

Is beag spéis a bhí ag Traolach sa méid a bhí á rá ag na mná, a aird dírithe ar céard a tharla do Stiofán Ó hAnluain thall in Amstardam. "Tuige nach nglaonn an deamhan fón sin?" a d'iarr sé. "Tá sé do mo chur as mo mheabhair."

"Níl siad ag glaoch, a ghrá, mar nach bhfuil scéal ar bith ag aoinneach fós," arsa Edwina leis go héadrom. "Tiocfaidh muid tríd seo, ná bíodh aon imní ort. Dá fhaide a bhíonn muid gan scéal, is é is fearr é."

"Is mór an t-ionadh nach bhfuil scéal de chineál eicínt faighte againn uathu," a dúirt Traolach go mífhoighdeach. "B'fhéidir go bhfuil rud eicínt le ceilt ag na húdaráis."

"Cén saghas seafóide atá ortsa?" a d'iarr Samantha. "Céard a bheadh le ceilt acu faoi sheanfhear a bhfuil Alzheimer's air? Ní gunnadóir atá i gceist ach fear neamhurchóideach go maith."

Lig Traolach osna. "Ní bheadh sé san áit ina bhfuil sé dá mbeadh sé chomh neamhurchóideach sin. Beidh sé ina raic má chaitheann sé léim anuas ón áit ina bhfuil sé."

"Dheamhan neart againne air sin," a dúirt Edwina. "Níor dhúirt muide leis é a dhéanamh."

Labhair Samantha go ciúin gan breathnú ar an mbean eile. "D'éalaigh sé ón áit seo nuair a bhí sé faoinár gcúram."

Ní raibh Edwina chun géilleadh. "Nach mbíonn daoine ag éalú ó Mhuinseo agus áiteacha mar é chuile lá. Ní príosún an áit seo. Níl a fhios agam cén fáth a bhfuil sé ina scéal chomh mór sin." Labhair Traolach ar nós nach raibh sé ag éisteacht leis na mná. "B'fhéidir nach maith leo a admháil go bhfuil cúrsaí slándála chomh dona in áit chomh mór le rá le Músaem Van Gogh."

"B'fhéidir go gceapann siad go mbaineann sé le Al-Qaeda leis an bhféasóg sin air," an tuairim a bhí ag Edwina. Ní raibh a fhios ag an mbeirt eile an ag magadh nó i ndáiríre a bhí sí.

Bhain Samantha taitneamh as í a cheartú. "Drochsheans, mar go raibh a fhios acu cé hé féin sular chuir siad glaoch orainn anseo."

"Meas tú cén chaoi a bhfuair siad amach cé hé féin?" a d'iarr Edwina, ag breathnú go hamhrasach ar Samantha. "Ar chuir duine eicínt scéal chucu, meas tú?"

"Cén chaoi a gcuirfeadh?" a d'fhreagair an bhean eile, "mar nach raibh a fhios ag aoinneach anseo cá ndeachaigh sé."

"Sin rud nach dtuigim fós," a dúirt Traolach. "Tuige a ndeachaigh sé ansin seachas áit ar bith eile ar domhan? B'fhéidir nach raibh sé leath chomh seafóideach is a bhí sé ag ligean air."

"B'fhéidir gur de thimpiste amach is amach a chuaigh sé ann," arsa Samantha. "Nuair a tharla ann é, chonaic sé an balla nó cibé áit ard ina bhfuil sé ina sheasamh, agus shíl sé gur cheart dó dul suas air. Is mar sin a chuimhníonn siad. Ní chreidim go ndearna sé plean ar bith."

"É sin nó chuir sé a chroí agus a anam isteach i bplean iontach a tharraingeodh aird an domhain air," an tuairim a bhí ag Edwina. "Is minic nach mbíonn cuimhne ag a leithéid ar an rud a tharla inné, ach bíonn siad in ann a n-intinn a dhíriú go huile agus go hiomlán ar rud amháin."

"Tá an dubh curtha ina bhán agat," arsa Samantha faoina hanáil, "agus ní de chéaduair é."

"Céard atá i gceist agat?" a d'iarr Edwina, ag breathnú gó géar uirthi, fearg ina súile.

"Má thugaim tuairim amháin, bíonn ort malairt tuairime a thabhairt," a d'fhreagair Samantha. "Níl aon mhaith é a shéanadh. Déanann tú an rud céanna chuile uair."

Bhreathnaigh Edwina ar Thraolach a bhí suite siar ina chathaoir oifige. "An bhfuil tú ag éisteacht léi seo? Is gearr nach mbeidh cead agam mo bhéal a oscailt san áit seo."

"Tuige nach mbeadh?" ar seisean, ar nós go raibh a intinn in áit eile ar fad. "Oscail do bhéal am ar bith, a stór, ach ná bígí ag troid is ag achrann an t-am ar fad."

Ní raibh Edwina críochnaithe. "Sílim go bhfuil mo thuairim chomh tábhachtach leis an gcéad cheann eile."

"Bheadh," a d'fhreagair Samantha, "dá mba rud é go raibh ciall nó réasún leis."

Bhuail Traolach dorn ar an mbord agus lig sé béic. "Stopaigí!" Bhreathnaigh Samantha agus Edwina air ar nós gur cheap siad go raibh sé imithe glan as a mheabhair. Bhí tost ar feadh tamaill agus ansin dúirt Traolach ina ghnáthghuth, "D'fhéadfadh an áit seo a bheith i mbaol a dhúnta mar gheall ar pé ar bith rud a tharlós in Amstardam anocht, agus dá bharr sin níl ciall ar bith le bheith ag troid eadrainn féin."

"Ní mé a thosaigh é," a dúirt Samantha. "Níor theastaigh uaim ach mo thuairimí a chur in iúl."

"Ag iarraidh cead cainte a bhí mise," arsa Edwina.

Labhair Traolach amach go láidir. "Is cuma liomsa cé a thosaigh céard nó cé a dúirt é seo nó é siúd. Ba cheart dúinn tarraingt lena chéile go dtí go mbeidh an ghéarchéim seo thart."

D'ardaigh Samantha a lámh ar nós cailín beag ag an mbunscoil. "An bhfuil cead agam dul go dtí an leithreas?" "Sin é arís é," arsa Traolach. "Ní hé seo an t-am ná an áit le bheith searbhasach. Bailigh leat." Chrom Samantha a cloigeann sular imigh sí. "Go raibh maith agat, a mháistir."

"Tá sí sin ag dul ar mo *wick*," arsa Edwina le Traolach. Leag sé lámh ar a láimhsean. "Ná tabhair cead di thú a chorraí ná a chiapadh. Tá a fhios agat go maith gur éad atá uirthi."

Bhí pus ar Edwina agus tharraing sí a lámh uaidh.

"Céard atá anois ort?" a d'iarr Traolach.

"Tuige a nglacann tú a taobh i gcónaí?"

"Ní ghlacaim a taobh, ach caithim cothrom na féinne a thabhairt di nuair a bhíonn an bheirt agaibh sa gcomhluadar. Tá sé sách deacair mar atá sé don triúr againn a bheith ag obair le chéile."

"Tá sé ceart go leor agatsa," a dúirt Edwina, "ach bímse anseo ó mhaidin go faoithin."

"Tá baol mór orainn faoi láthair," a dúirt Traolach, imní le tabhairt faoi deara ina chuid cainte. "Caithfidh muid aire a thabhairt don áit."

"Ní chuirfeadh sé pioc as domsa," a d'fhreagair Edwina, "dá mbeadh orainn é a dhúnadh. Gheobhainn obair in áit eicínt eile, agus bheadh an obair thógála agatsa."

"B'fhéidir nach mbeidh sé sin agam i bhfad, leis an ngéarchéim eacnamaíochta atá sa tír."

"An bhfuil sé chomh dona sin?" a d'iarr Edwina.

"Bhíodh dhá leathanach fógraíochta ar an bpáipéar ag iarraidh cead pleanála bliain ó shin. Is ar éigean atá ar a gcumas ceathrú leathanach a líonadh i láthair na huaire."

"Ach tá jabanna le déanamh agatsa i gcónaí?"

"Tá siad ag éirí gann, agus tá fiacha móra ar an áit seo nach mbeidh íoctha go ceann scór bliain," a dúirt Traolach. "Bheadh sé chomh maith é a dhíol agus na fiacha a ghlanadh," a mhol Edwina. "Bhainfeadh sé go leor den imní díot agus ní bheadh sí sin faoinár gcosa a thuilleadh."

"Cé atá ag dul ag ceannacht teach altranais sa lá atá inniu ann?" a d'fhiafraigh Traolach. "Níl an t-airgead acu. Bheadh go leor oibre ag teastáil leis an bhfoirgneamh seo a réiteach mar ba chóir. Má chuireann an Roinn Sláinte pionós orainn de bharr an amadáin sin a d'éalaigh aréir, beidh muid sa bpuiteach ceart."

"An ndéanfaidís é sin?" a d'iarr Edwina.

"Tá cead acu a rogha rud a dhéanamh, an áit a dhúnadh fiú amháin, go háirithe má chuireann freasúra an rialtais nó, níos measa arís, lucht teilifíse spéis sa scéal."

Tháinig Samantha ar ais agus d'iarr sí, "An bhfuil sibh ag cúlchaint fúm i gcónaí?"

"Níl tú chomh tábhachtach is a cheapann tú," a d'fhreagair a hiarfhear céile. "Ag caint ar chúrsaí eacnamaíochta agus fostaíochta a bhíomar agus ar dhrochstaid na tíre i láthair na huaire."

"Níor tháinig aon scéal?" Ní raibh gá do Samantha níos mó a rá.

"Dheamhan scéal."

VIII

Bhí súil á coinneáil ag Sara Mhic Ruairí ar a guthán féin, ag faire ar scéala óna deartháir nó ón Roinn Gnóthaí Eachtracha faoin mbail a bhí ar a hathair in Amstardam. Lean sí uirthi i mbun a cuid oibre timpeall an tí ach bhí sí neirbhíseach agus imníoch an t-am at fad. Ní raibh a fear céile, Diarmaid, tagtha abhaile ón obair fós, agus bhí sí chomh sásta céanna nach raibh. Níor mhaith léi go bhfeicfeadh sé í mar seo, agus ar ndóigh bheadh rudaí le rá aige faoi Thomás, agus chomh faillíoch is a bhí sé maidir le haire a thabhairt dá n-athair. Ghlaoigh Diarmaid ó bheár lárchathrach ag rá nach mbeadh sé sa bhaile go dtí thart ar a naoi. Bhí sé ag dul chuig dinnéar le cliant ón tSeapáin. Níor luaigh Sara tada leis faoina hathair.

D'aithin Diarmaid ar a caint nach raibh gach rud ceart. "Inis dom céard atá ag cur as duit," a dúirt sé. "An mar gheall go bhfuil mé ag dul amach leis an dream seo?"

"Níl tada ag cur isteach orm," ar sise. "Nár dhúirt mé leat taitneamh a bhaint as an mbéile?"

"Níl duine ar bith de na mná céile le bheith ann," a dúirt sé. "Cúrsaí gnó atá i gceist seachas spraoi."

"Tá a fhios agam." Níor mhaith le Sara an fón a leagan síos, ach níor theastaigh uaithi a bheith ag caint le duine ar bith, a fear céile san áireamh.

Lean Diarmaid air. "Tá a fhios agam go dteastaíonn sos uait ó na gasúir. Tabharfaidh mé go háit eicínt iad Dé Sathairn, agus is féidir leatsa dul go dtí na siopaí."

"Más maith leat," arsa Sara, a hintinn i bhfad ó na siopaí.

D'fhiafraigh Diarmaid faoi na gasúir. "Cén chaoi a raibh siad inniu?"

"Mar a chéile. Chaitheamar tamall sa bpáirc mar bhí an tráthnóna chomh deas." Chuimhnigh Sara gur bheag nár thit Seán isteach i linn na lachan mar is ag an am sin a fuair sí an glaoch ar a fón póca faoina hathair. Ní raibh a fhios aici cén fáth nach raibh sí sásta an scéal a roinnt lena fear. Náire, b'fhéidir, nó súil go mbeadh sé ar fad thart sula bhfillfeadh sé abhaile.

Bhí Diarmaid ag caint, Sara ag éisteacht leis ar éigean.

"Dúirt na Seapánaigh go bhfuil bronntanais acu do na gasúir, agus déarfainn go bhfuil rud eicínt acu duitse chomh maith."

"Ceart go leor."

"An bhfuil rud eicínt mícheart?"

"Cén chaoi?"

"Tá an chuma ort nach bhfuil tú ag éisteacht liom."

"Gabh mo leithscéal. Bhí mé ag coinneáil súil ar na gasúir. Bhí Sorcha ag imeacht le trucail Sheáin, agus níor thaitin sé sin leis, ar ndóigh."

"Tá a fhios agat nach féidir liom éalú ón dinnéar seo?"

"Tá a fhios agam," arsa Sara. Smaoinigh sí ansin ar an rud a dúirt sé faoi na bronntanais. "An bhfuair tú aon bhronntanas le haghaidh na Seapánach iad féin? Bíonn siad fíorfhlaithiúil linne i gcónaí."

"Tá gloine Phort Láirge againn le bronnadh orthu. Ní mise atá á ceannacht, ar ndóigh, ach an comhlacht. Taitníonn gloine den tsórt sin go mór leo."

"Fan glan ar na *geishas*," arsa Sara, ag iarraidh a thaispeáint go raibh spéis aici sa ghnó, ach is amhlaidh a chuir sé sin Diarmaid ag smaoineamh gur éad a bhí uirthi.

"Tá a fhios agam anois céard atá ag cur as duit," ar seisean. "Níl bean ar bith i measc na Seapánach seo ach fir ar fad."

"Ag magadh a bhí mé," a dúirt Sara. "Beidh mé ag caint ar ball leat. Tá Sorcha ag iarraidh dul suas staighre." Leag sí uaithi an fón agus bhreathnaigh sí anonn ar na gasúir a bhí suite le taobh a chéile ar an tolg ag breathnú ar *DVD*.

Sheiceáil Sara a cuid teachtaireachtaí gutháin, féachaint an raibh aoinneach ag glaoch fad is a bhí sí ag caint lena fear. Ní raibh ann ach ceann amháin, ag déanamh comhghairdis léi mar go raibh sí tar éis turas go dtí an Caribbean a bhuachaint ach ceisteanna áirithe a fhreagairt.

"Is fada ón gCaribbean mo chuid smaointe," ar sí léi féin os ard.

"Shhh!" Chuir Sorcha a méar lena béal. "Shhh, Mamaí! Tá muid ag éisteacht leis seo."

Chuir Sara méar lena béal féin agus í ar a bealach chun na cistine le cupán tae a réiteach. Trí nó ceithre huaire an chloig roimhe sin bhí sí cinnte gur ag teacht abhaile i gcónra a bheadh a hathair, ach de réir mar a bhí an t-am ag imeacht gan aon scéal ó Amstardam bhí beagainín dóchais ag borradh inti. B'fhéidir nach raibh an cath caillte fós. B'fhéidir go bhfaigheadh sé bealach eicínt le n-éalú ón ngaiste ina raibh sé. Shíl sí go dtí sin gurbh é an duine deiridh ar an saol é a chuirfeadh lámh ina bhás féin, ach bhí a intinn ina cíor thuathail le fada agus ní bheadh a fhios céard a dhéanfadh sé. Ní bheadh aon neart aige air cibé céard a tharlódh.

Smaoinigh Sara siar ar an athrú a tháinig ar a hathair ó d'fhág sé na Gardaí. Tar éis gur bleachtaire a bhí ann agus nach raibh aon ghá dó rialacha géara an fhórsa maidir le héadach agus cur i láthair a leanacht, bhíodh sé néata, pioctha, réitithe i gcónaí. Nuair a d'éirigh sé as d'fhág sé féasóg air féin, agus chuaigh sé thart i seanghiobail, ag rá gur *hippy* a bhí ann ó thus dheireadh na seascaidí agus go raibh deis anois aige filleadh ar sheanlaethanta a óige. Níor mheasc sé lena iarchomrádaithe a thuilleadh agus chaith sé tamall sa teach ósta chuile lá, rud nach ndéanadh sé riamh roimhe sin. "Nach bhfuil mé saor? Nach bhfuil cead mo chinn agam," a deireadh sé nuair a théadh sise ann nó nuair a chuireadh sí Diarmaid go dtí an teach ósta á iarraidh. Ní bhíodh cosúlacht air go mbíodh sé óltach. Fuair sí amach gur ag ól caife, ag léamh nuachtáin, ag breathnú ar chluichí agus ag imirt púil a chaitheadh sé a chuid ama. D'óladh sé trí nó ceithre pionta pórtair chomh maith ach ní óladh sé an iomarca. Bhí sé ag fanacht léi féin agus Diarmaid, a theach féin ligthe ó fuair a bhean bás. Ghoill sé uirthi go gcaití fios a chur air ón teach ósta gach lá, nach dtagadh sé abhaile gan chuireadh. Thóg sé i bhfad uirthi a thuiscint nach raibh a fhios aige cá raibh a bhaile, cén áit le dul. D'éirigh leis a ghalar a cheilt ar an gcaoi sin go ceann i bhfad.

Smaoinigh Sara go mb'fhéidir go raibh an galar ar a hathair i bhfad níos túisce ná mar a thuig siad. B'fhéidir go raibh sé ag teacht air sular éirigh sé as na Gardaí fiú amháin. Nach raibh conspóid eicínt faoi chás a chuaigh chun na hArdchúirte? Mhionnaigh a hathair gur aithin sé duine áirithe a dhírigh gunna air féin agus ar bhleachtaire eile nuair a bhí banc á robáil. Gearradh deich mbliana ar an bhfear sa bpríosún ach shéan sé go láidir go raibh sé i láthair ar an lá, cé go raibh a dheartháir i measc na robálaithe a gabhadh. Bhí achomharc ann ach glacadh le focal a hathar in aghaidh an choirpigh, mar ab fhacthas dóibh é. Fad is a bhí a fhios ag Sara bhí an fear siúd i ngéibheann fós.

Abair dá mbeadh a hathair mícheart, nach raibh a intinn chomh soiléir ag an am is a bhíodh? Bheadh sé chomh dona leis na cásanna móra le rá in aghaidh na nÉireannach i nGuildford agus i mBirmingham Shasana. Ní fhéadfaí a mhalairt a chruthú faoin am seo, ar ndóigh, ach abair dá mbeadh an fear úd ciontaithe san éagóir? Níor theastaigh ó Sara cuimhneamh air fiú amháin. Bhí a fhios aici go raibh a hathair ag iarraidh an fear sin a thógáil ó na sráideanna le fada an lá. D'éirigh leis ar deireadh, tamall sular éirigh sé as an bhfórsa agus roinnt blianta roimh a am scoir.

"Ar fhág sé na Gardaí dá dheoin féin nó ar scaoileadh chun siúil é?" a d'fhiafraigh Sara di féin.

Ag smaoineamh air sin a bhí sí nuair a chuir Sorcha ceist. "An bhfuil Deaideo an-tinn?"

"Cén fáth a bhfuil tú á fhiafraí sin?" a d'iarr Sara. Ní raibh a hathair luaite aici lena hiníon ó mhaidin.

"Mar gheall ar rud a dúirt tú ar an bhfón tamall ó shin," a d'fhreagair Sorcha.

"Céard é sin a dúirt mé arís?"

"Dúirt tú go bhfuil súil agat nach bhfaighidh sé bás."

Chuir Sara lámh ina timpeall agus rinne sí an rud céanna le Seán ar a taobh eile. "Tá a fhios agaibh go bhfuil Deaideo sean?"

"Tá sé iontach sean," a dúirt Sorcha. "Tá sé níos sine ná tusa agus mo Dheaide le chéile."

"Tá sé chomh sean le Daidí na Nollag," arsa Seán. "Féach an fhéasóg atá air." Chuir sé a lámha faoina smig. "Tá sé síos go dtí seo air agus tá sé chomh salach le rud ar bith."

"Níl sé salach," a dúirt Sara, "ach breathnaíonn sé salach mar go bhfuil an ghruaig bhán measctha tríd an ngruaig dhubh."

Labhair Sorcha go deimhníoch. "Tá a ghruaig liath, agus shílfeá go bhfuil sé salach nuair a fheiceann tú í."

"Tá sé liath agus salach ag an am céanna," arsa Seán. "Níonn sé a fhéasóg ach ní níonn sé a chuid gruaige."

"Tá a fhios agaibh go bhfaigheann seandaoine bás níos minicí ná daoine óga," a dúirt Sara leo.

Bhí ceist ag Seán. "An gcaithfidh sé an fhéasóg a bhearradh nuair a rachas sé chun na bhflaitheas?" Bhí freagra na ceiste sin ag Sorcha. "Nach bhfuil féasóg ar Dhia é féin? Nach mar a chéile Íosa agus Dia? Tá féasóg rua air i chuile phictiúr de a chonaic mise riamh."

Shocraigh Seán é féin ar an tolg. "B'fhéidir nach bhfaighidh sé bás inniu. B'fhéidir nach bhfuil Dia á iarraidh go dtí lá eicínt eile. B'fhéidir go bhfuil a dhóthain daoine tugtha leis aige inniu."

D'fháisc a mháthair a lámh ina thimpeall. "B'fhéidir go bhfuil an ceart agat, go dtiocfaidh sé slán inniu. Tá sé ag éirí deireanach agus níl aon scéal faighte againn fós."

Bhí ceist ag Sorcha. "Cén fáth nach bhfuil sé ag fanacht in éindí linne i gcónaí? Cén fáth a bhfuil sé ag fanacht leis na seandaoine sin ar fad sa teach mór millteach sin?"

"Mhínigh mé é sin cheana," a d'fhreagair a máthair. "Ní raibh a shláinte go maith nuair a bhí sé anseo, agus bhí air dul isteach i sórt ospidéil."

Bhí a thuairim féin ag Seán. "Bhí tart air mar go raibh poll ina bholg agus bhí gach braon a d'ól sé ag rith amach as arís. Sin é an fáth a raibh sé ag ól chuile lá."

"Cén fáth ar imigh sé as an teach mór millteach sin atá lán le seandaoine?" a d'iarr Sorcha.

Chuir a ceist iontas ar a máthair. "Cén chaoi a bhfuil a fhios agatsa gur fhág sé an áit sin?"

"Bhí mé ag éisteacht leis an bhfón. Bhí sé casta suas agat nuair a bhí Seán ag déanamh torainn. Bhí an fear sin ag rá gur imigh Deaideo ón áit ina raibh sé."

"An mbíonn tú ag éisteacht le gach rud ar an bhfón?" a d'iarr a máthair, iontas uirthi.

"Bím ag iarraidh a fháil amach cén fáth a mbíonn imní ort," a d'fhreagair Sorcha.

Smaoinigh Sara go gcaithfeadh sí a bheith níos cúramaí faoi céard a déarfadh sí os comhair na ngasúr, ach ag an nóiméad seo bhí sé níos tábhachtaí a gcuid ceisteanna a fhreagairt. "Tá Deaideo imithe go dtí áit eile ar eitleán, ach tá d'Uncail Tomás ar a bhealach len é a thabhairt ar ais abhaile arís, más féidir leis."

"Cén fáth nár imigh Deaid ar an eitleán len é a thabhairt abhaile?" an cheist a chuir Seán.

"Mar is é Tomás mac do Dheaideo, an té is gaire dó, seachas mise, ar ndóigh. Bhí ormsa aire a thabhairt daoibhse, agus ar aon chaoi tá Deaid ag obair deireanach anocht."

"Ag ithe béile," a dúirt Sorcha. "Chuala mé é sin ar an bhfón freisin. Cén fáth a dtugann siad obair air sin?"

"Ní obair atá ann i ndáiríre. Cuireann siad aithne níos fearr ar a chéile ag an mbéile."

"Ceannaíonn siad rudaí nach bhfuil siad ag iarraidh nuair atá siad óltach."

Rinne Sara gáire. "Tá a fhios agat chuile rud. Ach an bhfuil a fhios agat gur thug na Seapánaigh atá ag castáil le do Dheaide bronntanais leo le tabhairt daoibhse?"

"Thug siad bábóga beaga adhmaid dom anuraidh," a dúirt Sorcha, ag cuimhneamh siar. "Tá súil agam nach dtabharfaidh siad iad sin arís i mbliana."

"Shíl mé gur thaitin siad leat?" a d'iarr a máthair. "Chaith tú i bhfad ag spraoi leo."

Bhí a freagra ag Sara. "Is maith liom iad, ach ba mhaith liom rudaí difriúla an uair seo."

"Ní bheadh bronntanas níos fearr ná do Dheaideo teacht ar ais slán sábháilte," a dúirt Sara.

"Ar ais anseo?" a d'iarr Seán.

"Ní bheidh sé ag teacht anseo," an tuairim a bhí ag Sorcha, "mar ní thaitníonn sé le mo Dheaide."

"Cé a dúirt é sin?" a d'fhiafraigh Sara.

"Níor dhúirt aon duine é, ach tá a fhios agam é."

"Níl sé fíor," arsa Sara go cinnte. "Níor thaitin sé le do Dheaide go mbíodh Deaideo ag imeacht ón teach gach am den lá agus den oíche, ach ní hin le rá nach dtaitníonn sé leis."

"An mbeidh tusa ag caoineadh má fhaigheann Deaideo bás?" a d'iarr Sorcha ar a máthair.

"Beidh mé, is dóigh, ar feadh tamaill," an freagra a fuair sí. "Ach níl sé chomh dona nuair a fhaigheann seanduine bás mar go bhfuil sé tar éis a shaol a chaitheamh, ní hionann is duine óg."

"An é do chara é?" a d'iarr Seán.

"Is é mo Dheaide é. Is é m'athair é."

"An é do chara is fearr ar domhan é?" a d'iarr Sorcha.

"Tá sé ar dhuine acu," a d'fhreagair Sara.

"Cén cara eile is fearr ar domhan atá agat?" an cheist a chuir Seán, ag breathnú suas isteach i súile a mháthar.

"An bheirt agaibhse, agus Diarmaid . . ."

Ní raibh am ag Sara leanacht lena freagra mar thosaigh Seán ag gáire. "Is é Diarmaid Deaid," a dúirt sé. "Ní hé sin do chara. Sin é d'fhear céile."

"Is é mo chara agus m'fhear céile é ag an am céanna. Tá lán mo ghrá agam daoibh ar fad," arsa Sara, á dtarraingt chuici féin i mbarróg mhór.

"Ar dhúirt tú paidir go mbeadh biseach ar Dheaideo go luath?" a d'iarr Sorcha.

"Déarfaidh muid ceann anois," a dúirt a máthair, náire uirthi nár chuimhnigh sí air fiú amháin, cé go mbíodh sí i gcónaí ag cuidiú leis na gasúir a gcuid paidreacha féin a rá. Chuir na gasúir a lámha le chéile.

"A Thiarna Íosa," a thosaigh Sara, ag iarraidh paidir fheiliúnach a chumadh, "tabhair Deaideo abhaile slán." Bhí sí ag cuimhneamh agus í ag breathnú ar a mac agus iníon ar fhocail Íosa Críost: "Mura gcasfaidh sibh chun a bheith ar nós na leanaí, ní rachaidh sibh isteach i Ríocht Dé choíche." Bhí a hathair iompaithe le bheith ar nós na leanaí, ar nós linbh, ar nós an pháiste, mar a déarfadh daoine. Ach bhí sé deacair smaoineamh air mar naomh an tráthnóna sin go háirithe.

Chuir Sorcha clabhsúr ar an bpaidir. "Agus tabhair ar ais chun cónaithe anseo é in éindí linne."

IX

Bhí Stiofán Ó hAnluain ina shuí ar an mballa i Músaem Van Gogh in Amstardam, a chloigeann cromtha, é ag fanacht go dtiocfadh duine nó daoine len é a thabhairt leo, ach ní raibh aon duine ag corraí san áit. Bhí thart ar dháréag ina suí ar an urlár thart air, an chuid eile acu imithe. Bhí cosúlacht ar a bhformhór gur cheap siad go raibh baol a bháis thart nuair a shuigh sé, seachas fanacht ina sheasamh ar an mballa. B'fhéidir go raibh an dream a bhí i gceannas imithe abhaile le tae an tráthnóna a ól. B'fhéidir gur dhúirt siad leo féin, "Bíodh an diabhal aige."

Dhún Stiofán a dhá shúil le go dtabharfadh sé pictiúr an té a raibh an músaem tiomnaithe dó chun cuimhne. Bhí roinnt pictiúr de Van Gogh feicthe aige ar na ballaí nuair a bhí sé ag siúl thart sular tháinig sé isteach ina intinn seasamh suas ar an mballa. Fear trína chéile ar nós é féin a bhí ann, ach fear a raibh tallann faoi leith aige, rud nach raibh ag Stiofán. Ach níor choinnigh a chumas ná a thallann é óna láimh a chur ina bhás féin. Bhain sé de píosa dá chluais roimhe sin. Frustrachas, b'fhéidir, nó galar intinne, nó drochmheas air féin. Ní fear don saol seo a bhí ann, arsa Stiofán leis féin, ach duine le Dia, duine nach raibh sásta ann féin go dtí go raibh sé le Dia.

Dúirt Stiofán os ard, "Tuige nach nglaonn Dia ormsa? Nó an bhfuil sé ag glaoch agus nach bhfuil mé ag éisteacht?

Táim glaoite ach nílim ag glacadh lena chuireadh." Bhí a fhios aige go raibh deis aige ar ball seasamh isteach i lámha Dé. Ní raibh le déanamh aige ach céim a thógáil amach ón mballa a raibh sé ina shuí anois air. Ach ní raibh sé réidh. Bhí an iomarca faitís air. Níor theastaigh pian uaidh. Rud ar bith ach pian. Ach nach raibh sé ina phian sa tóin do Dhia is do dhuine? "B'fhéidir nach bhfuil Dia réidh le glacadh liom," ar sé os ard.

Bhreathnaigh Stiofán ar na daoine a bhí fanta ina thimpeall. "Tá sibh ann fós, bail ó Dhia oraibh," a dúirt sé. Ba léir nár thuig siad céard a bhí sé a rá, mar bhíodar ag cogarnaíl eatarthu féin, ag iarraidh a dhéanamh amach céard a dúirt sé. "Shíl mé go raibh Gaeilge ceaptha a bheith ina theanga Eorpach," ar sé leo, "ach ní aithníonn sibh í. Ach ní thuigim céard atá sibhse a rá ach an oiread. *Double Dutch* atá ann domsa.

"Ná bíodh aon imní oraibh," a d'fhógair Stiofán in ard a ghutha. "Níl mé le léim ar bith a chaitheamh anuas as seo anocht. Más air sin atá sibh ag fanacht, is féidir libh dul abhaile anois díreach." Níor chorraigh duine ar bith acu seachas féachaint ar a chéile, cloigne á gcroitheadh acu mar nár thuig siad céard a bhí á rá aige.

"Táim fíorbhuíoch gur fhan sibh chomh fada seo, ag faire is ag fóirithint orm," arsa Stiofán leo. "B'fhéidir go mbeinn caite ag na saighdiúirí murach sibhse a bheith ag faire. Tá a fhios agam an chraic go maith mar go raibh mé i mo bhleachtaire mé féin. An t-urchar a chaitheamh i dtosach. An scéal a fhiosrú ansin. Is é an polasaí céanna atá ann ar fud an domhain."

Chuir an chaint a tháinig óna bhéal iontas ar Stiofán, mar go raibh an rud nár smaoinigh sé air le tamall tar éis sciorradh ó bharr a theanga. "Bhí mé i mo bhleachtaire mé féin," a bhí sé tar éis a rá. Cén chaoi a bhféadfadh sé dearmad a dhéanamh air sin? Tháinig aghaidh os a chomhair ansin i súil a chuimhne. Ní pictiúr de féin a bhí ann, mar fhéinphortráid a tharraing Van Gogh go minic, ach pictiúr d'fhear le gunna ina láimh aige, an gunna sin dírithe ar Stiofán agus ar a chara Jeaic. Níor aithin sé cé a bhí ann mar go raibh masc air, balacláva gorm, ach ní raibh amhras ar bith air ach gurbh é Kilroy é féin a bhí ann. Ní raibh de rogha aige ach iarracht a dhéanamh ar é a chaitheamh, nó chaithfí é féin. D'éirigh le Stiofán an balacláva a tharraingt de sular éalaigh sé.

Bhí iontas ar Stiofán go raibh an íomhá chomh soiléir ina intinn, ach bhí rud eicínt mícheart leis. Níorbh é an fear ceart a bhí sa bpictiúr. Níorbh é a shean-namhaid Búistéir Kilroy a bhí ann, ach fear eile ar fad, fear nár aithin Stiofán. Caithfidh sé go raibh dream eicínt ag oibriú an chloiginn air, ag casadh rud eicínt istigh ina intinn i ngan fhios dó. Caithfidh sé go raibh siad ag iarraidh a thabhairt le fios gur gearradh príosún ar an duine mícheart sa gcás cúirte mór le rá a d'eascair as an robáil sin. B'fhéidir nach raibh ann ach sórt brionglóide, ach bhí sé sách soiléir len é a chur ag machnamh ar eachtraí an lae sin fadó.

"Killjoy" a thugadar féin sa fórsa ar Kilroy. Ní ón ngaoth a fuair sé an t-ainm "an Búistéir" ach ón ngearradh a dhéanadh sé ar a chuid naimhde, go háirithe iad siúd a cheap sé a sceith air. Dhéanadh sé ceap magaidh de na Gardaí uair ar bith a fuair sé an deis. Chuimhnigh Stiofán ar an lá a bhain an Búistéir agus a bhuíon a gcuid éadaigh de bheirt Ghardaí, fear agus bean, agus scaoil siad amach ar na sráideanna iad lena lámha ceangailte, a hataí mar chosaint ar a náire. Mhionnaigh Stiofán agus na leaids eile an lá sin nach bhfeicfeadh Kilroy solas an lae taobh amuigh de phríosún Mhuinseo go ceann i bhfad nuair a gheobhaidís greim air.

Thóg sé trí bliana orthu fear dá gcuid féin a lonnú sa mbuíon sin, fear óg cróga a raibh canúint na cathrach air, Louis Mac Craith. Bhí sé in ainm is drugaí a úsáid agus a dhíol. Tháinig sé ar ais ó Shasana, mar dhea agus é ag iarraidh a shaibhreas a dhéanamh ina chathair dhúchais ón gceird a d'fhoghlaim sé i Londain, ceird na ndrugaí. Chuir Kilroy a mhuinín ann de réir a chéile mar go raibh sé níos eagraithe ná aon duine eile díobh.

B'fhéidir go raibh sé róéifeachtach amanta d'fhear a bhí ceaptha a bheith ar dhrugaí é féin, a cheap cuid dá chomrádaithe, ach nuair a bhí gnó le déanamh rinne sé é. Faoi dheireadh bhí sé istigh ar an bplean leis an mbanc mór ar Shráid na Siopaí a robáil.

Bhí reisimint bheag faoi réir an lá sin ag na Gardaí Síochána le breith ar an mBúistéir agus ar a bhuíon armtha. Bhí bleachtairí armtha taobh istigh agus taobh amuigh den bhanc, formhór na n-oibrithe san áit coinnithe i seomra sábháilte. Ba chuma leis na Gardaí, ba chuma le Stiofán go háirithe dá ngoidfí na milliúin an lá céanna ach breith ar Kilroy. D'éirigh leo. Cé gur éalaigh an Búistéir ar feadh tamaill sa rírá agus ruaille buaille a tharla tar éis do na gunnaí a bheith tarraingthe, ghabh Stiofán agus bleachtaire eile Kilroy ag a theach cónaithe an tráthnóna céanna.

Nach orthu a bhí an gliondar nuair a bhíodar á thabhairt leo, a bhean chéile agus a leannán ag guí na míle mallacht orthu agus ag mionnú gur chaith an triúr acu an tráthnóna in aon leaba lena chéile. Dúirt siad go bhféadfaí sin a chruthú le DNA, go raibh a shíol fós istigh i chaon duine acu. Thosaigh na bleachtairí ag magadh fúthu agus dúirt leo a mbéal brocach a dhúnadh, nár theastaigh uathu aon eolas a fháil faoina saol príobháideach. Chuimhnigh Stiofán fós ar an rud a dúirt a chomradaí: "Tá sibh ag ligean oraibh go raibh sibh focáilte, ach tá sibh focáilte anois i ndáiríre!" Ní hé an saghas ruda é ar cheart do bhleachtaire a rá ar ócáid ar bith, ach bhí sé fíorbharrúil ag an am, agus bhain na leaids eile an-sásamh as.

Lig an coirpeach air sa gcúirt, ar ndóigh, nár fhág sé an teach ó mhaidin. Dúirt a bhean agus a leannán gurbh fhíor dó, go raibh *alibi* thar na bearta aige, gur chaith siad beirt an tráthnóna ina leaba, ach cé a chreidfeadh ceachtar acu? Dúirt Louis Mac Craith, an bleachtaire óg a scaoil an rún ar an mBúistéir agus ar a bhuíon, le Stiofán go príobháideach gur cheap sé nach raibh Kilroy ar an láthair, ach nach raibh sé cinnte, mar gheall ar na balaclávaí a bhí á gcaitheamh ag a bhformhór. Gach seans gur fhan Kilroy sa mbaile an lá céanna ar mhaithe lena *alibi*, ach ní raibh aoinneach acu chun deis a scaoilte a thabhairt dó. Bhí Stiofán lánchinnte go raibh sé ann. Nach bhfaca sé é lena ghunna dírithe air? Cé a dhéanfadh dearmad air sin? Agus anois bhí a shúile féin ag cleasaíocht air. Níorbh é an Búistéir a tháinig trasna ar a shúile ar ball le gunna ina láimh aige ach fear eile ar fad.

Ní raibh aon dabht air nuair a bhí sé os comhair na cúirte. Chuir an t-aturnae chuile chineál cheiste air, ach níor ghéill sé. Bhí Kilroy feicthe aige le súile a chinn agus ní fhéadfaí é a shéanadh. Bhí cleas á imirt ag a chuimhne anois air, ach ní rud nua a bhí ansin. Bhí an saol ar fad trína chéile fad is a bhain sé lena intinn. Bhí sé ar nós gur ag brionglóideacht a bhí sé an t-am ar fad, ach ní raibh ar a chumas dúiseacht ó na físeanna sin. Smaoinigh sé nach beo dó a thuilleadh, gur mar seo a bhí daoine ar an saol eile, gur brionglóid ar fad a bhí sa mbás ó thús go deireadh. Luigh sé sin le réasún, mar nach suan fada codlata a bhí sa mbás i ndáiríre?

Chuir sé seo ar fad i gcuimhne do Stiofán an tuairim a bhí aige nuair a bhí sé ina ghasúr: nach raibh ar an saol ach é féin, gur sórt aisteoireachta a bhí ar siúl ag chuile dhuine eile, féachaint an ndéanfadh sé botún nó peaca, nó go mbéarfaí air i ngaiste eicínt. Shíl sé go raibh sé curtha ar an saol ag Dia agus go raibh Dia ag coinneáil súile air, ag baint trialach as, agus nach raibh ann i ndáiríre ach Dia agus é féin. Aingil nó teachtaireachtaí Dé a bhí sna daoine ar fad timpeall air. Diabhail, b'fhéidir, a bhí i gcuid acu. Ní raibh duine ar bith sa músaem sin arbh fhiú trácht air ach é féin agus spiorad Van Gogh. Lucht féachana a bhí i chuile dhuine eile.

D'imigh an smaoineamh sin uaidh ar nós duilleog a bhí á séideadh ag an ngaoth agus tháinig ceann éagsúil ar fad ina áit. Go tobann bhí sé ar nós go raibh Caitlín suite lena thaobh, Caitlín an cailín a ndeachaigh sé chun scoile léi, an bhean a phós sé, máthair a chlainne, an bhean chéile a bhí dearmadta aige le fada. Bhí sé ag iarraidh breith ar a híomhá, ar a pictiúr, ar ball, ach chinn air. Bhí sí tagtha chuige anois gan choinne, ar nós go raibh sí ag fanacht i scuaine in éineacht leis na daoine eile a bhí ligthe i ndearmad aige. D'fhan sí go foighdeach go mbeadh a intinn agus a shamhlaíocht faoi réir le glacadh léi.

Shamhlaigh Stiofán nach suite ar bhalla i Músaem Van Gogh in Amstardam a bhí sé a thuilleadh ach suite ar dhroichead beag in aice baile ina óige, le Caitlín lena thaobh. Bhí sí gléasta i gceann de na gúnaí éadroma sin le pictiúir de phabhsaetha orthu a bhí sa bhfaisean ag an am. Ní raibh na mionsciortaí tagtha ar an saol go fóill ach shíl sé i gcónaí gur tarraingtí go mór a bhí cailín i gceann de na gúnaí éadroma sin ná nuair a bhí a cosa iomlána beagnach le feiceáil – ní fhágtaí tada ag an tsamhlaíocht. Bhí gruaig fhada Chaitlín réitithe ar bhealach a chuir réalta scannáin an lae úd i gcuimhne dó. Bhí chaon duine acu fíorchúthalach. Labhair siad ar chuile rud ach na rudaí ar mhaith leo a rá lena chéile. Ba leor go raibh siad ann, go raibh siad beo agus suite le taobh a chéile.

Ba bhreá le Stiofán póg a bhaint de Chaitlín. Ba bhreá leis síneadh lena taobh ar an bhféar tirim ach bhí a fhios acu go raibh Dia ag breathnú anuas orthu agus gur theastaigh uaidh go bhfágfaí chuile shórt eile go dtí go mbeidís pósta. Ní bheadh cosc ar chorrphóg ach ní raibh siad lena chéile sách fada lena aghaidh sin fós. Ní hé nach raibh aithne acu ar a chéile ó bhíodar ina ngasúir ag an scoil náisiúnta, ach bhí na mothúcháin seo eatarthu úr agus iontach. Bhí sé mar a bheadh fórsa leictreach san aer timpeall orthu, fáinne míorúilteach thart orthu, agus bhí faitíos orthu an ciorcal sin a bhriseadh.

Shín Stiofán a lámh amach go cúramach ón áit ina raibh sé ina shuí le go bhféadfadh sé breith ar láimh ar Chaitlín agus is ag an nóiméad sin a bhris torann ard isteach ar an bhfáinne órga a bhí ina dtimpeall. Bhí duine ar na micreafóin arís, ag iarraidh labhairt go réasúnach, ag rá go raibh sé thar am ag na daoine a bhí ag fanacht thuas staighre an áit a fhágáil, agus ag rá le "Stephen" go raibh cuairteoir ó Éirinn, duine a bhí ar mhaithe leis, ag iarraidh labhairt leis go príobháideach. Bheadh fáilte roimhe in oifig thíos staighre nuair a bheadh sé réidh. Ní chuirfí brú ar bith air. Thabharfaí chuile chúnamh dó ach siúl síos go réidh go dtí an oifig.

Chuir an chaint sin i gcuimhne do Stiofán an rud a dúirt an diabhal i bhfoirm nathair nimhe le hÁdhamh agus Éabha fadó. Déan an rud a deirtear leat agus beidh tú i do Dhia beag. Ní raibh sé ina amadán chomh mór sin. "Cleas," ar sé os ard leis na daoine a bhí ina suí ar an urlár thart air. Ní ina suí a bhíodar ar fad. Bhí cuid acu ina luí. Bhí beirt a bhí ar comhaois leis féin agus leis an gcailín sin a bhí ina intinn ar ball – cén t-ainm a bhí arís uirthi? – bhíodar sin i ngreim ar a chéile agus ag pógadh a chéile. Má bhí sé in ann céard a bhí ar siúl acu a fheiceáil i gceart, shíl sé go raibh a lámh sise i bhfob a threabhsair. Ní raibh mórán cúthaileachta ag baint leo siúd. "Ná dearmad go bhfuil Dia ag breathnú oraibh," a d'fhógair Stiofán i nGaeilge, ach leanadar orthu mar a bhíodar. Ní raibh aird acu sin ar Dhia ná ar dhuine, ach ní raibh aird air féin ach an oiread mar níor thuig duine ar bith acu focal as a bhéal.

"Meas tú cén plean atá acu anois?" a d'iarr Stiofán air féin agus é ag smaoineamh ar an bhfógra is deireanaí a tháinig ón *tannoy*. "Cé hé an cuairteoir seo atá tagtha le mé a fheiceáil? Cén fáth ar thug siad m'ainm amach i mBéarla? Cén chaoi a bhfuair siad amach cé mé féin? Nach iad atá cúramach nár fhógair siad m'ainm iomlán? Tá fáth leis sin. Tá siad ag iarraidh rud eicínt a cheilt ar na hiriseoirí. Tuige?" Ní raibh freagra na ceiste sin ag Stiofán, ach shíl sé go raibh cumhacht eicínt aige fós nuair nach raibh siad sásta a admháil go poiblí cérbh é féin. Bhí an chumhacht a bhí aige ón tús aige an t-am ar fad. Ní raibh le déanamh aige ach ligean air go raibh sé réidh le titim síos go talamh ar a chúl. Scanraigh sé sin iad chomh mór is a scanraigh sé é féin. Ní raibh sé buailte fós, ar sé leis féin. Níor chaill fear an mhisnigh riamh é.

Rinne Stiofán iarracht cuimhneamh ar chúrsa a rinne sé blianta roimhe sin nuair a d'fhuadaíodh poblachtánaigh daoine saibhre go rialta. Cuireadh traenáil orthu le déileáil lena leithéid. Ní hé gur éist sé chomh cúramach sin leis an gcomhairle a cuireadh orthu. Sórt *junket* a bhí ann dó féin agus dá chomrádaithe, ach chuimhnigh sé ar léachtóir amháin ag rá, "Foighid, foighid, foighid." Dúirt sé gurbh in iad na trí rud a theastaíonn nuair a bhíonn cás éigeandála den tsórt sin ann.

Ba é féin a bhí i lár an aonaigh an uair seo, agus ba léir go raibh foighid ag a lucht faire. Bhuel bhí foighid aigesean freisin. Ní raibh deabhadh ar bith air. Ní raibh aon áit aige le dul. Ní raibh sé ag iarraidh filleadh ar an teach altranais bréan sin arís. Ach ní raibh a fhios aige ag an am céanna céard a bhí uaidh, ach shíl sé go dtiocfadh an t-eolas sin chuige nuair a bheadh an t-am in araíocht. Is mar sin a thagadh a chuid smaointe chuige le gairid. Ní raibh ar a chumas smaoineamh ar an rud a theastaigh uaidh a thabhairt chun cuimhne. Ansin ritheadh smaoineamh eile isteach ina intinn gan choinne. Ach bhí rud eicínt ina chloigeann i gcónaí. An faitíos is mó a bhí air ná go mbeadh a chloigeann folamh lá eicínt agus nach mbeadh sé in ann cuimhneamh ar rud ar bith.

Thaitin sé le Stiofán gur lean na smaointe orthu ag teacht. Ní hé gur thaitin sé leis nach raibh sé in ann rud áirithe a thabhairt chun cuimhne, ach b'ionann is léiriú nó léargas a bhí sna smaointe a tháinig gan cuireadh gan iarraidh. Smaoinigh sé go raibh intinn an duine ar nós na haimsire, ar nós dreach na spéire ó lá go lá. Bhí scamaill ann nuair a theastaigh grian. Bhí báisteach nó stoirm ann nuair a bhí tú ag iarraidh a mhalairt, ach ansin bheadh scaladh gréine ann a ghealfadh an spéir agus a d'ardódh croí an duine.

Thosaigh an chaint arís ar an *tannoy* go díreach nuair a cheap Stiofán go raibh siad tar éis géilleadh agus ligean leis. An scéal céanna mórán a bhí acu an uair dheireanach: mall, cúirtéiseach, gan bhrú, foighdeach. "Bhuel, bíodh foighid agaibh," a dúirt Stiofán os ord, "mar go bhfuil foighid agamsa freisin. Tá an lá fada agus níl deifir ormsa in áit ar bith." Bhí meas proifisiúnta aige ar a gcuid síceolaíochta. Bhí a fhios acu cen t-am le tosú agus cén t-am le críochnú. Lig siad le duine rudaí a ghlacadh go réidh, agus ansin nuair a bhí suaimhneas ag teacht ort, is amhlaidh a thosóidís ag fógairt arís.

Níor thaitin an focal "suaimhneas" le Stiofán. Thaitin sé

leis ar feadh a shaoil go dtí gur cuireadh isteach é san áit ar ar tugadh an t-ainm sin. Má bhí a leithéid de rud is ifreann ann, cheap sé gurbh é an áit sin é. Bhí sé cinnte gur brainse de phríosún a bhí ann. Teach ard den seandéanamh. Ballaí arda ina thimpeall. Barraí in íochtar na fuinneoige. Chuala sé caint go minic faoi phríosún oscailte, agus ar ndóigh bhí baint aige féin le coirpigh a chur i ngéibheann i gcuid acu trí obair na gcúirteanna. Ní fhaca sé ceann acu riamh lena shúile féin go dtí go bhfaca sé an ceann sin. Príosún oscailte a bhí ann ceart go leor. Mar ba léir nuair a shiúil sé amach an geata.

Ní hé nár thaitin na daoine a bhí i ngéibheann i Suaimhneas leis. Bhíodar lách nuair a bhí comhrá ar siúl eatarthu sa seomra suí nó nuair a bhí púl á imirt acu. Níorbh in a chuir as do Stiofán ach na ballaí arda. Dúshlán a bhí iontu sin. Shiúil sé thart ar an imeall roinnt uaireanta i dtosach báire, féachaint an mbeadh deis aige an balla a dhreapadh in áit ar bith. Shíl sé go bhféadfadh sé é a dhéanamh dá mba rud é go mbeadh crann sách gar don bhalla. Ach bhíodar sách glic. Bhí crann ar bith den tsórt sin leagtha, nó b'fhéidir nach raibh sé curtha an chéad lá riamh. B'éigean dó cuimhneamh ar bhealach éalaithe seachas dul thar claí.

B'in an uair a chonaic sé an ciseán inar tugadh éadaí salacha go dtí an teach níocháin. Bhí a fhios ag Stiofán go bhfaca sé daoine ag éalú as príosún ina leithéid sna scannáin. Thapaigh sé a dheis nuair nach raibh duine ar bith ag breathnú. Isteach leis sa gciseán agus tharraing sé na héadaí brocacha suas thar a cheann. Tháinig fonn múisce air ar an bpointe. Bhí boladh uafásach ó chuid de na héadaí céanna. Roghnaigh sé cuid nach raibh róbhréan agus choinnigh sé iad sin le cur os cionn a chloiginn dá n-osclófaí an chiseán. Is cosúil gur thit sé ina chodladh ansin. Is amhlaidh a thosaigh sé ag béiceach nuair a bhraith sé an ciseán ag corraí. Shíl sé gur i mbád a bhí sé agus go raibh siad ar tí dul faoi. Dúirt an dream a bhí ag iompar an chiseáin gur cheap siad go raibh meáchan uafásach ann an lá sin. D'oscail siad an ciséan agus chruthaigh siad nach raibh a bpríosún chomh hoscailte is a cheap Stiofán.

Bhí Stiofán glic, ar ndóigh. Níor dhúirt sé gur theastaigh uaidh imeacht as Suaimhneas, ach gur tháinig fonn codlata air agus go raibh sé ag iarraidh luí in áit bhog. "Tuige nach ndeachaigh tú amach ar an bportach?" a d'iarr an bhean a bhí i gceannas na háite. Níor fhreagair sé í, mar go raibh a fhios aige gur cheap sí go raibh sí barrúil agus ní raibh sé ag iarraidh aon sásamh a thabhairt di. Bhí sé ag faire ar a sheans ina dhiaidh sin. Choinnigh sé súil ar na leoraithe agus na feithiclí eile a tháinig le harán agus glasraí go dtí an chistin, ach ní bhfuair sé aon deis. Thug sé faoi deara ansin go raibh an geata tosaigh fágtha oscailte an t-am ar fad. Bhí iontas air nach raibh fear faire ar bith ann agus go raibh cosúlacht ar an dream a bhí os cionn na háite gur chuma leo. Bhí sé ag súil le Gardaí ina dhiaidh nó ag fanacht san aerfort le breith air, ach ní raibh trioblóid ar bith aige siúl amach as an áit, síob a fháil go dtí an t-aerfort agus suíochán a fháil ar an eitleán.

Thug Stiofán leis an chuid is mó den airgead a bhí ina chuntas bainc. Bhí sé cloiste aige go raibh airgead ag sileadh as na bancanna ar nós uisce ó sheanbhuicéad. Bhí sé ráite sa nuacht ar an raidió go raibh banc amháin acu ina raibh luach scaranna tite ó bheagnach scór euro go dtí faoi bhun euro amháin. Cén chaoi a bhféadfadh duine muinín a chur ina leithéid? B'fhearr an t-airgead a thabhairt leis agus a úsáid. Chuirfeadh duine eicínt greim ina bhéal nuair a bheadh sé ar fad caite. Chuirfeadh sé a mhuinín i nDia mar a rinne na manaigh i gcuid de na mainistreacha nó na mná rialta i gclochar na gCairmilíteach. D'fhág siad faoi Dhia iad a chothú. Thug daoine bia dóibh go rialta. Tháinig siad lá agus oíche agus d'fhág siad neart beatha ag an doras. Ní raibh lá ocrais riamh orthu, agus ní amháin sin, chruthaigh a gcuid pictiúr go raibh cuid acu breá ramhar. Bhí Dia ag obair dó féin freisin. Ní raibh an banc chomh folamh is a bhí ráite. Nuair a chuir Stiofán a chárta isteach sa bpoll sa mballa fuair sé neart airgid.

Nuair a shroich Stiofán aerfort Schiphol in Amstardam d'iarr sé ar fhear tacsaí é a thabhairt go dtí óstán dá rogha féin mar nach raibh aon eolas aige féin ar an áit. Dúirt an tiománaí rud eicínt faoi Rembrandt ach d'fhreagair Stiofán gurbh fhearr leis Van Gogh. "Taispeánfaidh mé chaon cheann acu duit," an freagra a thug fear an tacsaí. Thug sé go dtí óstán Schiller é, áit a raibh dealbh de Rembrandt taobh amuigh mar aon le leagan amach dá phictiúr cáiliúil *Faire na hOíche* déanta as miotal. "Leag do mhála isteach ansin agus tabharfaidh mé chomh fada le Músaem Van Gogh ar dheich euro eile thú," a dúirt mo dhuine. Rinne sé an gnó ar fad ar scór.

Ba mhaith le Stiofán dul ar ais anois go dtí an seomra a bhí curtha in áirithe aige san óstán, áit a raibh a mhála leagtha ar an leaba, mura raibh bleachtairí agus spiadóirí ag dul tríd cheana. Lig sé d'ainm na háite dul trína intinn arís is arís eile le nach ndéanfadh sé dearmad air, mar a rinne sé leis an oiread sin rudaí eile. Ní seomra compordach a bheadh in ann dó an oíche sin, ach cillín i bpríosún nó i stáisiún na bpóilíní. Sin é an fáth a raibh an oiread drogaill air dul síos staighre. Ní raibh a fhios aige céard a bheadh roimhe. Ní bheadh sé chomh héasca éalú ón áit seo is a bhí as Suaimhneas.

X

Bhí cupán caife á ól ag Tomás Ó hAnluain in oifig stiúrthóir Mhúsaem Van Gogh in Amstardam. Dúradh leis nach raibh a athair i mbaol chomh mór is a bhí sé tamall roimhe sin. Ní raibh sé ina sheasamh ar an mballa a thuilleadh, ach ina shuí. Thaispeáin siad dó é ar scáileán *CCTV*. Bhí an chuma ar Stiofán go raibh sé tuirseach agus bhí súil acu go dtiocfadh sé anuas ón áit ina raibh sé sula i bhfad. Sin é an straitéis a bhí acu ón tús, gan brú ar bith a chur ar a athair.

"An bhfuil sé i mbaol titim anuas go dtí a bhás i gcónaí?" a d'iarr Tomás i mBéarla. Ní raibh le feiceáil aige ar an scáileán ach an balla ar a raibh sé ina shuí. Thaispeáin ceamara eile an titim a bhí ar a chúl.

Dúirt an ceannaire go bhféadfadh Stiofán titim nó léim fós ach nach raibh sé i mbaol chomh mór sin. Bhí beirt ón mBrainse Speisialta ina measc siúd a bhí thart air. Bhíodar sin réidh le breith air dá mba rud é go raibh cosúlacht ar bith den tsórt sin air. "Tá siad ina suí ar an urlár ar nós *hippies*," a dúirt an ceannaire, "ach is féidir leo léim in airde taobh istigh de chúpla soicind le breith air má bhíonn gá leis."

Phléigh duine de na póilíní le Tomás ar cheart dó labhairt lena athair, ach thograigh siad fanacht go fóill. "Is minic gur mó a chuireann duine dá chlann féin isteach ar dhuine a bhfuil galar intinne air ná duine ar bith eile," arsa an póilín. "Braitheann sé ar an stair atá acu, agus ar rudaí a tharla dóibh san am a caitheadh. Bíonn na mothúcháin go mór i gceist i gcás mar seo." D'aontaigh Tomás leis cé nár dhúirt sé é sin go poiblí.

Bhí sé scanraithe agus é ar an mbealach ón eitleán go dtí an músaem go mbeadh air aghaidh a thabhairt ar a athair in iarracht é a mhealladh anuas ón mballa. An faitíos is mó a bhí air ná gurbh in an uair a léimfeadh a athair anuas go dtí a bhás. Ní mhaithfeadh Sara go deo dó é. Ní bheadh aon mhaith fiafraí di cén fáth nár tháinig sise len é a thabhairt slán, go dtiocfadh sé anuas gan stró ar iarratas óna chailín beag. Ní bheadh aon mhaith sa gcaint agus sa gcáineadh nuair a bheadh duine sínte marbh, pléasctha ar an urlár ar nós cuileoige ar fhuinneog cairr.

D'iarr Tomás cead ar cheannairí an mhúsaeim agus na bpóilíní le glaoch a chur ar Sara, a bheadh trína chéile ag fanacht le scéal faoina hathair.

"Cá raibh tusa go dtí anois?" a d'iarr Sara, nuair a ghlaoigh sé. "Bhí mé ar bís anseo ag faire ar an nguthán ar feadh an tráthnóna."

"Tá sé fós beo," a d'fhreagair Tomás, ag tapú a dheise le tabhairt le fios di gur ag cuimhneamh ar a hathair ba chóir di a bheith in áit a bheith ag fáil lochta airsean. Bhí a fhios aige gurbh é sin an chéad rud a dhéanfadh sise sa gcás céanna. Bhí dearthaireacha agus deirfiúracha mar sin i gcónaí, an bheirt acusan go háirithe. "Maidir le cá raibh mé, bhí mé ar eitleán i dtosach agus bhí mé i dtacsaí ina dhiaidh sin ag teacht trí shráideanna leadránacha tionsclaíochta an bhaile lofa seo. Ní raibh cead agam glaoch ort ón aer, agus ní raibh an t-eolas agam faoin seanleaid go dtí gur shroich mé an áit seo."

"*Touché*," ar sise ar nós go raibh meáchan an domhain uirthi. "Sin í an chéad cheist ba cheart dom a chur, gan dabht: cén chaoi a bhfuil sé. An bhfuil sé i mbaol a bháis i gcónaí?"

Dúirt Tomás nach raibh Stiofán i gcontúirt chomh mór is a bhí, ach nach raibh sé slán fós. "De réir a chéile," ar sé. "Tá na ceannairí anseo iontach foighdeach leis. Tá siad ag tabhairt a dhóthain ama dó teacht anuas as a stuaim féin."

"Is mór an t-ionadh nach raibh scéal chomh mór leis seo ar an teilifís chuile uair an chloig," a dúirt Sara. "Bhí mé ag éisteacht leis an raidió agus ag breathnú ar chuile nuacht náisiúnta agus idirnáisiúnta a raibh mé in ann teacht air, agus ní raibh scéal ar bith faoi."

"Is cosúil gur iarr Rialtas na hÉireann ar a gcomhghleacaithe anseo an scéal a choinneáil faoi rún. Rinne siad iarratas ar na meáin uilig gan trácht a dhéanamh air go fóill ar chaoi ar bith."

"Tuige?" a d'iarr a dheirfiúr. "Ní fhéadfadh Deaid a bheith chomh mór le rá sin."

"Nílim iomlán cinnte, agus ní féidir liom mórán a rá os a gcomhair," a d'fhreagair Tomás. "Tá faitíos orthu go bhfaighidh na nuachtáin gaoth an fhocail ó fhoinse eicínt."

"Drochsheans go bhfuil Gaeilge ag aoinneach ansin," arsa Sara. "Ní bheadh tuairim acu céard atá muid a rá."

"Sin a cheapfá, ach ní bheadh a fhios agat. Níl a fhios agam an mbaineann sé le daoine ar nós seanleaid s'againne a dhéanann a leithéid ar mhaithe le poiblíocht. Más féidir é sin a mhúchadh ar bhealach eicínt, cailleann an eachtra éifeacht dá bharr."

"Luíonn sé sin le réasún," an freagra a thug Sara. "Ní maith liom go dtugann tú an seanleaid air an t-am ar fad. Tugann sé le fios nach bhfuil mórán ómóis agat dó."

"Táim anseo, nach bhfuil, agus sin é an t-ainm a thug mé air ó bhí mé sé bliana déag. Mura dtaitníonn sé leat . . ."

"Ceart go leor," arsa Sara ag osnaíl. "Ceapann tú go

bhfuil fáth eicínt eile acu gan an scéal a ligean amach ar an aer?"

"Sílim go mbaineann sé leis an gcás sin ina raibh baint aige le mo dhuine, Kilroy, a chur sa bpríosún, tamall sula ndeachaigh sé amach ar pinsean."

Bhain a fhreagra geit as Sara. "Cén bhaint a d'fhéadfadh sé sin a bheith leis an scéal? Tharla sé sin blianta fada ó shin. Níl ciall ná réasún leis."

"Fuair mé leide go bhfuil cuid de bhuíon Kilroy ag cur fúthu anseo in Amstardam," arsa Tomás, "agus go bhféadfaidís a bheith ag lorg díoltais dá mbeadh a fhios acu go bhfuil an seanleaid ann."

D'ardaigh guth Sara le hiontas. "Díoltas ar sheanfhear? Nach beag atá le déanamh acu."

"Is beag," a d'fhreagair Tomás, "mar go bhfuil na póilíní ag faire orthu gach uair a chorraíonn siad."

"Cén mhaith a dhéanfadh sé seanfhear a mharú?"

"Nach cuma leo sin cén aois é má bhraitheann siad go ndearnadh éagóir ar a gceannaire? Thaispeánfadh sé dá dhream féin nach ndéanfar dearmad go deo ar a leithéid."

"Is é an rud is fearr a rinne Deaid riamh," a dúirt Sara, "ná é sin a thógáil ó na sráideanna. Chuir sé siar iompórtáil na ndrugaí go ceann i bhfad. Cuimhnigh ar an méid daoine óga a shábháil sé sin. Bhí an ceart ar fad aige."

"Más rud é go ndearna sé ar bhealach mídhleathach é?" Ní raibh sé soiléir ar theastaigh freagra ar a cheist ó Thomás.

"An bhfuil tú ag rá go raibh comhcheilg ar siúl ag na Gardaí?" a d'fhiafraigh Sara.

"Tá sé sin ráite."

"Tá a fhios agamsa go raibh Deaid lánchinnte faoin duine a dhírigh a ghunna air. Bhí mé ag caint leis chuile lá ag an am, agus bhíodh sé ag caint air i gcónaí. Bhí sé faoi bhrú uafásach, mar sin é t-am a raibh Maim san ospidéal de chéaduair."

"B'fhéidir go raibh a tinneas sise ag goilliúint air," a dúirt Tomás, "agus nach raibh a intinn dírithe go hiomlán ar an obair."

"Bheadh d'intinn dírithe dá mbeadh gunna dírithe ort," an freagra a thug a dheirfiúr. "Cuirtear comhairle a leasa agus chuile shórt orthu anois nuair a tharlaíonn rud mar sin, ach ní raibh tada le fáil an uair sin ach an t-ordú dul ar ais chuig do chuid oibre."

"Tá siad ag rá anois go raibh balacláva ar an té a dhírigh an gunna air agus nach bhféadfadh sé é a aithint."

"Tuige nár dhúirt siad é sin sa gcúirt?" a d'iarr Sara.

"Níor dhúirt siad san achomharc é ach an oiread, chomh fada le m'eolas. Ag cumadh bréag atá siad."

"Bheadh duine eile dá gcuid féin á chiontú acu," arsa Tomás, "dá ndéarfaidís cé a bhí ann. Fear an ghunna atá mé a rá. Níl a fhios agam go cinnte cén fáth ach sin é atá ráite."

"Má tá sé ráite, cé atá á rá?"

"Daoine ar spéis leo an cás."

"Cé as a bhfuil na ráflaí seo ag teacht anois?" a d'iarr Sara. "An caint sna tábhairní atá i gceist? Nó an bhfuil achomharc eile á réiteach acu? Ní bheadh Deaid in ann fianaise a thabhairt an uair seo."

"Iriseoir a dúirt liomsa é," a d'fhreagair Tomás. "Tá Trevor Ó Ruairc ag breathnú isteach sa scéal arís. D'iarr sé ormsa an scéal a phlé leis an lá cheana."

"Beidh a chuid bréag ar fud na nuachtán," arsa Sara. "Níl uathu ach na Gardaí a lochtú. Ní éireoidh siad as go dtí go mbeidh Kilroy saor arís."

"Ní dhéanann sé a dhath difríochta dá leithéid a bheith istigh nó a bheith amuigh. Is dóigh go bhfuil sé i gceannas chomh mór ó Mhuinseo is a bhí sé nuair a bhí sé sa mbaile lena chuid ban. Tá níos mó ama anois aige, ar ndóigh, le caitheamh i mbun pleanála."

"An é atá tú ag rá go bhfuil Ó Ruairc ina phóca aige? Go bhfuil na táblóidigh ag obair dó? Ná habair go bhfuil an oiread sin cumhachta aige."

"Fad is atá a fhios agamsa níl sé ach ag fiosrú an scéil," a dúirt Tomás. "Tháinig sé chugamsa ag iarraidh teagmháil a dhéanamh le Deaid. Dúirt mé nach raibh an tsláinte go maith aige, nach mbeadh cuimhne aige ar rud ar bith den tsórt sin. Bheadh na dochtúirí in ann é sin a chruthú. B'in nuair a d'inis sé dom an méid a dúirt mé ar ball."

Lig Sara osna. "Sin é an rud deiridh atá muid a iarraidh, go dtiocfadh na hiriseoirí thart air ar nós na mbeach. Tá sé sách dona mar atá sé, mar a chonaiceamar inniu."

"Sin é an fáth is mó gur maith an rud é nach bhfuil siad anseo anocht," arsa Tomás.

"Go fóill," a dúirt Sara. "An bhfuil rud ar bith ag tarlú san áit sin, nó an bhfuil mé ag cur moille ortsa? Ar cheart duit a bheith in áit eicínt eile?" a d'fhiafraigh Sara.

"Tá siad ag fanacht go foighdeach i gcónaí," a d'fhreagair Tomás. "Sin é an polasaí atá acu, é a thuirsiú, agus tá súil acu go dtiocfaidh sé anuas ansin as a stuaim féin."

"Idir an dá linn d'fhéadfadh sé titim," arsa Sara.

"Tá súil ghéar á coinneáil acu air. Ceapann siad go dtiocfaidh sé anuas ar an taobh sábháilte den bhalla ar ball."

"An bhfuil a fhios acu cé chomh stobarnáilte is atá sé?" a d'fhiafraigh Sara. "Ní dhéanfaidh sé an rud a mbeidh súil acu leis."

"Tá sé sin feicthe acu ar feadh an tráthnóna, ach déarfainn go bhfuil siad ag déileáil leis ar an gcaoi cheart.

Má éiríonn leo é a thabhairt slán beidh muid sásta go maith leo."

"Mura n-éiríonn?"

"Bheadh muinín agam astu tar éis a bheith ag caint leo agus é a fheiceáil ar an scáileán CCTV," a dúirt Tomás.

"Cén chaoi a mbreathnaíonn sé?" a d'iarr Sara.

"Is deacair a dhéanamh amach. Scáileán dubh agus bán atá ann leis an gcineál sneachta a bhíodh ar theilifís fadó. Ach tá sé suite ansin go calma i láthair na huaire."

"Is maith sin, ach ba bhreá liom é seo uilig a bheith thart."

"Ní tú an t-aon duine ar bhreá leo é," a d'fhreagair a deartháir.

Bhí scéal an iriseora ag déanamh imní do Sara i gcónaí. "Ní fhéadfadh sé gur dhúirt Deaid os comhair na cúirte gur aithin sé mo dhuine nuair a bhí balacláva air."

"Ní bheadh a fhios agat," arsa Tomás. "Bhí súile Kilroy feicthe sách minic aige nuair a bhíodar ag fiosrú eachtraí áirithe agus é ag déanamh ceap magaidh díobh. B'fhéidir gur cheap sé gurbh é sin a dhóthain. Tá na súile in ann sceitheadh ar dhuine."

Chuir Sara a himní i bhfocail. "B'fhéidir gur theastaigh uaidh é a thógáil ó na sráideanna ar bhealach amháin nó ar bhealach eile agus gur thapaigh sé a dheis nuair a fuair sé í."

"Ní chuirfeadh mórán milleán air," arsa Tomás. "Bhí gliondar ar go leor nuair a gabhadh é agus nuair a d'éirigh leo cás a thabhairt ina aghaidh."

"Chuirfeadh an stát milleán air," a d'fhreagair a dheirfiúr, "mar gur bhris sé dlí na tíre."

"Foc an stát," a dúirt Tomás go héadrom. "Féach an méid daoine atá sábháilte ó dhrugaí dá bharr. Is é an príomhrud anois ná é a fháil anuas ón áit ina bhfuil sé."

"Meas tú an bhfuil a fhios aige go bhfuil siad ina dhiaidh?" a d'fhiafraigh Sara go himníoch. "Buíon Kilroy atá mé a rá. B'fhéidir gurbh é sin an fáth ar fhág sé an tír." Rinne Tomás gáire searbhasach. "Ansin rinne sé iarracht súile an domhain mhóir a dhíriú air. Ní dóigh liom é. Níl a fhios aige tada faoi sin ná faoi mhórán eile i láthair na huaire, agus fad is atá sé mar sin ní féidir le dlí ná iriseoir mórán a dhéanamh."

"D'fhéadfaí droch-cháil a tharraingt air," a dúirt Sara. "Agus orainn ar fad in éineacht leis."

"D'fhéadfadh an phleidhcíocht seo in Amstardam droch-cháil a tharraingt air chomh maith," a d'fhreagair a dheartháir, "agus an bhfuil sé sin ag cur mórán imní air?"

"Go raibh maith agat as dul amach le haire a thabhairt dó," a dúirt Sara go ciúin.

"Is é an rud is lú a d'fhéadfainn a dhéanamh é tar éis na haire a thug tusa dó ar feadh na mblianta. Bhí sé thar am agam rud eicínt a dhéanamh."

"Céard a dhéanfas muid leis anois?" a d'iarr Sara, ach cheap Tomás go raibh sí ag breathnú chun cinn rómhór.

"Caithfidh muid é a thabhairt abhaile slán sábháilte i dtosach," a d'fhreagair sé. "Is féidir linn ár n-aird a dhíriú ar na ceisteanna eile ansin. Níl sé i bhfad ó bhíomar ag cuimhneamh ar chónra a chur in áirithe dó. Rud amháin ag an am."

Bhí ceist ag Sara. "Meas tú an ligfidh siad abhaile é, nó an mbeidh coir le cur ina leith ansin? An gcuirfidh siad príosún air de bharr an méid atá déanta aige?"

"Scaoilfidh siad chun siúil é a luaithe agus is féidir leo," a d'fhreagair Tomás, "agus beidh siad breá sásta a chúl a fheiceáil agus é ag dul i dtreo an eitleáin."

"Tá súil agamsa nach mbeidh sé sin i bhfad anois," arsa Sara. "Táim ite ag na néaróga dá bharr."

"Níl tada ag athrú anseo faoi láthair," arsa Tomás. "Tá sé suite mar a bhí sé an t-am ar fad, dornán beag daoine ina thimpeall." Tar éis tost beag d'iarr sé, "Dála an scéil, céard a cheapann Diarmaid faoi?"

"Níl a fhios aige tada faoi fós."

Bhí cuma an iontais ar ghuth Thomáis. "Níor inis tú dó go bhfuil d'athair ar iarraidh? Tá sé in áit fhíor-chontúirteach i Músaem Van Gogh in Amstardam, agus níor inis tú do d'fhear céile é?"

"Tá a fhios agat an chaoi a bhfuil sé faoi Dheaid."

"Shílfeá gur cuma faoi sin nuair atá duine i dtrioblóid, go dtabharfadh sé tacaíocht dá bhean chéile."

"Nuair nach bhfuil a fhios aige, níl neart aige air," an freagra a bhí ag a dheirfiúr.

"Níl a fhios agam . . ."

Rinne Sara iarracht an scéal a mhíniú níos fearr. "Bhí cruinniú tábhachtach agus béile aige le lucht gnó ón tSeapáin. Inseoidh mé dó é nuair a thiocfas sé abhaile ar ball. Faoin am sin tá súil agam go mbeidh gach rud ina cheart."

Is ar éigean a bhí Tomás á creidiúint. "Tá tú ag rá gur tábhachtaí cruinniú le lucht gnó ná athair a chéile a bheith ar iarraidh?"

Bhí freagra lag ag Sara. "Níl sé ar iarraidh, i ndáiríre. Tá a fhios againn cá bhfuil sé. Agus ar aon chaoi céard a bheadh Diarmaid in ann a dhéanamh faoi seachas dul ansin in éineacht leatsa, agus ní bheadh tú á iarraidh leat, táim cinnte?"

"Níor airigh mé a leithéid riamh!" arsa Tomás.

"Tá a fhios agat cén tuairim atá ag Diarmaid faoi Dheaid."

"Teastaíonn uaidh é a chur isteach sa *psychiatric*."

Chosain Sara a fear céile. "Bhí sé mór leis nuair a bhí

sé ag fanacht linn anseo, agus ná dearmad go bhfuil sé ag íoc . . ."

Tháinig Tomás roimpi. "Cén chaoi a bhféadfainn dearmad a dhéanamh air sin, mar meabhraíonn tú dom chuile lá é."

Dúirt Sara an rud a cheap sí nach ndéarfadh sí go deo. "B'fhéidir go gcaithfidh muid cuimhneamh ar an *psychiatric*."

"Caithfidh muid é a thabhairt abhaile slán i dtosach báire," arsa Tomás. "Is féidir an scéal ar fad a phlé ansin."

Dúirt Sara leis go gcaithfeadh sí na gasúir a chur a chodladh, agus d'iarr sí ar Thomás glaoch a chur uirthi chomh luath is a bheadh scéal de chineál ar bith aige.

XI

Níor éirigh le Séamas Mac Cormaic titim ina chodladh. D'fhan sé go raibh an bhanaltra imithe thart faoi dhó. Lig sé air go raibh sé ag srannadh an darna huair agus bhí a fhios aige go mbeadh a cupán tae ansin aici. Thabharfadh sé sin deis dó imeacht agus toitín nó dhó a chaitheamh. Ní raibh sé ceaptha a sheomra a fhágáil gan chead, ach bhí an dream a bhí os cionn na háite réasúnta tuisceanach, dar leis. Bhí a fhios acu go raibh sé deacair ar dhuine ar theastaigh toitín uaidh le cuidiú leis dul a chodladh an oíche a chaitheamh dá uireasa. B'fhearr leo go rachadh sé taobh amuigh ná a bheith ag lasadh toitíní faoi rún ina sheomra. Níor dhúirt siad riamh go poiblí go raibh cead ag duine é a dhéanamh, ach níor dhúirt siad a mhalairt ach an oiread. Bhí chuile shórt ceart fad is nár tharraing duine aon raic nó nár chuir sé isteach ar aon duine eile.

Shroich boladh deataigh a shrón sula ndeachaigh sé taobh amuigh. Bhí a fhios aige go raibh duine eicínt amuigh ann roimhe. Ní raibh súil aige bean a fháil amuigh ann ina cuid éadaí oíche. Máirín a bhí ann, Máirín Ní Bhrian. Chuir sé canúint aisteach air féin.

"Céard atá ar siúl anseo?" a d'iarr sé go crosta, ar nós gur garda de chineál eicínt a bhí ann.

"Go bhfóire Dia orainn!" ar sise, an toitín á chaitheamh ar an gcoincréit aici agus a bróg a leagan air len é a mhúchadh. "A dhiabhail!" a dúirt sí. "Shíl mé gur duine ceart a bhí ann. Duine mór le rá eicínt. Tá tú tar éis mo *fag* breá a mhilleadh orm."

Bhíodar ag sciotaíl gháire go ceann tamaill. Thug Séamas toitín eile di agus las siad an péire. Sheas siad ansin gan aon rud a rá, ag sú deataigh siar ina gcuid polláirí. Bhí an oíche ciúin, réalta sa spéir, sioc ar bharr na talún, ach ní raibh sé rófhuar san áit fhoscúil ina raibh siad ina seasamh.

"An dtagann tú anseo go minic?" a d'iarr Máirín, ar nós go raibh sí míchompordach gan chaint.

"Is cosúil sin leis an rud a deirtí ag na seandamhsaí fadó," a dúirt Séamas, "nuair nach mbíodh duine in ann cuimhneamh ar aon rud eile le rá."

"Níor fhreagair tú mo cheist," ar sise. "An dtagann tú anseo chuile oíche nó an í seo an chéad uair?"

"Chuile oíche, déarfainn," arsa Séamas. "Ní bhím in ann titim i mo chodladh mura dtagaim anseo i dtosach. Liom féin a bhím go hiondúil. Bhí mo dhuine a bhuail bóthar ar maidin ann ar feadh tamaill aréir."

"Ar dhúirt sé cá raibh sé ag dul?" a d'iarr Máirín.

"Ar éigean a labhair sé ar chor ar bith. Déarfainn go raibh sé beagán scaipthe. Ní raibh sé in ann ceisteanna a chuir mé air a fhreagairt," a dúirt Séamas.

"B'fhéidir gur cheap sé go raibh tú rófhiosrach, nár theastaigh uaidh do chuid ceisteanna a fhreagairt."

"Ceisteanna gan urchóid a bhí iontu leis an am a chaitheamh," a dúirt Séamas. "Bhí mé ag fiafraí faoi fhoireann an chontae, agus ní dóigh liom go raibh a fhios aige céard faoi a raibh mé ag caint."

"B'fhéidir nach raibh aon suim aige sa bpeil," arsa Máirín ar nós cuma liom, í ag tarraingt ar a toitín ar nós go raibh Dia á rá léi.

"Ní thagann tú féin amach anseo rómhinic. Seo í do chéad oíche, is dóigh. Ní fhaca mé anseo cheana thú."

"Bím ann, anois is arís, ach bíonn sé níos deireanaí ná seo," a dúirt Máirín. "Ar éigean atáim in ann codladh tar éis a ceathair ar maidin. Ní bhíonn oiread codlata ag teastáil nuair atá muid amach sna blianta. Bíonn néal ag teacht orm ansin tráthnóna i ndiaidh an dinnéir. Chuir na fataí i lár an lae codladh orm riamh."

"Tá súil agam nach bhfaca ceachtar acu muid ag teacht amach," a dúirt Séamas. "Beidh siad ag ceapadh gur *date* atá againn lena chéile."

"Ceapaidís a rogha rud," arsa Máirín. "Is é an toitín an t-aon *date* a bhfuil suim agamsa ann. Déarfainn go bhfuil an rud céanna fíor i do chás féin. Tá muid róshean le bheith ag smaoineamh ar aon rud eile."

Rinne seisean gáire beag. "Níl muid róshean le bheith ag smaoineamh, ach is scéal eile ar fad aon rud a dhéanamh faoi."

"Is deas é an *fag*." D'fhéach Máirín ar an spota beag dearg ar bharr a toitín. "Is fearr liom an réalt bheag sin ná a bhfuil de réalta sa spéir."

D'fhan siad mar sin ar feadh tamaill, nó gur dhúirt Máirín, "Céard é an marc sin ar do chloigeann?"

"Ó!" a dúirt Séamas ag gáire. "Díth céille na hóige. Nuair a bhí mé ag obair i Sasana fadó a tharla sé sin. An t-am sin bhíodh an-mheas ar an bhfear a bhí in ann ól. D'óladh an geaing uilig ceithre phionta beorach ag am lóin. Is cuimhin liom fós an t-ainm a bhí air, Worthington Evans. Agus an blas! Ach d'ól mé ceithre phionta ar aon nós agus gan tada ite agam. Agus nuair a chuaigh muid ar ais ag obair ní raibh an smacht céanna ar an oirnéis againn. Buaileadh mise sa gcloigeann le sluasaid agus thit mé go talamh, m'éadan dearg le fuil."

Rug sé ar lámh Mháirín agus thug sé a méaracha aníos le teagmháil dá chloigeann, os cionn a chluaise.

Baineadh geit astu mar gur thug siad faoi deara go raibh Traolach tagtha isteach san áit a rabhadar. "Céard atá ar siúl anseo?" a d'iarr sé go crosta.

D'fhreagair Máirín, "Bhíomar ag caitheamh cúpla toitín."

"Tá rialacha na háite briste agaibh," a dúirt Traolach. Bhreathnaigh Máirín ar a huaireadóir. "Níl sé mórán thar a deich a chlog fós. Bíonn orainn dul a chodladh róluath."

"Tuige a raibh do lámh lena chloigeann?" a d'iarr Traolach. "Nach bhfuil a fhios agaibh nach bhfuil caidreamh mar sin ceadaithe san ionad seo?" Bhí tost beag ann sular dhúirt sé, "Ar aghaidh libh isteach san oifig."

Shiúil an bhean agus an fear aosta roimhe ar nós gasúir a rugadh orthu agus úlla á ngoid acu. Bhí Traolach mar a bheadh sé ag caint leis féin agus é ag teacht ina ndiaidh. "Tá rialacha sa teach seo agus mura gcoinnítear iad ní bheidh cuma ná caoi ar an áit. Daoine ag bailiú leo gan chead, ar nós an amadáin sin Ó hAnluain aréir."

XII

Ba é an lá ab fhaide ina shaol é, agus bhí Stiofán Ó hAnluain fós ina shuí ar bhalla i Músaem Van Gogh in Amstardam. Ní amháin nach raibh sé maraithe ag saighdiúir ná ag póilín mar a bhí súil aige leis ar dtús, ach bhí sé fágtha ar nós nach ndearna sé difríocht ar bith d'aoinneach ar an saol cá raibh sé suite. An dtabharfaidís aird ar bith air dá gcuirfeadh sé lámh ina bhás féin nó i mbás duine eicínt eile? Ní raibh a fhios aige. Bhí sé ar nós go raibh sé ina neamhdhuine.

Ní raibh sé sin fíor i ndáiríre, mar bhíodar ag fógairt anois agus arís air teacht anuas le go mbeadh greim le n-ithe agus braon le n-ól aige san oifig in íochtar, áit a raibh daoine réidh freisin le comhairle a chur air. Ó, bhí a fhios aige an chomhairle: Cuirfidh muid isteach in áit sábháilte thú. Ith agus ól gach a gcuirtear os do chomhair. Tóg do tháibléid agus bí i d'fhear maith. Ná bí ag cur isteach ar dhaoine.

Smaoinigh Stiofán gur theastaigh saoirse uaidh ó thús a shaoil ach nár éirigh leis a bheith saor ó chonstaicí an tsaoil go dtí go raibh sé ródheireanach. Ní raibh smacht aige ar céard a bhí ag tarlú ina chloigeann ní ba mhó. Bhí cuimhne aige ar rudaí agus ar dhaoine áirithe inniu. Bheidís sin bailithe leo ar ball agus daoine agus eachtraí eile tagtha ina n-áit. Ach ní raibh dearmad déanta aige ar na huaireanta ina raibh sé saor.

Shamhlaigh sé é féin ag rith i móinéar nuair a bhí sé ina ghasúr. Bhí a athair ag obair in aice leis an ngeata le speal, ag baint an fhéir thart ansin sula dtiocfadh tarracóir le meaisín bainte. B'fhéidir nár rith sé tríd an bhféar fada mar sin riamh, ach ba é sin an pictiúr a bhí aige ina intinn ar dhuine a bhí saor, saor ó imní, saor ó chúraimí an tsaoil, ag rith leis agus ag baint taitnimh as rud chomh simplí. Ansin de léim tháinig toradh an rása bhig sin ar ais chun a chuimhne. Rith sé ar ais i dtreo a athar agus chuaigh sé i mullach na speile a bhí in úsáid aige siúd. Pé ar bith caoi ar thit sé chas an speal faoi ach níor gortaíodh é.

Ba chuimhin leis fós an croitheadh a bhain sé sin as a athair. Léirigh sé fearg agus léirigh sé a ghrá ag an am céanna. Thug sé amach dó agus barróg á tabhairt aige dó. Chuir sé fainic air gan a leithéid a dhéanamh arís. Ansin chuir sé an speal ar bharr an chlaí agus shuíodar beirt le taobh a chéile ar an mbeagán féarach a bhí bainte go dtí gur tháinig an tarracóir. Bhí sé mar a bheadh an mothú bainte as a athair, agus ní raibh fonn oibre arís air an chuid eile den lá.

Bhí gach rud eile a tharla an lá sin agus i rith na bliana sin imithe as cuimhne, isteach i seomraí beaga ina intinn, seomraí a raibh glas ar chuile cheann acu i láthair na huaire, ach a d'osclódh astu féin amárach nó lá eicínt dá ndeoin féin. B'aisteach an áit í an intinn. Rinne Stiofán gáire beag agus é ag smaoineamh faoi. Tá a hintinn féin ag an intinn. Ní de chéaduair a chuaigh na focail "Is iomaí seomra atá i dteach m'athar" trína chuid smaointe. B'fhéidir gurbh é sin é: go maireann chuile dhuine againn i seomraí beaga dár gcuid féin in intinn Dé.

Smaoinigh Stiofán ar uair eile a raibh sé saor: an bhliain sin a chaith sé san ollscoil sula ndeachaigh sé isteach sna Gardaí. Bliain amú, a déarfadh daoine. An bhliain is fearr

ina shaol, a cheap seisean. Rinne sé a rogha rud an bhliain
chéanna. Ní dhearna sé an obair a bhí sé ceaptha a
dhéanamh, ach mhair sé de réir a choinsiasa. Bhí sé
páirteach i ngach feachtas in aghaidh na n-údarás arbh
fhéidir leis. Áit ar bith a raibh agóid bhí sé ann. Ní amháin
sin ach chreid sé sa rud a bhí ar siúl aige. Bhraith sé gur
lena aghaidh sin a cuireadh ar an saol é. Ní raibh a fhios
aige cén chaoi a bhféadfadh sé a chuid scrúduithe a fháil.
Bhí an ceart ar fad aige. Níor éirigh leis.

Blianta ina dhiaidh sin bheadh sé i measc an tslua mar
bhleachtaire nuair a bhíodh agóidí ar siúl, círéibeacha fiú,
amanta, agus fios aige go mb'fhearr leis a bheith ar an taobh
eile. Is ann a bhí a chroí. D'airigh sé uaidh an tsaoirse nach
raibh aige, saoirse lena rogha rud a dhéanamh. Fuair sé an
tsaoirse sin ar ais nuair a d'éirigh sé as na Gardaí, ach bhí sé
ródheireanach. Bhí ag teip ar a mheabhair. Ní raibh ar a
chumas breith ar na smaointe agus cuimhní cinn ar theastaigh
uaidh breith orthu. Tháinig smaointe nár iarr sé ina n-áit.

Bhraith Stiofán go raibh saoirse de chineál eicínt bainte
amach aige an lá seo. Rinne sé an rud a theastaigh uaidh a
dhéanamh. Sheas sé suas ar an mballa sin agus tharraing sé
aird na ndaoine air féin. Chuir sé údaráis na háite trína
chéile. Chuir sé daoine as a meabhair le faitíos go léimfeadh
sé nó go dtitfeadh sé, ach cén mhaith a rinne sé? Cén fáth a
ndearna sé an rud a rinne sé? Ní raibh freagra na ceiste sin
aige, ach bhí an freagra sin in áit eicínt, i bpóca intinne
eicínt nach raibh cead aige breathnú isteach ann. Bhuail an
smaoineamh sin é go mb'fhéidir gur chuma leis an lucht
faire céard a dhéanfadh sé. Ba chuma leo dá léimfeadh sé.
Ba chuma leo dá dtitfeadh sé. Ba chuma leo fad is nár
ghortaigh sé aoinneach eile. B'in an fáth ar thóg siad rudaí
chomh réidh leis. Theastaigh uathu go bhfaigheadh sé bás
agus ní bheadh sé ina bhró mhuilinn thart ar mhuinéal a

mhuintire ná aon duine eile ní ba mhó. Ní raibh aon suim acu ann agus é ina ualach orthu. Theastaigh uathu é a fheiceáil marbh. Ba é a chorp a bhí uathu.

Thograigh sé nach ngéillfeadh sé go dtí go gcaithfeadh sé géilleadh, go dtí go mbeadh sé chomh tuirseach go dtitfeadh sé ón mballa ar an taobh sábháilte nó go mbeadh sé stiúgtha leis an ocras. Ní raibh ocras ar bith air i láthair na huaire agus bhí súil aige go mbainfeadh sé roinnt uaireanta an chloig amach ar an gcaoi sin. Chuimhnigh sé ar dhaoine ar stailc ocrais, chomh fada is a sheas siad. Chuir sé i gcuimhne dó féin nach ina suí ar bhalla in áit chontúirteach a bhíodar siúd. B'aisteach an rud é, go raibh sé réidh le géilleadh tamall roimhe sin agus go raibh sé chomh diongbháilte ina intinn anois nach bhfágfadh sé an bhalla go dtí nach mbeadh an dara rogha aige.

Níor smaoinigh Stiofán riamh gur fear foighdeach a bhí ann, ach cheap sé anois gurbh in a d'fhoghlaim sé le linn dó a bheith ina bhleachtaire. Cé mhéid uaireanta an chloig a chaith sé ag faire? Ar thithe, ar árasáin, ar ghluaisteáin. Cheapfadh duine ag breathnú gur ag cur amú ama a bhíodar, ag ól caife, ag ithe sceallóg, ag éisteacht leis an raidió, ag caint is ag comhrá, ach bhíodh na súile dírithe ar an sprioc i gcónaí. Bhí sé fadálach agus leadránach ach ba mhó na torthaí fónta a bhí acu dá bharr ná ó mhodh oibre ar bith eile. Gheall sé dó féin go mbeadh sé chomh foighdeach an oíche sin is a bhí sé riamh. Bheadh an dream eile chomh foighdeach céanna, ar ndóigh, ach cé a ghéillfeadh i dtosach? "Feicfidh muid," a dúirt sé leis féin, "cé againn is fearr nó is mó foighid, seanfhondúir de chuid na nGardaí Síochána nó póilíní na hÍsiltíre?"

Shíl Stiofán gur mór an trua é go gcaithfeadh Gardaí éirí as a gcuid dualgas nuair a bhíodar i mbarr a réime, eolas agus cleachtadh acu ar choirpigh agus ar cheisteanna go leor a bhain leis an dlí. Thóg duine mór le rá sa bhfórsa cás Ardchúirte tamall roimhe sin le go mbeadh sé in ann fanacht in oifig thar an dáta a raibh sé ceaptha éirí as de bharr aoise. Níor éirigh leis. Shílfeá gur ar mhaithe le lucht coiriúlachta a bhí an dlí sin amhlaidh. Is dóigh gur gháir siadsan nuair a bhí ar bhleachtaire a bhí ina bhior sa mbeo dóibh éirí as a chuid dualgas de bharr aoise.

D'fhan seisean rófhada. Bhí a chuimhne ag tabhairt uaidh agus bhíodh air nótaí a choinneáil leis an rud is fánaí a mheabhrú dó féin. Ach bhí go leor eile a d'fhéadfadh anobair a dhéanamh, agus ní chosnódh sé mórán níos mó ar an Stát iad a choinneáil ar an bhfórsa ná an méid a bhí orthu a íoc leo i bpinsin. Rinne Stiofán iarracht cuimhneamh ar a chuid comrádaithe a raibh obair shlándála ar siúl acu sna siopaí móra, a bpinsean á tharraingt acu ag an am céanna. D'éirigh leis aghaidh a chur ar roinnt acu ach ní raibh ar a chumas cuimhneamh ar a n-ainm.

"Cén difríocht a dhéanann sé cé hiad féin?" a d'fhiafraigh sé de féin, ach bhí a fhios aige gur comhartha a bhí ann go raibh a intinn ag éirí níos scaipthe de réir a chéile. Fiú nuair nach raibh sé in ann cuimhneamh ar bhean ná ar chlann, chuimhneodh sé ar an dream a d'oibrigh in éindí leis. Bhí sé sin aisteach ann féin sa méid is go gceapfá gur gaire do mhuintir ná an dream a bhí ag obair leat, ach ba chosúil nach mar sin a bhí cúrsaí sa saol réalaíoch. Rinne sé iarracht cuimhneamh ar a chlann, sin má bhí clann aige. Tharla sé uaireanta gur tháinig rudaí ar ais nuair a bhreathnaigh sé isteach go sciobtha i gceann de na seomraí intinne ina mhair a chlann agus a mhuintir.

Chonaic sé Sara ansin agus í ina cailín beag óg ag réiteach le haghaidh Dhaidí na Nollag. Bhí slisín de cháca milis agus meacan dearg leagtha ar phláta aici. Thug sí gloine fuisce isteach ansin le fágáil ar an mbord. Sháigh sí a méar síos sa deoch agus ligh sí é. Bhreathnaigh sí ina timpeall ansin féachaint an raibh duine ar bith ag breathnú. Tharraing Stiofán a chloigeann siar le nach bhfeicfeadh sí é. Nuair a bhreathnaigh sé arís ní raibh sí ann. Ní raibh fágtha ach ceo san áit a raibh a chailín beag. Ach bhí a hainm aige i gcónaí. Sara a bhí uirthi. Nach é a bhí bródúil gur fhan a hainm ina intinn.

Rith na hainmneacha Tomás agus Sara trína intinn ansin ar nós gurbh iad na focail is nádúrtha ar domhan iad le cur le taobh a chéile. Chonaic sé ansin iad i súile a chuimhne. Bhíodar fásta suas mór, agus bhí a fhios aige ansin é. Ba iad a chuir isteach san áit lofa sin é, an príosún oscailte sin as ar éalaigh sé an lá cheana. Níorbh iad a chuid gasúr féin iad a bheag nó a mhór, mar go raibh ainmneacha eile tar éis teacht isteach ina intinn, Sorcha agus Seán. Chonaic sé ansin go soiléir iad i súile a chuimhne, ag spraoi ar an urlár, a máthair ag tabhairt aire dóibh. Bhraith sé trína chéile ansin. Ba í an cailín óg a bhí ag réiteach le haghaidh Dhaidí na Nollag máthair na ngasúr.

Lig Stiofán don íomhá sin sleamhnú amach as a intinn. Ba rud amháin é a bheith ag iarraidh breith ar chuimhne a bhí tábhachtach. Ba rud eile ar fad é pictiúr a fháil nár thuig tú nó nár thaitin leat. Mheabhraigh sé dó an uair a bhí sé ag iarraidh breathnú isteach tríd an bhfuinneog a bhí in aice dhoras theach na gcomharsan nuair a bhí sé ina leaidín óg. Is ar éigean a bhí sé sách ard, fiú agus é ina sheasamh ar mhéaracha a chosa. Bhraith sé go raibh sé ina fhear mór nuair a d'éirigh leis. Faoi Shamhain a bhí ann agus bhí masc ar na gasúir béal dorais. Baineadh geit as agus tháinig faitíos air. Thit sé siar ar a dhroim ar an gcoincréit agus gearradh cúl a chinn. D'oscail an doras agus rith gasúir an tí amach agus iad sna trithí ag gáire. Stop an gáire nuair a chonaic siad an fhuil.

Tuige a raibh sé in ann cuimhneamh air sin chomh soiléir is a bhí an lá a tharla sé? a d'fhiafraigh Stiofán de féin, agus nach raibh sé in ann cuimhneamh i gceart ar a chlann féin? Ar tharla rud eicínt uafásach a tháinig eatarthu? Má tharla, ní raibh cuimhne aige air, seachas gur chuir siad isteach sa teach altranais é. Murach sin, ní bheadh sé anseo. Bheadh sé ar a shuaimhneas i dteach ósta ag ól caife agus ag léamh an pháipéir. Chuir an focal "suaimhneas" as dó nuair a tháinig sé trína intinn. Sin é an t-ainm a bhí ar an drocháit sin. "Suaimhneas mo thóin," ar sé os ard. "Ní bhfuair mise suaimhneas ar bith ann."

D'fhiafraigh Stiofán de féin céard a bhí chomh dona sin maidir leis an teach altranais áirithe sin seachas an ceann ina raibh sé roimhe sin. Bhí an áit réasúnta glan. Bhí an dream a bhí ann cairdiúil go maith. Bhí togha na beatha ann. Bhí siúlóidí deasa timpeall an tí taobh amuigh . . . Na ballaí arda. Ba iad sin a chuir as dó. Bhí sé faoi choinneáil. Bhí sé i ngéibheann. Ní raibh aon saoirse aige. Ní raibh cead a chinn aige. B'in é an fáth ar imigh sé. B'in a thug anseo é. Cén tsaoirse a bhí anois aige? a d'fhiafraigh sé de féin agus é ag breathnú ina thimpeall. D'fhéadfadh sé a bheith faoi ghlas ar feadh i bhfad toisc a raibh déanta aige inniu.

Gheall Stiofán dó féin go gcaithfeadh sé a chuid ama i bpríosún ag iarraidh éalú. Bheadh sé níos deacra, ar ndóigh ná siúl amach trí gheataí Suaimhneas. Chuimhnigh sé ar na scéalta a léigh sé nuair a bhí sé ina ghasúr agus ar na scannáin a bhí feicthe aige. D'éirigh le de Valera éalú agus go leor eile nach é. Céard faoin dream sin a rinne an tollán? Na hÓglaigh a d'imigh as Muinseo i héileacaptar? Ach cé a chuirfeadh líomhán i gcáca tríd an bposta chuigesean leis na barraí a ghearradh? Ní raibh cara ar bith aige, ar sé leis féin, seachas a sheanchomrádaithe sa bhfórsa, agus an raibh siadsan chun an dlí a bhriseadh? Tháinig díomá air.

D'ardaigh a chroí beagán nuair a chuimhnigh Stiofán ar an ráiteas "Tá Dia go maith". Tuige nár chuimhnigh sé air sin cheana? Nach raibh scéal eicínt faoi aspail Chríost ag siúl amach as príosún nuair a d'oscail crith talún na doirse? Bhí na gardaí ar tí lámh a chur ina mbás féin mar gur imigh na príosúnaigh i ngan fhios dóibh, nuair a d'fhógair Naomh Peadar go raibh chuile shórt ceart agus gan dochar ar bith a dhéanamh dóibh féin. Má tharla sé sin fadó, tuige nach dtarlódh sé ina chás féin? Cé nach aspal ar bith é, ná fear mór creidimh ach an oiread.

XIII

Bhí Diarmaid Mac Ruairí in ardghiúmar nuair a tháinig sé abhaile ón dinnéar leis na Seapánaigh. Bhí a ghluaisteán fágtha i lár na cathrach aige agus tacsaí faighte len é a thabhairt abhaile mar gur ól sé níos mó ná a dhóthain ag an dinnéar. Bhí imní ar Sara nuair a tháinig an fear tacsaí chomh fada leis an doras tosaigh leis. Shíl sí gurbh amhlaidh gur thit Diarmaid agus nach raibh sé in ann siúl i gceart. Is ag cuidiú leis na bronntanais a thug na Seapánaigh le haghaidh na ngasúr a iompar chomh fada leis an doras a bhí an tiománaí.

"Cá bhfuil chuile dhuine?" a d'fhiafraigh Diarmaid nuair a dhún sé an doras taobh thiar de agus tháinig sé isteach sa seomra suí. "Cá bhfuil na gasúir?"

"Tá siad ina gcodladh le fada," a d'fhreagair Sara i gcogar ard. "Ná dúisigh iad. Bhí sé sách deacair iad a chur a chodladh mar a bhí sé. B'éigean dom an scéal céanna a léamh do Sheán ceithre huaire as a chéile. Thit sé ina chodladh ar deireadh."

"Ní bheadh aon dochar ann iad a dhúiseacht ar ócáid chomh speisialta leis seo. Táim ag iarraidh iad a fheiceáil, a gcuid bronntanas a thabhairt dóibh," a dúirt Diarmaid.

"Beidh sé sách luath ar maidin," a d'fhreagair Sara, méar ar a béal aici ag iarraidh air fanacht ciúin. "Má dhúisítear anois iad, ní rachaidh siad a chodladh arís."

Sheas Diarmaid i lár an urláir, a chosa á choinneáil ina

sheasamh ar éigean. "Mura bhfuil cead agam mo chuid gasúr a fheiceáil, táim ag iarraidh póg ó mo bhean." Thug Sara póigín dó ar an leiceann. "Tá boladh bréan uait," ar sí, "pórtar lofa. Suigh síos sula dtitfidh tú. Réiteoidh mé cupán caife duit."

"Ná bac le caife. Tabhair póg dom."

"Ní bhfaighidh tú aon phóg go dtí go mbíonn do chuid fiacla nite agat." Thug Sara brú beag dó lena lámh ar a chliabhrach.

Thit Diarmaid siar ar a thóin síos ar cheann de na cathaoireacha boga. "Fan go bhfeicfidh tú an bronntanas atá faighte agat ón tSeapáin," a dúirt sé. "Is togha na ndaoine iad muintir na tíre sin. Tá siad chomh lách is atá muid féin nuair a chuireann tú aithne orthu."

"Má tá an oiread ólta acu is atá ólta agatsa," arsa Sara, "ní iontas ar bith go bhfuil siad lách."

Rinne Diarmaid iarracht eile láíocht na Seapánach a mhíniú. "Tá siad ar nós muid féin ach go bhfuil siad difriúil."

Rinne Sara gáire. "Deirtear go dtagann ciall le haois, ach bíonn sí amuigh nuair a bhíonn an t-ól istigh."

"Níl an cultúr atá acu mar a chéile le cultúr s'againne, ach is deas an dream iad. Togha na ndaoine iad. Cosúil linn féin, an dtuigeann tú?"

"Tuigim céard atá tú a rá," arsa Sara.

"Agus thug siad bronntanais anonn an bealach ar fad le tabhairt duit féin agus do na gasúir. Tá siad fíorfhlaithiúil, bail ó Dhia orthu, cé nach ndéarfainn é sin os a gcomhair, mar níl a fhios agam an gcreideann siad i nDia. Ach mura gcreideann féin tá siad ina gCríostaithe chomh maith linn féin nó níos fearr."

D'aontaigh Sara leis ar mhaithe le suaimhneas. "Pé ar bith rud a deir tú."

Shín Diarmaid lámh amach. "Tá na rudaí a thug siad leo ansin thall. Tuige nach n-osclaíonn tú do cheann féin?"

"Osclóidh mé é ar maidin," a d'fhreagair Sara, "nuair a bheas a gcuid bronntanas féin á n-oscailt ag na gasúir. Beidh sé ar nós maidin Lae Nollag tar éis do Dhaidí na Nollag teacht."

Bhreathnaigh Diarmaid ar a uaireadóir ar nós go raibh sé deacair na huimhreacha a dhéanamh amach. "Nach bhfuil sé sách gar le bheith ina mhaidin cheana? Oscail suas go beo iad. Tá a fhios agam go bhfuil tú ar bís ag iarraidh iad a fheiceáil."

"Dúirt mé go ndéanfainn ar maidin é," a d'fhreagair a bhean go borb. "Tá sé in am agatsa dul a chodladh."

"Tóg d'am. Níl mé ach tagtha abhaile ó mo chuid oibre. Cá bhfuil do dheifir?"

"Chuaigh sibh go club i ndiaidh an bhéile, feictear dom?" a d'iarr Sara. "Tá an chuma sin ort."

"Nár dhúirt mé leat go mb'fhéidir go rachadh? Ní fhéadfaí iad a ligean ann leo féin. Caitheann daoine fáilte a chur roimh an stráinséir agus aire a thabhairt dóibh chomh maith, go háirithe nuair atá jabanna á gcruthú acu sa tír seo."

"An raibh mná libh?" a d'iarr Sara go tobann.

"Fir ar fad a bhí i gcuideachta s'againne." Chuir sé a lámha lena chéile ag aithris ar na Seapánaigh. "Is dream fíorchúirtéiseach iad. Dhéanfaidís rud ar bith duit."

"Mar a dhéanfadh na mná sa gclub, tá mé cinnte," a dúirt Sara. "*Lapdancers*, is dóigh."

"Gheofá tuirseach ag breathnú orthu," arsa Diarmaid, é ag caint ar bhealach nach labhródh sé gan deoir ar bith ólta aige, "le giobail bheaga éadach orthu. Tá a fhios agat féin. Bhí níos mó le feiceáil ná le ceilt. Bheadh sé chomh maith dóibh a bheith lomnocht, bhí an oiread sin ar taispeáint acu. Bhíodar ar nós beithígh ag an aonach. Bhreathnaigh siad ar fad mar a chéile ag an deireadh."

"Ná lean ort ag cartadh nuair atá tú i bpoll cheana féin," an chomhairle a chuir Sara air. "Ní theastaíonn uaim pictiúr chomh soiléir de na mná gan náire sin a fháil."

"Cén poll atá mé a chartadh?"

"Ag dul níos doimhne i seafóid an óil atá tú chuile nóiméad."

"Ní dheachaigh mé i ngar do pholl ar bith," arsa Diarmaid ag gáire. "Fós, ach is í anocht an oíche, b'fhéidir."

"Dún do bhéal, a rud brocach," arsa Sara. "Is mór an náire thú. Dá gcloisfeadh aon duine thú."

"Cé atá ag éisteacht?"

"D'fhéadfadh sé go bhfuil do chuid gasúr ag éisteacht."

"Nár dhúirt tú féin go bhfuil siad ina gcodladh?"

Chroith Sara a guaillí. "Níor mhaith liom go mbeidís ag éisteacht lena leithéid sin."

"Is é an rud is nádúrtha é a d'fhéadfadh tarlú idir fear agus a bhean. Tá daoine ann a thabharfadh dualgas air."

"Más é sin atá uait," a dúirt Sara leis, "tuige nár thug tú abhaile ceann de na beithígh sin ón aonach?"

"Mar go bhfuil an bhodóg is fearr ar an saol agam féin sa mbaile ag fanacht liom," a d'fhreagair Diarmaid go gaisciúil. "Cé a rachadh amach le bainne a cheannacht má tá bó aige féin?"

Bhí Sara ar buile. "Bodóg! Bó! Sin é a thugann tú ormsa, do bhean chéile, máthair do chuid gasúr. Is dóigh gur dhúirt tú leis na Seapánaigh go raibh tú ag dul abhaile chuig do bhodóg anois. Is mór an t-ionadh nár thug tú leat iad le mé a roinnt orthu."

"Ní raibh ann ach píosa spraoi," ar seisean. "Ní déarfainn a leithéid de rud le haoinneach eile. Bhíomar ag caint faoi na mná sa gclub ar nós beithígh ag an aonach."

"Ag dul in olcas atá do chuid maslaí," arsa Sara leis. "Nach minic ráite go dtagann an fhírinne amach nuair atá duine óltach? Tá a fhios agam anois é. Sin é a fheiceann tú nuair a bhreathnaíonn tú ormsa nó ar aon bhean eile. Beithíoch, ainmhí, bodóg."

"Tá tú imithe thar fóir ar fad anois," a d'fhreagair a fear céile. "An é go bhfuil tú gortaithe nach bhfuair tú cuireadh chuig an dinnéar? Ní raibh na mná eile ann ach an oiread, na *wags*, mar a déarfá, na páirtnéirí, mar a deir siad sa lá atá inniu ann."

"Ní raibh mé ag iarraidh dul chuig an dinnéar brocach salach sin," a d'fhreagair Sara. "Más in é an sórt cainte a bhí ar siúl agaibh, is maith an rud nach raibh mé ann."

Chuir Diarmaid a lámha san aer. "Níl a fhios agam. Shílfeá go mbeadh bean bródúil gur éirigh go maith lena fear ag déileáil le stráinséirí maidir le cúrsaí gnó. Ach ní leor an t-airgead a shaothrú agus a thabhairt abhaile. Bíonn ar dhuine fulaingt má bhíonn oíche mhaith aige agus má ólann sé cúpla deoch."

"Is cuma liom faoin méid a d'ól tú," arsa Sara, "fiú má rinne tú muc díot féin os comhair na stráinséirí. Ach ní féidir leat siúl isteach anseo ag súil go mbeidh mise ag fanacht leat ar nós striapaí."

"Ag magadh a bhí mé," a dúirt Diarmaid, lándáiríre. "Ní raibh mé ag súil le tada. Ní dóigh go mbeinn in ann dá mba rud é go raibh sé ar fáil ar phláta dom. Táim bogtha. Admhaím é sin. Táim óltach den chéad uair le cúig bliana. Ach bhí an oíche seo tábhachtach – tábhachtach domsa agus don chomhlacht. Ní bheidh orainn aon duine a ligean chun siúil de bharr na socruithe a rinneamar anocht."

"Is maith liom sin a chloisteáil. Comhghairdeas. Ach níor thug sé sin cead duit daoine a mhaslú ná a bheith ag caitheamh anuas ormsa," a d'fhreagair Sara go ciúin.

"Gabh mo leithscéal," a dúirt Diarmaid go haiféalach. "Tá a fhios agam nach leithscéal ar bith é a rá gur rug an t-ól orm, ach sin é a tharla, agus ní tharlóidh sé arís." Is ar éigean a bhí Sara ag éisteacht leis. "Más bodóg mise, cén t-ainm ba cheart a thabhairt ortsa le do bholg mór lán le feoil agus le pórtar? Cráin mhuice?" "Níor dhúirt mé go bhfuil tú ramhar," an freagra a thug Diarmaid. "Ní hé sin an chiall a bhí le bodóg sa gcomhthéacs seo." "Tú féin is do chomhthéacs," arsa Sara ar ais. "Ní ag caint le do chairde ón tSeapáin atá tú anois. Ag caint le do bhean chéile atá tú, an bhodóg a d'fhan sa mbaile le haire a thabhairt do do chuid gasúr nuair a bhí tú amuigh ag ól agus ag breathnú ar striapacha gan náire."

D'éirigh Diarmaid ina sheasamh, cé go raibh na cosa ag lúbadh faoi. Shín sé a lámha amach. "Sara, Sara," a dúirt sé. "Tuige a bhfuil muid ag troid?"

Bhí Sara spréachta ach scaoil sí an rún faoi fháth a buartha. "Tá m'athair bocht i mbaol an bháis agus ní féidir leat tada a rá liomsa ach go bhfuil mé ar nós bodóige."

"Tá d'athair go dona?" arsa Diarmaid. "Cá fhad ó tharla sé seo? Céard atá air? Céard a tharla dó? Tuige nár inis tú dom? Agus mé ag bladaráil liom faoin dinnéar!"

Rith Sara isteach ina ghabháil, í ag creathadh leis na mothúcháin uile a bhí ag rith tríthi. Thug cosa Dhiarmada uathu nuair a bhuail Sara ina choinne agus thiteadar beirt i mullach a chéile ar an gcathaoir bhog. In ainneoin an chruachás ina raibh athair Sara bhí siad ag sciotaíl gháire mar gheall ar ar tharla. Phóg siad a chéile arís is arís eile, ach ansin d'éirigh Sara aníos de léim.

"Céard atá ar siúl agam?" ar sí, "agus gan a fhios agam an bhfuil m'athair beo nó marbh."

Rinne Diarmaid comhartha lena láimh. "Suigh anseo le

mo thaobh agus inis dom gach ar tharla i rith an tráthnóna." Nuair a bhí a scéal inste ag Sara d'iarr sé, "Tuige nár inis tú é sin ar fad dom roimhe seo? Ní bheinn imithe chuig an deamhan dinnéar a bheag nó a mhór dá mbeadh a fhios agam go raibh d'athair i dtrioblóid."

"Ach bhí tú ag rá ar feadh na seachtaine go raibh an dinnéar sin chomh tábhachtach ó thaobh na n-oibrithe, agus do phost féin níos tábhachtaí dúinne ná ceann ar bith."

"Thuigfeadh chuile dhuine sa gcomhlacht agus taobh amuigh de go raibh géarchéim i measc do mhuintire níos tábhachtaí ná rud ar bith eile," a d'fhreagair Diarmaid.

"Níor theastaigh uaim go mbeadh a fhios acu faoi m'athair," a dúirt Sara. "Bhí náire orm. Shíl mé go mbeadh an scéal ar an nuacht agus chuile áit, ach ní raibh aon tuairisc acu faoi go fóill."

"An gceapann tú go ndéanfadh sé difríocht do na Seapánaigh a raibh mé ina gcuideachta anocht, agus iad ina gcónaí ar an taobh eile den domhan, céard a tharla in Amstardam?" a d'iarr Diarmaid.

"B'fhéidir go ndéanfadh. B'fhéidir nach ndéanfadh," a d'fhreagair Sara, "ach níor mhaith liom go mbeadh a fhios acu go raibh tú pósta le bean a raibh a hathair as a mheabhair. D'fhéadfadh sé go ndéanfadh sé sin an difríocht idir an infheistíocht a fháil nó a chailleadh."

"Níl neart ag d'athair air," a dúirt Diarmaid, lámh Sara á fáisceadh aige lena thacaíocht a chur in iúl. "Is dóigh."

Bhreathnaigh Sara isteach ina shúile agus d'fhiafraigh sí go crosta, "Céard a chiallaíonn tú le 'is dóigh'? An amhlaidh atá tú ag rá go ndearna sé d'aon turas é?"

"Ní raibh ann ach leagan cainte," arsa a fear céile. "Níl tuairim faoin spéir agamsa céard a tháinig isteach ina intinn."

"Creideann tú gur le teann urchóide a rinne sé é?" a

d'fhiafraigh Sara. "Le trioblóid a tharraingt? Tá mise ag rá leatsa gur tinn atá sé agus nach ndéanfadh sé a leithéid dá mba rud é go raibh sé ar a chiall."

"Ní hé an sórt ruda é a dhéanann daoine chuile lá," a d'fhreagair Diarmaid. "Níl a fhios agamsa cén fáth, ach is aisteach an rud é dul go hAmstardam agus a leithéid a dhéanamh i Músaem Van Gogh le hais áit ar bith eile."

"Cén difríocht a dhéanfadh sé dá mbeadh sé ina sheasamh ar bharr aille, nó ar fhoirgneamh mór ard?" a d'iarr Sara. "Bheadh sé i mbaol a bháis chomh mór céanna. Cén bhaint atá ag Músaem Van Gogh leis le hais áit ar bith eile?"

"Nach bhfeiceann tú go bhfuil sé ag déanamh comparáide idir é féin agus Van Gogh?" a d'iarr Diarmaid. "Tá sé ag rá, 'Féach ormsa mar ealaíontóir a gcaithfidh sibh rud ar bith a dhéanaim a mhaitheamh dom mar gheall ar mo cheird'."

"Níor tharraing mo Dheaide pictiúr riamh ina shaol," arsa Sara. "Ní ealaíontóir é."

"Chuir Van Gogh lámh ina bhás féin. Chaith sé é féin le haird a tharraingt ar an mbrú intinne a bhí air. Ag iarraidh aird a tharraingt ar an gcaoi chéanna atá d'athair."

"Tá sé sin déanta aige cinnte," arsa Sara, ar nós go raibh an mothú imithe aisti. "Is mór an trua nach gcuimhníonn sé ar a mhuintir nuair atá sé á dhéanamh."

Bhí iontas ar Dhiarmaid go raibh rudaí chomh soiléir ina intinn tar éis an méid a bhí ólta aige. "Nílim ag rá go bhfuil sé ag iarraidh aird a tharraingt le teann gaisce, ach nach bhfuil sé sásta lena shaol i láthair na huaire, nó ní thuigeann sé céard atá tagtha air ó thaobh a chloiginn de."

"Tá ár ndícheall déanta againn," a dúirt Sara. "Tá sé déanta agatsa go háirithe, ag íoc as sa teach altranais sin cé nach bhfuil gaol fola ar bith agat leis."

"Táim pósta leatsa," a d'fhreagair Diarmaid. "Nach bhfuil sé sin sách gar?"

Bhí imní ar Sara. "An mbeidh áit ar bith eile sásta glacadh leis má thagann sé ar ais slán? Táim cinnte nach mbeidh an dream sin i Suaimhneas ag iarraidh glacadh leis arís tar éis dó dallamullóg a chur orthu."

"B'fhéidir go mbeidh sé ar ais ann taobh istigh de chúpla lá," a d'fhreagair Diarmaid. "An bhfuil a fhios agat an rud sin a bhí mé a rá faoi go bhfuil sé ag iarraidh cúnaimh? Caithfidh muid é a thabhairt chuig dochtúirí a bhfuil a fhios acu níos mó faoi na cúrsaí sin ná an dream a bhí ag plé leis cheana."

"Tá lándóchas agat go dtiocfaidh sé slán? Níl a fhios agam. Ní dóigh liom é." Chroith Sara a cloigeann.

"Tá sé beo fós, nach bhfuil? Tús maith leath na hoibre. Coinnigh do mhisneach. Ní bheadh a fhios agat céard a tharlós amach anseo."

"Dúirt Tomás go gcuirfeadh sé glaoch dá dtiocfadh aon athrú ar an scéal. Tá sé in ann Deaid a fheiceáil ar theilifís na ngardaí slándála, agus is cosúil nár chorraigh sé ón áit ina bhfuil sé le tamall maith."

"Cá fhad ó dhúirt sé é sin? Ó dúirt sé go gcuirfeadh sé glaoch?"

"Cúpla uair an chloig."

"Tá súil agam nach bhfuil sé imithe amach ar an mbaile mór ó shin, nó i dtreo na soilse dearga. Tá a fhios agat féin do dheartháir."

"Tá a fhios agam go bhfuil an ghráin agatsa air," arsa Sara, fearg ag brúchtaíl arís istigh inti. "Tá a fhios agam freisin nach siúlfaidh sé as an áit ina bhfuil sé le dul amach ar an mbaile mór agus mo Dheaide a fhágáil in áit chontúirteach."

"Ní chuirfinn thairis é," a d'fhreagair a fear céile. "Ní hé an duine is ciallmhaire é."

"Shíl mé go raibh tuiscint agus leochaileacht ag baint leat cúpla nóiméad ó shin," a d'fhreagair Sara, "ach tá tú tar éis a chruthú go bhfuil tú chomh tiubh is chomh garbh is a bhí tú riamh."

"Ag magadh a bhí mé i ndáiríre," arsa Diarmaid. "Is dóigh nach bhfuil Tomás chomh dona is a cheapaim. An rud atá mé a rá ná nach bhféadfainn muinín a chur ann ón am sin a bhí sé in ainm is aire a thabhairt do na gasúir agus chaith sé an chuid is mó den am i ngluaisteán taobh amuigh den doras in éineacht le bean eicínt."

"Chuaigh sé isteach ag breathnú orthu gach fiche nóiméad, a dúirt sé," arsa Sara.

"An gcreideann tú gach a ndeir sé?"

"Creidim anocht é. Is leor sin. Maidir le dul go dtí ceantar na soilse dearga . . ."

"Ní raibh ansin ach cur i gcás," arsa Diarmaid. "Is cuimhneach liom nuair a bhí acmhainn ghrinn agatsa."

"Níl rud ar bith greannmhar nuair atá d'athair i mbaol a bháis agus do dheartháir ag iarraidh é a shábháil. Ní hin an t-am le bheith ag magadh."

"Dá mbeinnse i do bhróga chuirfinn glaoch ar a ghuthán póca féachaint cá bhfuil sé agus cén chaoi a bhfuil d'athair," a dúirt Diarmaid. "Laghdóidh sé sin d'imní."

Níor fhreagair Sara é, ach chuaigh sí anonn go dtí an guthán agus ghlaoigh sí ar Thomás.

"Aon scéal?" a d'iarr sí.

"Mar a chéile," a dúirt a dheartháir. "Dúirt mé go gcuirfinn glaoch ort dá dtiocfadh athrú ar bith ar an scéal."

"Tá a fhios agam, ach táim ar bís anseo ag fanacht ar nuacht eicínt a fháil. Bíonn imní ar dhuine go bhfuil an fón briste, nó nach bhfaighidh duine deis le glaoch."

"Feicim ar an scáileán anois é," arsa Tomás. "Tá sé mar a bhí sé, suite ansin, a chloigeann cromtha. Tá an áit fíorchiúin. Sin é an fáth a bhfuil mé ag cogarnaíl."

"Ceart go leor. Ní chuirfidh mé isteach ort," arsa Sara. "Coinnigh súil air, maith an fear."

"Glaofaidh mé má athraíonn rud ar bith," ar seisean.

"Bhí a fhios agam é," a dúirt Sara nuar a bhí an glaoch thart. "Níl sé chomh mífhreagrach is a cheapann tusa." Chuir sí aoibh an gháire ar a béal. "Má tá sé imithe go dtí ceantar na soilse dearga, tá m'athair tugtha leis aige, nó tá sé in ann breathnú air ar na scáileáin teilifíse ann."

"Is maith an rud é go bhfuil rudaí mar an gcéanna," arsa Diarmaid. Níor theastaigh uaidh a chos a chur ann arís.

Chuaigh Sara anonn agus d'oscail sí an bronntanas ó na Seapánaigh. Chuir sí an scairf álainn síoda thart ar a muineál agus chas sí timpeall ar an urlár.

"Breathnaíonn tú go hálainn," a dúirt Diarmaid.

"Níl tú féin ródhona i do chulaith mhoncaí," ar sí go magúil. Bhraith sí éadrom ar a cosa ó chuala sí go raibh a hathair fós beo. "Céard a thug siad duitse?"

"Ceol, déarfainn," ar seisean, "ó mhéid an bhosca. Oscail, le do thoil, táim róthuirseach éirí i mo sheasamh."

"Ró-óltach," ar sise, "ach beidh tú ceart go leor nuair a bheas codladh na hoíche agat." *DVD* a bhí mar bhronntanas do Dhiarmaid, seanscéal de chuid na samúraí le fotheidil i nGaeilge.

"Cén chaoi ar éirigh leo é sin a fháil déanta?" a d'fhiafraigh sé.

"B'fhéidir gur samúraithe a bhí sna Fianna iad féin fadó," arsa Sara go héadrom. "Cá bhfios dúinn?"

"Céard a thug siad le haghaidh na ngasúr?" a d'iarr Diarmaid.

"Fág fúthu féin iad sin a oscailt."

"Tuige? Nach féidir linn sracfhéachaint a chaitheamh orthu?"

"Nach tú an páiste!" a d'fhreagair Sara. D'imigh an gliondar as a súile ansin nuair a dúirt sí, "B'fhéidir go mbeidh na bronntanais ag teastáil lena n-intinn a thógáil ó scéal níos measa."

XIV

Bhí iris á léamh ag Samantha Mhic Dhiarmada fad is a bhí sí ag faire ar an nguthán san oifig i Suaimhneas le scéal a fháil faoi Stiofán Ó hAnluain. Thiomáin Traolach Máirín Ní Bhriain agus Séamas Mac Cormaic roimhe isteach trí dhoras na hoifige ar nós gur páistí beaga dána a bhí iontu.

"An bhfuil a fhios agat cá bhfuair mé iad seo?" a d'fhiafraigh sé, ar nós go raibh sé tar éis breith ar dhá scaibhtéir i lár an tsráidbhaile.

Bhain Samantha a cuid spéaclaí di agus rinne sí meangadh gáire le Séamas agus Máirín. "Ná hinis dom," ar sí. "Rug tú orthu i seomra an tobac."

"Ní cúis magaidh ar bith é," arsa Traolach go crosta.

"Nach bhfuil a fhios agam," a d'fhreagair Samantha agus í sna trithí ag gáire. "Tá ifreann tuillte ag na diabhail." Rinne Máirín agus Séamas gáire in éineacht léi, rud a chuir Traolach ar buile níos mó ná mar a bhí sé cheana.

"Tá chuile dhuine ceaptha a bheith ina seomra ag a naoi agus ina gcodladh ag a deich," a d'fhógair Traolach. "An é nár léigh sibh na rialacha?" a d'fhiafraigh sé de Shéamas agus de Mháirín.

"Níl an t-amharc chomh maith sin, a mháistir," a d'fhreagair Séamas ar nós buachaill beag scoile.

"Cuireadh in iúl daoibh iad nuair a tháinig sibh chun na háite seo," arsa Traolach.

Bhí fonn magaidh ar Mháirín í féin. "Níl na cluasa chomh maith sin ach an oiread, a mháistir. Níl muid chomh hóg is a bhíodh."

"Ní mé bhur máistir," a dúirt Traolach, "ach is mé atá i gceannas na háite seo, agus ní féidir ionad mar seo a reáchtáil gan rialacha, nó is gearr go mbeidh chuile shórt imithe ó smacht."

D'aontaigh Séamas leis. "Tá an ceart ar fad agat, a mháistir. Aontaím go huile is go hiomlán leat."

"Cá mbeadh muid murach thú?" a d'iarr Máirín. Ní raibh a fhios ag Traolach an ag magadh faoi nó i ndáiríre a bhí sí.

"D'fhéadfadh sibh an teach a lasadh," ar seisean.

"D'fhéadfaidh," a d'fhreagair Máirín, "dá mbeadh muid ag caitheamh taobh istigh sna seomraí. Is iomaí duine a rinne a leithéid agus níor frítheadh riamh iad, ach is i seomra an tobac a bhí muide, le nach mbeadh dáinséar ná contúirt ann."

"Bíodh sin mar atá," a dúirt Traolach. "Ná déan arís é."

Thóg Samantha taobh na n-othar. "Ní fheicim cén dochar a dhéanann sé," a dúirt sí.

"Bhí a fhios agat go raibh sé seo ag tarlú?" a d'iarr Traolach uirthi.

"Níl mé chomh dall sin, agus ní fhéadfá siúl síos an halla sin am ar bith den oíche gan boladh tobac a fháil. Ach bhí sé ag teacht ó áit shábháilte. Mar a dúirt Máirín, nach fearr é sin ná a bheith ag caitheamh sa leaba?"

"Caithfidh muid cruinniú den Bhord a bheith againn faoi seo," a dúirt Traolach.

"Tuige?" a d'iarr Samantha. "Níl sé ina cheist chomh tromchúiseach sin. Nár chaith muid an lá i mbun cruinnithe mar gheall ar mo dhuine a d'imigh uainn ar maidin?"

"Céard a tharla dó sin?" a d'iarr Máirín.

Fuair sí freagra obann ó Thraolach. "Ní bhaineann sé leat."

"Ní raibh ceachtar againne ag cuimhneamh ar dhul in aon áit," arsa Séamas, "seachas dul a chodladh nuair a bheadh gal caite againn."

"Sin rud eile," arsa Traolach. "Bhí an chosúlacht ar an scéal go raibh sibh ag éirí rómhór lena chéile nuair a rug mise oraibh. Shíl mé gur ag dul ag pógadh a bhí sibh."

"Cé air a mbeidís ag déanamh aithrise?" a d'iarr Samantha faoina hanáil.

"Céard é sin?" a d'fhiafraigh Traolach di.

"Déarfainn nach bhfuil an sioc chomh dona is a bhí geallta," a d'fhreagair Samantha. "Shíl mé go mbeadh orainn an teas a fhágáil air níos faide. Mura bhfuil rudaí sách te mar atá siad."

Bhí caint ar an aimsir ar nós cead cainte do Shéamas. "Chonaic mé laethanta i Sasana ina mbeadh an tsluasaid ag greamú de do láimh, bhí an sioc chomh crua sin. Bhíodh orainn an leac oighir a bhriseadh le hord sula dtosaímis ag cartadh."

"Is cuimhneach liom féin é sin a dhéanamh ar an lochán beag in aice an tí le go mbeadh na beithígh in ann deoch uisce a ól i mblianta luatha na seascaidí, seasca a dó agus seasca a trí, déarfainn," a dúirt Máirín.

Chroch Traolach a lámha san aer. "Cén bhaint atá aige sin le tada?"

"Lig leo," arsa Samantha. "Deir siad go bhfuil sé go maith don intinn a bheith ag tabhairt seanrudaí chun cuimhne."

Bhreathnaigh Traolach go díreach uirthi. "Titfidh an áit seo as a chéile mura gcuirtear smacht eicínt i bhfeidhm."

"Bhí gach rud ag dul ar aghaidh go maith go dtí gur

thograigh Stiofán Ó hAnluain bailiú leis ar maidin," an freagra a thug Samantha.

"Ach tá na rialacha á sárú ar fud na háite," a dúirt Traolach.

D'ardaigh Séamas a lámh mar a dhéanfadh gasúr ag an scoil náisiúnta agus é ag iarraidh cead cainte.

"Abair leat," arsa Traolach.

"Ní féidir liomsa codladh na hoíche a fháil gan toitín nó dhó a bheith agam. Tá a fhios agam nach bhfuil siad go maith dom ach táim á gcaitheamh ar feadh mo shaoil."

"Bheadh sé i bhfad níos éasca éirí as toitíní a chaitheamh chomh deireanach san oíche," a dúirt Traolach.

"Má tá muid chomh dolúbtha sin ní bheidh aon duine fágtha againn," arsa Samantha. "Ní hí Edwina mo chara is mó ar an saol, ach déarfainn go n-aontódh sí liom faoin méid sin, mar tá an bheirt againne ag déileáil leis na daoine anseo chuile lá."

"Edwina? Cé hí Edwina?" Bhí Séamas ar nós gur ag caint leis féin a bhí sé. Labhair sé go díreach ansin le Traolach. "Tá a fhios agam anois cé hí. Is í do bhean eile í, an stumpa bhreá sin."

Is le Samantha a labhair Traolach trína chuid fiacla. "Níor cheart Edwina a tharraingt isteach sa scéal."

"Cuir fios uirthi," a dúirt Samantha. "Má tá tú ag iarraidh cruinniú den Bhord bíodh sé againn anois díreach." Ansin dúirt sí le Máirín agus Séamas, "Is féidir leis an mbeirt agaibhse dul a chodladh."

"Níl mise réidh leo fós," arsa Traolach. "Má bheirtear oraibh ag caitheamh toitíní arís nó taobh amuigh de bhur seomraí tar éis a deich, beidh sibh i dtrioblóid."

Ag dul amach an doras dó, dúirt Séamas le Máirín, "Bheadh toitín nó dhó ag teastáil ina dhiaidh sin."

"Céard atá ar siúl agatsa?" a d'iarr Traolach ar Samantha nuair a rug sí ar an nguthán.

"Táim ag glaoch ar Edwina le rá léi go bhfuil sí ag teastáil le haghaidh cruinniú den Bhord."

"Ná bac leis anocht," ar seisean, ag breathnú ar a uaireadóir. "Beidh sí ina codladh faoi seo."

Shín Samantha an fón chuige. "Dúisigh í, mar níl mise sásta leis an méid atá tarlaithe anocht. Tusa ag teacht isteach anseo ag inseacht domsa an chaoi leis an áit seo a reachtáil."

"Bhí na rialacha á mbriseadh, agus is liomsa an áit," an freagra a thug Traolach. "Is mé atá i dtrioblóid leis na húdaráis má tharlaíonn tada."

"Is liomsa leath na háite," arsa Samantha, "agus is mé atá ceaptha a bheith i gceannas ó lá go lá."

Bhí olc ar Thraolach. "Tá a fhios agamsa gur leatsa a leath, mar ní stopann tú choíche á inseacht dom. Bhuel, má tá ceisteanna le freagairt faoi Stiofán Ó hAnluain a d'imigh ar maidin, freagraíodh tusa iad."

"Freagróidh agus fáilte," arsa Samantha, "fad is nach sánn tú do ladar isteach in áit nach bhfuil feiliúnach. Féach an bheirt sin, mar shampla, a d'fhág an oifig seo cúpla nóiméad ó shin. Tá siad imithe ar ais a chodladh agus iad i ngan fhios ar céard atá in ann dóibh amach anseo. An gcodlóidh ceachtar acu néal anocht? Beag an baol."

"Ní féidir leo a rogha rud a dhéanamh ach an oiread," arsa Traolach, "nó beidh an áit seo ina zú, seachas a bheith suaimhneach mar atá sé ceaptha a bheith."

"Tabhair Suaimhneas air," a dúirt Samantha go searbhasach. "Anois, an bhfuil tusa le glaoch a chur ar Edwina nó an ndéanfaidh mise é?"

"Níl mise len í a dhúiseacht," ar seisean go dearfach.

"Tuige?" a d'iarr Samantha. "An bhfuil faitíos ort roimpi?"

"Teastaíonn codladh na hoíche uaithi," a d'fhreagair Traolach.

XV

Shuigh Tomás Ó hAnluain go mífhoighdeach ar chathaoir mhíchompordach san oifig íochtair i Músaem Van Gogh in Amstardam. Bhí póilíní agus bleachtairí ag cogarnaíl eatarthu féin agus le gardaí slándála. Ba bheag an seans go dtuigfeadh sé céard a bhí á rá acu mar nár thuig sé a dteanga, ach bhíodar cúramach mar sin féin. Choinnigh sé a dhá shúil dírithe ar an scáileán beag dubh agus bán ar a raibh a athair le feiceáil. Is ar éigean a chorraigh sé le cúpla uair an chloig. Chuala Tomás go raibh ar chumas capaill codladh agus é ina sheasamh. An raibh a athair amhlaidh?

Chuimhnigh Tomás ar leaganacha cainte a mbaineann daoine úsáid astu le linn rud eicínt thar a bheith leadránach: gur cosúil é le bheith ag breathnú ar phéint ag triomú, nó cosúil le bheith ag féachaint ar fhéar ag fás. Bheadh deireadh lena leithéid sin am eicínt. D'fhásfadh an féar, thriomódh an phéint, ach an dtiocfadh deireadh leis seo go deo? Smaoinigh sé ar chomh minic is a dúirt a athair leis agus é ag éirí aníos nach raibh aon fhoighid aige. Theastaigh chuile rud uaidh láithreach. Theastaigh uaidh a bheith ar an bhfoireann peile nó iománaíochta, cé nach raibh sé sách maith fós. Ní raibh an fhoighid aige na scileanna a fhoghlaim ná an cleachtadh a dhéanamh. D'éirigh sé as an spórt beagnach ar fad agus dhírigh sé ar chúrsaí popcheoil. Rinne Tomás a dhícheall an giotár a fhoghlaim ach, oiread le cúrsaí spóirt, bhí an iomarca oibre ag baint leis. Bheadh sé níos fusa a bheith ina phopamhránaí. D'fhoghlaim sé na hamhráin ba mhó le rá ag an am agus chas sé do na buachaillí a raibh súil acu banna ceoil a thosú a bheadh ina U2 nua. Bhí leaid eile ann a raibh guth níos fearr aige. Níor éirigh leis an mbanna ar aon chaoi, cé go raibh siad fós ar an mbóthar, ag casadh i dtithe tábhairne agus ag bainiseacha. Faoin am sin ba mhó spéis Thomáis sna cailíní ná sa gceol, agus chleacht sé an cheird sin níos fearr ná ceann ar bith eile a thriail sé roimhe sin.

Bhí easpa foighde ag baint leis maidir le mná freisin, sa mhéid nach raibh sé sásta le bean nó cailín ar bith fad is a d'fhéadfadh sé a bheith sa tóir ar cheann eile. Is ansin a bhí an dúshlán i ndáiríre: dúshlán na seilge. Ba dheas breith ar an duais, do phléisiúr a roinnt, ach í a fhágáil ar ais ar an tseilf ina dhiaidh sin. Smaoinigh sé ar an mbeirt is deireanaí a casadh air, Magda, a chuaigh amach leis ag tús na hoíche sin – arbh í an oíche anocht í? Ba dheise ná Magda an cailín a casadh air ar an eitleán – cén t-ainm a bhí uirthi arís? Ainm a bhain le bantiarna in iarthar na tíre. Gráinne Mhaol? Maedhbh, banríon Chonnacht? B'in é. Thóg sé amach a ghuthán póca agus bhreathnaigh sé ar a huimhir. Bheadh sé ródheireanach glaoch uirthi anois. Nó an mbeadh?

Smaoinigh Tomás ar Mhaedhbh ag siúl trí lár an eitleáin, tae agus caife agus sóláistí eile á roinnt aici. Dá roinnfeadh sí cuid dá sóláistí féin air, ar sé leis féin . . . B'fhéidir nár imigh an t-eitleán ar chúis amháin nó ar chúis eile. B'fhéidir go raibh sí ag fanacht in óstán síos an bóthar uaidh. B'fhéidir go raibh sí ag cuimhneamh air ag dul a chodladh di agus ag déanamh iontais cá raibh sé. Ach dá mbeadh fáil uirthi anois díreach féin ní fhéadfadh sé imeacht ón áit ina raibh sé fad is a bhí a athair ina shuí ar an mballa contúirteach sin.

Bhí a athair le feiceáil ar an scáileán mar a bhí sé le fada, agus thograigh Tomás glaoch a chur ar Mhaedhbh leis an am a chaitheamh. D'fhéadfadh sé a bheith ag breathnú ar an scáileán agus ag caint ag an am céanna. D'iarr sé cead ar an té a bhí i gceannas na bpóilíní glaoch ar a pháirtnéir, mar a thug sé uirthi, lena chuid imní a mhaolú.

"Bhí tú ag caint le do dheirfiúr ar ball," a d'fhreagair an póilín i mBéarla. "Nach n-inseoidh sí sin di?"

"Táim cinnte go bhfuil sé sin déanta aici," arsa Tomás, "ach níl aici sin ach scéal scéil. Beidh sí níos mó ar a suaimhneas tar éis a bheith ag caint liomsa."

"Déan do ghnó agus ná bí rófhada," ar seisean go borb. "Tá muid ag plé le plean eile le d'athair a fháil anuas as sin. Lean ort le do ghlaoch agus inseoidh muid ansin duit é."

"Cén plean?" a d'iarr Tomás, imní ag teacht air.

Chuir an ceannaire lámh le taobh a chloiginn ar nós go raibh sé ar an bhfón. "Coinnigh ort. Ná bíodh imní ort. Beidh muid i gcomhairle leat sula ndéanfaidh muid aon rud."

Ní raibh a fhios ag Tomás cén fáth nár chreid sé an fear eile, ach is mar sin a mhothaigh sé. Bhí rud eicínt ar siúl acu i ngan fhios dó. Thograigh sé glaoch ar Mhaedhbh mar sin féin ós rud é go raibh cead iarrtha aige. "Gach seans go bhfuil siad ag éisteacht ar fhearais taobh amuigh," ar sé leis féin, "ach faoin am seo is dóigh go bhfuil a fhios acu chuile rud mar gheall orm ar chaoi ar bith."

Bhí cuma thuirseach chodlatach ar ghuth Mhaedhbh nuair a d'fhreagair sí a fón póca. "Cé atá ann? Cé thú féin?"

"Gabh mo leithscéal gur dhúisigh mé thú," arsa Tomás, "ach bhí mé ag cuimhneamh ort ar feadh na hoíche."

"Táim le fios a chur ar na Gardaí má ghlaonn tú arís. *Pervert*," ar sí go feargach.

"Maedhbh!" a dúirt sé. Bhí sé ag súil nach mbeadh an fón múchta aici sula gcríochnódh sé a chaint.

"Cé hé seo?" a d'iarr sí.

"Tomás, an fear ar thug tú d'uimhir dó ar an eitleán. Níor cheart dom glaoch chomh deireanach."

"Ó! Tá a fhios agam anois cé thú féin. Bíonn amadán gáirsiúil eicínt ag glaoch anois is arís. Bhí caint uafásach bhrocach, ghránna aige. D'athraigh mé m'uimhir. Bheadh sé scanrúil dá mbeadh an uimhir úr faighte aige."

"Níor tugadh *pervert* ormsa riamh cheana." Thug Tomás faoi deara cuid de na gardaí slándála ag breathnú air. "Sin leasainm nach féidir a thabhairt ormsa, bí cinnte de."

"Gabh mo leithscéal," a d'fhreagair Maedhbh, "ach bhí mé i dtromchodladh. Nuair a chuala mé guth fir . . ."

"Gabh mo leithscéal," a dúirt Tomás. "Níor cheart dom a bheith ag glaoch chomh deireanach, ach ar an gcaolseans go mbeifeá ag fanacht in Amstardam, shíl mé go nglaofainn ort."

"Níl, faraor," ar sise. "Tá muid ar ais i mBaile Átha Cliath."

"An mbeidh tú san aer arís ar maidin?"

"Níl orm tosú go dtí a dó dhéag amárach."

"Cén deifir a bhí ort ag dul a chodladh, mar sin?" a d'iarr Tomás. "Ní bheidh ort éirí go dtí a haon déag."

"Sin é a cheapann tusa. Tá an t-árasán le glanadh, siopadóireacht le déanamh."

"An ndéanann d'fhear céile rud ar bith timpeall an tí?" a d'iarr Tomás go magúil.

"Níl a leithéid agam, buíochas le Dia."

"Do pháirtnéir mar sin?"

"Níl sé sin agam ach an oiread."

"Do chara grámhar mar sin?"

"Táim ag fanacht leis an duine ceart," an freagra a thug Maedhbh. "Níor casadh orm fós é."

"B'fhéidir gur casadh, i ngan fhios duit féin," arsa Tomás go héadrom.

"Níor thug mé duine speisialta ar bith faoi deara."

"B'fhéidir nach raibh do chuid spéaclaí ort ag an am," a dúirt Tomás, "nár mhór duit dul go dtí Specsavers."

"Tá mo shúile thar cionn," an freagra a thug Maedhbh, "fiche/fiche an uair dheireanach a raibh scrúdú agam."

"B'fhéidir nach iad na súile atá lochtach mar sin," a dúirt Tomás, "ach an croí."

"Níl mo chroí thar mholadh beirte, ceart go leor," ar sise. "Tá dó croí orm tar éis na sceallóga a d'ith mé ródheireanach anocht agus mé ar mo bhealach abhaile."

"Is mór an trua thú."

"Is mór, nuair nach bhfuil mé in ann codladh na hoíche a bheith agam."

"Cén uair a bheas oíche saor agat?" a d'iarr Tomás.

"Tuige?" ar sise ar ais.

"Le go rachadh muid amach ar an mbaile mór le chéile."

"Níl a fhios agam, go bhfeicfidh mé sceideal na seachtaine."

"An é go bhfuil tú ag iarraidh bata is bóthar a thabhairt dom ar bhealach cineálta?"

"Ní liom thú, nó ní raibh tú faoi mo smacht ná faoi mo chúram go bhféadfainn bata is bóthar a thabhairt duit."

"Tá sé fíordheacair freagra díreach a fháil uait," a d'fhreagair Tomás.

"Tá tú sách fada ar an mbóthar le foghlaim le léamh idir na línte," a dúirt Maedhbh.

"An sea nó ní hea atá sa bhfreagra sin?"

"Tuige ar thug mé m'uimhir duit?"

"An bhfreagraíonn tú chuile cheist le ceist eile?"

"D'fhéadfainn an cheist chéanna a chur ortsa."

Chuimhnigh Tomás ar an méid a dúirt Maedhbh faoina huimhir a thabhairt dó. "An é atá tú a rá gur féidir liom glaoch arís nuair a bheas fios do chuid uaireanta oibre agat?"

"Go maith," ar sise, ag sciotaíl gháire. "Níl tú chomh mall is a cheapann tú. Glaoigh orm nuair a bheas tú ar ais in Éirinn." Leis sin mhúch sí an fón agus d'fhan Tomás ag breathnú ar íomhá a athar ar scáileán beag na teilifíse slándála.

XVI

Chonaic Stiofán Ó hAnluain é féin i súile a chuimhne, é ina bhuachaill beag le gruaig fhada fhionn. Bhí sé ag rith trasna páirce, é ag titim arís is arís eile sa bhféar fada agus ag éirí arís. Chuimhnigh sé nach féar a bhí ann ach fraoch mar go raibh sé lena athair ar an bportach ag gróigeadh móna. Ní raibh sé trí bliana d'aois fiú agus bhí a athair ag cur fainice air an t-am ar fad fanacht glan ar an bpoll portaigh.

Sa treo eile ar fad a rith Stiofán mar go bhfaca sé an loch uaidh agus bhí sé ag iarraidh deoch uisce. Theastaigh uaidh uisce a chaitheamh ar a éadan chomh maith mar go raibh sé ite ag míoltóga beaga. Choinnigh a athair uaidh féin iad le deatach a phíopa, ach níor choinnigh sé sin óna mhac iad. Thosaigh Stiofán ag rith i dtreo an locha agus is dóigh go raibh leathchéad slat rite aige sular thug a athair faoi deara é. As go brách leis i ndiaidh a mhic, ach d'éirigh leis an leaidín beag an claí le taobh an locha a bhaint amach agus a dhreapadh sular tháinig a athair ina ghaobhar.

Chas sé ina thimpeall agus bhuail sé a bhosa lena chéile nuair a shroich sé barr an chlaí agus d'iompaigh sé ina thimpeall. Ní raibh a athair ag bualadh a bhos mar a rinne sé go hiondúil nuair a d'éirigh lena mhac gaisce eicínt a dhéanamh. Bhí scanradh agus faitíos le feiceáil ina shúile, a lámha sínte amach agus é ag rá, "Ná corraigh! Fan san áit a bhfuil tú!" Thuig Stiofán ansin go raibh sé i gcontúirt, go raibh uisce domhain taobh thiar den chlaí. Ní raibh a fhios aige ag an am nach raibh snámh ag a athair, ach chuala sé ina dhiaidh sin é.

Bhí a fhios ag Stiofán go raibh an t-uisce taobh thiar de á mhealladh le titim ar a chúl. Bhí a chroí ag bualadh ina ucht agus bhí a athair ansin ar a aghaidh lena lámha sínte amach ina threo, faitíos air céim amháin eile a thógáil ar fhaitíos go dtitfeadh an buachaill. Léim Stiofán i dtreo a athar cé nach raibh sé sách gar dó le breith air. Thit sé sa bhfraoch agus ba chuimhin leis fós gur scríob an fraoch garbh a chosa agus a éadan. Rug a athair air agus choinnigh sé i ngreim docht daingean é ar feadh i bhfad. Chuir sé a mhac ar a ghluaisrothar BSA agus thug sé abhaile chuig a mháthair é. D'fhan an mhóin gan ghróigeadh an lá sin agus bhí Stiofán seacht mbliana d'aois sular tugadh ar an bportach arís é.

Ina shuí dó ar an mballa i Músaem Van Gogh in Amstardam, chuimhnigh Stiofán nach raibh athair aige le léim isteach ina ghabháil anois. Bhí sé ar bharr claí arís ach bhí sé ina aonar. Cén sórt seafóide a bhí air, a d'iarr sé air féin, trioblóid mar seo, nach raibh gá ar bith leis, a tharraingt air féin? Bhí sé ar nós an pháiste bhig sin a chonaic an loch uaidh, nach raibh sásta go dtí go raibh sé in aice leis agus nach raibh a fhios aige an rud ceart le déanamh ansin. Is é an rud ceart, ar sé leis féin, ná fanacht anseo go ndéanfaidh duine eicínt eile rud eicínt. Ní raibh seisean ag dul in áit ar bith.

B'fhada an lá a bhí ann, agus thug Stiofán faoi deara nárbh fhada go mbeadh air dul go dtí an leithreas arís. Ba rud amháin é do ghnó a dhéanamh agus tú i do sheasamh ar bharr an bhalla; ba rud eile ar fad é seasamh ar ais ar an mballa tar éis duit a bheith ina shuí air ar feadh i bhfad. Ní bheadh trioblóid ar bith ag baint leis murach an titim mhór ar an taobh eile. B'fhearr fanacht mar a bhí chomh fada agus ab fhéidir.

Smaoinigh Stiofán air féin mar luch. Bhí cat ag breathnú air agus bhí sí sásta an cluiche a imirt go mall agus go foighdeach. Ní raibh aon deifir uirthi. Bhéarfadh sí air in aon léim amháin nuair a thogródh sí féin é. Ní raibh an luch ag dul in aon áit. Go tobann smaoinigh sé ar an lá a raibh francach taobh amuigh den teach ag ithe leis na sicíní. Aisteach go leor, níor scanraigh an francach na sicíní céanna mar a dhéanfadh ainmhí eile. Aoi ag an gcóisir a bhí ann. Bhíodar sásta a raibh acu a roinnt leis fad is a d'fhan sé go séimh socair.

Tháinig a athair lena ghránghunna ansin agus scaoil sé amach trí íochtar na fuinneoige oscailte é. Bhí an francach ann soicind amháin ag baint sásaimh as a bhéile; bhí sé curtha sa talamh an nóiméad dár gcionn le fórsa luaidhe. Bhí na sicíní scaipthe, ag scréachaíl agus ag béiceach, leathchos caillte ag ceann acu. Chaoch a athair leathshúil air le teann bróid as chomh maith agus a d'éirigh leis.

Dá dtitfeadh sé féin siar ar a chúl, dhéanfaí ciseach de mar a rinneadh leis an bhfrancach. Ní bheadh sé básaithe agus adhlactha in aon iarraidh amháin ach bheadh sé sách séidte in aghaidh na talún nach bhfeicfí arís é ina bheo. Smaoinigh sé go raibh a athair feicthe faoi dhó aige i súile a chuimhne in achar gearr. Dá bhféadfadh sé é a thabhairt slán os comhair a shúl den tríú huair, cá bhfios nach dtiocfadh a chuimhne uilig ar ais chuige?

Tháinig íomhá dá athair nár theastaigh uaidh a fheiceáil chun cuimhne ansin. Ligeadh abhaile go luath ón scoil iad mar gur tháinig an cigire. Bhí seisean chomh sásta le hobair na múinteoirí gur thug sé leath lae dóibh. Bhí rothar nár aithin sé in aghaidh an bhalla nuair a shroich Stiofán an teach. Níor chuir sé sin iontas air. Ba mhinic cuairteoirí ag a athair agus a mháthair. Bhí a fhios aige go mbeadh a mháthair imithe isteach sa mbaile mór an lá sin ar an mbus seachtainiúil.

Ní raibh aon duine sa gcistin nuair a d'oscail sé an doras. Fuair sé deoch bhainne dó féin agus b'ansin a chuala sé an torann agus an sciotaíl gháire ó sheomra a athar agus a mháthar. D'oscail sé an doras go mall, ciúin. Lean an bheirt a bhí sa leaba lena raibh ar siúl acu. Bhí guaillí a athar le feiceáil aige, leis na héadaí trasna orthu ach ní raibh a fhios aige cé eile a bhí ann. Stop an iomrascáil ar ball agus chaith siad tamall ag pógadh a chéile. Sin í an uair a thug Maggie Frainc faoi deara an buachaill óg ag breathnú isteach orthu. Lig sí scréach agus chuaigh sí i bhfolach faoi na héadaí. Shuigh a athair sa leaba, cuma náirithe air ach níor dhúirt sé rud ar bith. Cén bhrí ach ba mhinic ráite aige lena mháthair go raibh an ghráin dhearg aige ar an Maggie chéanna. Bhí talamh acu le taobh a chéile agus bhíodh a cuid beithígh i gcónaí ag dul ar strae. Faraor nach raibh fear aici, a deireadh a athair, lena cuid claíocha a thógáil.

Níor inis Stiofán riamh dá mháthair céard a chonaic sé. Ní raibh a fhios aige céard a déarfadh sé. Níor thuig sé na cúrsaí sin ag an am. Níor luaigh a athair leis é agus choinnigh sé a bhéal dúnta mar gheall air. Shíl sé go raibh a athair níos deise leis ina dhiaidh sin, ag ceannacht milseán agus sóláistí eile dó uair ar bith a bheadh pingin le spáráil aige. Bhí an rud ar fad curtha i gcúl a chinn aige go dtí gur tháinig sé ar ais in aon léim amháin, anois, nuair nár theastaigh uaidh é a athfhuascailt.

Ag cuimhneamh siar anois dó bhí iontas ar Stiofán gur luigh a athair le bean mhantach deich mbliana níos sine ná a mháthair. Ní raibh a fhios aige cén fáth ar thóg a athair sconsaí Mhaggie Frainc gan cheist ina dhiaidh sin. Tuige nár chuimhnigh sé air, nuair a bhí a athair ag déanamh mór is fiú dá chuid íobairtí i Londain, an uair a raibh a mhac ag dul ó agóid go hagóid i lár Bhaile Átha Cliath sna seascaidí. Bhí sé sásta nár chuimhnigh sé air, nó nár dhúirt sé aon cheo faoi ag am a raibh an bás ar a athair. Chomh fada is a bhí a fhios aige bhí a athair dílis dá mháthair ón am sin ar aghaidh go dtí deireadh a shaoil.

Déanta na fírinne, ní raibh a fhios aige an raibh sé dílis di nó nach raibh. B'fhéidir gurbh in a thug go Sasana ina bhlianta deireanacha é: go raibh bata is bóthar tugtha dó ag a mháthair mar go bhfuair sí leide nó gur chuala sí rud eicínt faoina fear agus Maggie Frainc. Frítheadh Maggie báite i ndíog ar leataobh an bhóthair roinnt blianta ina dhiaidh sin agus í ar an mbealach abhaile as síbín, buidéal poitín ina glaic.

"Nach raibh mac agus iníon aici?" a d'iarr Stiofán air féin agus é ag smaoineamh ar Mhaggie Frainc. Nach aisteach an rud é nár chuimhnigh sé riamh orthu go dtí sin. Bhí an buachaill mórán ar comhaois leis féin cé go raibh sé i rang taobh thiar de ag an scoil. Bhí an cailín cúig nó sé bliana ní b'óige. Ba mhinic na gasúir eile ag magadh fúthu faoina bheith brocach agus gioblach, ach bhíodar éirimiúil, agus dhún siad béal na ndaoine eile nuair a fuair siad scoláireachtaí go dtí meánscoileanna agus go dtí an ollscoil ina dhiaidh sin.

"An bhféadfadh sé gur dearthair agus deirfiúr liom iad?" a d'iarr Stiofán air féin. "An bhféadfadh sé gur chuir m'athair an bhean atá anois ina haturnae ar an saol an mhaidin sin a tháinig mé ar ais go luath ón scoil?" Labhair sí leis san Ardchúirt, áit a raibh sí ag plé le cás eile an uair a bhí achomharc ag Kilroy. Bhí sí lách cineálta, agus bhí Stiofán cinnte nach raibh a fhios aici rud ar bith faoin ngaol a d'fhéadfadh a bheith eatarthu. Ba bheag an seans go raibh, ná ní bheadh a fhios go deo. Gach seans nach dtiocfadh a athair trína intinn arís ach an oiread. Bheadh sé imithe isteach agus an doras dúnta air amárach i gceann de na poill chónaithe sin ina intinn inar mhair formhór na ndaoine a raibh eolas aige orthu sna blianta a bhí imithe. Tháinig an cheist ansin a thagadh isteach in intinn Stiofáin in amanta mar sin le blianta beaga anuas: an bhféadfadh sé iontaoibh ar bith a bheith aige as a chuimhne? An óna shamhlaíocht nó óna bhrionglóideacht a tháinig cuid de na daoine agus na carachtair a bhí chomh soiléir sin ina intinn? An raibh Maggie Frainc ann riamh? Caithfidh sé go raibh, ar sé leis féin, mar gur casadh a hiníon air san Ardchúirt. Ach ar tharla sé sin i ndáiríre? Dá bhfeicfeadh sé í, an aithneodh sé arís í? Ní raibh pictiúr soiléir di ina intinn. Arbh ann di? Chroith sé a chloigeann.

Smaoinigh Stiofán go raibh níos mó tagtha trína intinn an lá sin ná mar a tháinig i gcaitheamh na mblianta sin a chaith sé sa teach ósta, ag ól caife chomh maith le corrphionta, ag breathnú ar nuachtáin tháblóideacha agus ar an teilifís. Níor thug sé am dó féin machnamh a dhéanamh i gceart. Bhíodh sé i gcónaí ag léamh faoi dhaoine eile nó ag breathnú ar ghiotaí ar an teilifís fúthu. Níor thug sé a dhóthain ama dó féin. Inniu féin, níor theastaigh uaidh ach dul ó áit amháin go háit eile. D'éalaigh sé ó áit amháin a bhí cosúil le príosún agus chríochnódh sé in áit i bhfad ní ba mheasa. Dá n-éireodh leis teacht beo ón bpuiteach ina raibh sé, a gheall sé dó féin, ligfeadh sé a scíth. Thógfadh sé rudaí go réidh feasta. Ní raibh na focail as a bhéal nuair a chuimhnigh sé gur dhóigh go ndéanfadh sé a mhalairt ar fad.

XVII

D'fhan Sara Mhic Ruairí ina suí tar éis dá fear céile dul a chodladh. Ní raibh sí ag dul in áit ar bith go dtí go bhfaigheadh sí scéal cinnte faoina hathair. Bhí drogall uirthi glaoch a chur ar Thomás arís mar go raibh sé ansin i measc na bpóilíní agus na ngardaí slándála, agus níor fhan sé i bhfad ag caint léi an uair dheireanach. Shíl sí gur mar seo a bheadh bigil an té a bhí cráifeach: ag fanacht go foighdeach nó go mífhoighdeach, ach ag fanacht agus ag faire.

Bhíodh a máthair ag dul chuig bigil i gCnoc Mhuire fadó nuair a bhídís ag fanacht lena huncail féin i gContae Mhaigh Eo. Bhíodh Sara ag iarraidh dul léi ach deireadh sí i gcónaí gur do dhaoine fásta amháin a bhí na bigilí, go dtitfeadh a hiníon ina codladh sa séipéal agus go mbeadh sé chomh maith céanna di a bheith ina chodladh sa mbaile. Thuig sí anois gur dóigh go mbeadh a leithéid d'am faire thar a bheith leadránach do pháiste, ach nuair nach mbíodh cead aici dul ann shíl sí go raibh rud mór le rá in easnamh ina saol.

D'fhéadfadh sí dul ann míle uair ó shin, ar sí léi féin, ach ní dheachaigh. Shíl sí go raibh na maidí ligthe le sruth aici maidir le cúrsaí creidimh, cé go raibh sé ar intinn aici féin agus ag Diarmaid na gasúir a thógáil mar Chaitlicigh go dtí go mbeidís sách fásta lena n-intinn féin a shocrú faoi cheisteanna móra an tsaoil. Baisteadh iad ceart go leor, agus théidís chuig an aifreann faoi Nollaig agus faoi Cháisc, ach shleamhnaigh na Domhnaigh eile thart go hiondúil agus bhíodar imithe as cleachtadh i ngan fhios dóibh féin.

Gheall Sara do Dhia ina croí istigh go dtabharfadh sí na gasúir chuig aifreann an tSathairn nó an Domhnaigh chuile sheachtain ina dhiaidh sin ach a hathair a thabhairt slán ón gcontúirt ina raibh sé. Níor chreid sí i ndáiríre go bhféadfaí margadh mar sin a dhéanamh le Dia, ach baintear triail as chuile rud nuair a bhíonn duine i dtrioblóid. D'fhan seanscéal ina hintinn ó bhí sí óg, duine eicínt i bhfad siar sa Sean-Tiomna i mbun margaíochta le Dia ar nós feirmeoirí ag an aonach. Thug Dia isteach arís is arís eile go dtí gur beag a bhí eatarthu, ach ní raibh siad in ann deichniúr maith féin a fháil le Sodom agus Gomorá a tharrtháil. Chuaigh an scéal sin i bhfeidhm go mór uirthi, agus dúirt an bhean rialta sa rang gur urnaí maith a bhí ann argóint mar sin a dhéanamh le Dia.

Níor oibrigh na hargóintí céanna nuair a bhí a máthair tinn, ach thriail sí arís iad nuair a bhí drochshlaghdán ar Shorcha nuair nach raibh a céad bhliain ar an saol féin slánaithe aici. Bhí sí thar a bheith go dona agus rinne Sara na geallúintí céanna is a rinne sí anois thar ceann a hathar. Tháinig Sorcha slán, ach níor chomhlíon sí a geallúint. Cén chaoi a bhféadfadh sí a bheith ag súil le cabhair Dé anois? Ach bhí Dia go maith. Nach mbíodh a máthair á rá sin i gcónaí?

Bhíodh aifeála ar Sara go minic nach dtugadh a hathair leis í in éineacht le Tomás le breathnú ar chluichí nó le n-imirt iontu. Thugadh sé leis a mhac Satharn ar bith a mbíodh sé saor, agus d'fhágadh sé Sara le dul ag siopadóireacht lena máthair. B'fhearr léi i bhfad a bheith ag cluiche ná a bheith i siopa. Ní raibh aon locht aici ar chuideachta a máthar, ach bhí siopadóireacht leadránach le hais a bheith páirteach in aclaíocht. Gheall sí nach ndéanfadh sí an botún céanna lena hiníon féin.

Nuair a bhí sise ag éirí aníos, ní raibh sé faiseanta do chailín ach haca nó camógaíocht a imirt. Bhí rogha níos fairsinge ag cailíní an lae inniu, sacar nó peil Ghaelach, agus bhí fás agus forbairt tagtha ar na cluichí sin ar fud na tíre. Bhí rugbaí na mban ag fás freisin in áiteacha. Ba bhreá le Sara a bheith in ann peil a imirt ar an leibhéal sin dá contae. Go deimhin bhí sí níos fearr ná Tomás, a bhain foireann na mionúr amach sular chaill sé spéis i chuile spórt seachas a bheith ag ól is ag pógadh na mban.

Rinne Sara gáire nuair a chuimhnigh sí ar chomh cráifeach is a bhí a deartháir nuair a bhí sé deich mbliana d'aois. Bhíodh sé ag dul go dtí an séipéal ag freastal ar an altóir níos minicí ná mar ab éigean, agus ní raibh caint aige ar thada ach ar a bheith ina shagart. Bhíodh sé á ghléasadh féin i seanéadaí le cosúlacht sagairt a chur air féin nuair a bhídís ag spraoi lena chéile. D'athraigh sé sin uilig nuair a thosaigh sé ag cur spéise sna cailíní. Cailíní seachas a dheirfiúr, ar ndóigh. Bhí sé ar nós gach buachalla nuair a bhí deirfiúracha i gceist.

Níor thuig sí riamh cén fáth nach raibh spéis ar bith aige i socrú síos, le bean agus clann, a bheith suaimhneach socair mar a bhí sí féin agus Diarmaid, an chuid is mó den am. Ach bhí mífhoighid ag baint leis, mífhoighid den tsórt a d'aithin sí ina hathair ó d'éirigh sé as a phost mar bhleachtaire. Is beag a cheapfá le linn a shaol oibre go n-iompódh sé amach mar a tharla. Ach ní raibh neart aige air. Tháinig an galar aisteach sin air agus chaill sé a bhean chéile, a ancaire sa saol, thart faoin am céanna.

B'fhéidir go raibh a mháthair ina hancaire níos mó ná mar a cheap sí, ancaire don chomhluadar agus ancaire chomh maith sa méid is go bhféadfá a rá gur fhan sí faoi uisce an chuid is mó den am. Bhí seanamhrán ar cheirnín a bhíodh aici a thug le fios nach n-aireofá do mháthair uait go dtí go mbeadh sí imithe. B'fhíor sin. Bhí slabhra an ancaire gearrtha, an stuaim agus an staidéaracht a chuir sí ar fáil imithe, agus níor thug siad faoi deara ann i gceart í go dtí go raibh sí imithe.

Níor mhaith le Sara é a admháil, di féin fiú, ach bhí sí sásta ar bhealach amháin go raibh a máthair básaithe sular tháinig an galar ar a hathair. B'fhéidir go raibh beagán seafóide ag teacht air roimh a bás ach níor mhórán é le hais mar a bhí sé anois. Bhrisfeadh sé sin a croí. Bheadh sí níos fearr ná aoinneach ag tabhairt aire dó, ach ní thuigfeadh sí go bhféadfadh sé breathnú uirthi gan í a aithint. Ní raibh an lá sin tagtha fós maidir lena mhac ná a iníon ach shíl Sara nach raibh sé i bhfad uathu. Bhreathnódh a hathair san éadan uirthi ar nós nach bhfaca sé riamh í. Ní de chéaduair an lá sin lig sí an smaoineamh trína hintinn: an mbeadh sé níos fearr as ina bhás ná ina bheatha?

B'fhurasta an freagra loighciúil a thabhairt, ach níor theastaigh uaithi go n-imeodh sé ón saol. Cá bhfios nach dtiocfadh sé chuige féin arís? Nach raibh drugaí nua le déileáil le hAlzheimer's ag teacht ar an margadh chuile lá? Ní raibh aon aois rómhór air fós. D'fhéadfadh sé a bheith ina Dheaideo grámhar do Sheán agus do Shorcha. Ní dóigh é, arsa guth eile taobh istigh inti. Ag dul chun donachta a bheadh sé agus ag tarraingt níos mó trioblóide air féin agus ar a chlann ó lá go lá, cé gur deacair a shamhlú go ndéanfadh sé níos measa ná mar a bhí déanta aige ó mhaidin.

Bhí Sara sásta nach raibh aon rud ar an raidió ná ar an teilifís faoi. Dá óige is a bhí siad, chloisfeadh na gasúir faoi ar bhealach amháin nó ar bhealach eile. Bheadh caint sa naíonra féin, idir an dream i gceannas, idir na gasúir bheaga féin, b'fhéidir. Bhí sí ag súil lena n-éadan a fheiceáil ag lasadh le gliondar nuair a d'fheicfidís agus nuair a d'osclóidís na bronntanais a thug na Seapánaigh dóibh. Bhí rud amháin a d'fhéadfadh cuirtín an bhróin a tharraingt anuas ar an áthas sin. Bhí Sara ar bís lena fháil amach ar chorraigh a hathair ó shin. Chuir sí glaoch arís ar fhón póca Thomáis.

"Nár dhúirt mé leat go gcuirfinn scéala chugat a luaithe is a bheadh ceann agam?" a d'fhreagair sé, tuirse níos mó ná míshásamh le tabhairt faoi deara óna ghuth.

"Gabh mo leithscéal," ar sí, "ach tá tusa ansin ag breathnú air gach uair a chorraíonn sé. Táimse ar bís anseo ag fanacht ar nuacht."

"Níor chorraigh sé agus níl nuacht ar bith eile ann ach an oiread. Tá sé ina dhealbh ina shuí ansin ar an mballa."

"Meas tú céard air a bhfuil sé ag cuimhneamh?" a d'iarr Sara.

"Dheamhan a fhios agam agus is cuma liom," a d'fhreagair a dheartháir. "Tá súil agam go ndéanfaidh sé cinneadh éigin gan mórán achair."

"An bhfuair tú aon rud le n-ithe?" a d'iarr Sara.

"Thug siad mairteoil agus sceallóga isteach ó bhialann Argintíneach. Sin é an t-aon rud maith a tharla ó tháinig mé anseo. Bhí an fheoil go hálainn."

"An bhfuil sé ar intinn acu fanacht go ngéillfidh sé?" a d'fhiafraigh Sara.

"Tá súil agam go bhfuil. Bhí plean eile acu ar ball, ach dúirt mé leo nach raibh cuma ná caoi air."

"Cén plean é sin?" a d'iarr Sara.

"Bhí siad ag iarraidh orm dul suas chun cainte leis."

"Dhiúltaigh tú labhairt le d'athair agus é i gcruachás mar sin?" a d'iarr Sara, iontas le tabhairt faoi deara ina guth.

"Ní theastaíonn uaimse a bheith ina chúis bháis aige," a d'fhreagair Tomás. "Cá bhfios dom nach gcaithfeadh sé léim nuair a d'fheicfeadh sé mé?"

"Cá bhfios nach é a mhalairt ar fad a dhéanfadh sé?"

"Nílim ag dul sa tseans sin. Go fóill ar chaoi ar bith."

"Tá tú in ann deireadh a chur leis an bhfaire agus an fanacht," a dúirt Sara, "ach b'fhearr leat suí ansin ar do thóin."

"Ná bíodh aon amhras ort. A luaithe is a bheas sé seo ar fad thart agus mé imithe amach an doras, is é is fearr é. Sílim gur foighid atá ag teastáil faoi láthair," a d'fhreagair Tomás.

"Níor cheap mé go mbeifeá ag caint faoi fhoighid go deo," arsa Sara. "An bhfuil tú cinnte nach faitíos atá ort?"

Thug Tomás freagra díreach macánta. "Tá faitíos orm, faitíos go léimfidh sé nuair a fheicfeas sé mé."

"Táim cinnte gurb é a mhalairt ar fad a dhéanfas sé," an tuairim a bhí ag Sara. "Cuirfidh sé a dhá láimh i do thimpeall."

"Bheadh sé sin go deas," a dúirt Tomás, "ach níl muid ag déileáil le duine anseo a bhfuil ciall agus réasún aige. Ní bheadh an fhadhb seo ann a bheag nó a mhór dá mbeadh sé ar a chiall."

"Tuigim céard atá tú a rá," arsa Sara, "ach is tú a mhac. Bhí sé mór leat riamh. Thugadh sé chuile áit thú."

"Ach is tú a bhí ann nuair a bhí cúnamh ag teastáil. Táim cinnte go gceapann sé gur lig mise síos é."

"Ní fhéadfá rud ar bith a dhéanamh as bealach, a Thomáis, fad a bhain sé le Deaid, ní hionann is mise."

"Nach gceapann tú gur cluiche contúirteach é seo le n-imirt faoi láthair?"

Níor thuig Sara céard a bhí i gceist aige. "Cluiche? Is fada ó chluichí atá m'intinn."

"Coimhlint," a d'fhreagair Tomás. "Ag caint ar cé againn is mó a thaitin le Deaid, agus é i mbaol a bháis thuas staighre."

"An raibh tusa ag ól nó céard?" a d'iarr a dheirfiúr. "Níl coimhlint ar bith ar siúl agamsa. Nílim ach ag rá go bhfuil mé cinnte gur mhaith leis thú a fheiceáil."

"Táimse ag dul de réir mo chuid mothúchán féin sa gcás seo," a dúirt Tomás. "Nach in a mholann na mná?" Níl mé réidh le dul suas ansin i láthair na huaire, ar fhaitíos gur mó dochar ná maitheas a dhéanfainn. B'fhéidir go mbeidh fonn orm é a dhéanamh i gceann leathuaire, ach níl faoi láthair."

"Tá súil agam nach dtitfidh sé idir an dá linn," a d'fhreagair a dheirfiúr.

"Má thiteann, ní ormsa a chuirfear an milleán. Ní bheifear ag rá gur mar gheall ormsa a tharla sé."

"Beifear ag rá go raibh deis agat é a shábháil ach nár ghlac tú leis."

"Tá tú ag cur brú damanta orm," a dúirt Tomás, "ach níl mé réidh fós. An dtuigeann tú é sin?"

"Tuigim," ar sí. "Is mise atá mífhoighdeach anois. Ná tabhair aon aird orm. Ba mhaith liom é a bheith thart, suaimhneas a bheith againn ar feadh lá amháin féin."

"Ná bíodh aon imní ort," a dúirt Tomás. "Beidh sé thart sula i bhfad. Ní fhéadfadh duine ar bith fanacht san áit ina bhfuil sé rófhada."

XVIII

Bhí Samantha Mhic Dhiarmada beagnach tite ina codladh ar an tolg leathair san oifig i Suaimhneas. Bhí sí tar éis siúl thart ag breathnú ar na seandaoine a bhí faoina cúram agus bhí cosúlacht ar gach duine seachas Séamas Mac Cormaic go raibh siad ina gcodladh. Dúirt sí leis dul amach go seomra an tobac má theastaigh toitín uaidh. Bhí drogall air faoin méid a dúirt Traolach níos túisce, ach dúirt sí leis gurbh ise an bainisteoir agus go raibh cead aige toitín a chaitheamh am ar bith ach é sin a dhéanamh san áit cheart.

Chuimhnigh sí ar an uair a raibh sí ina banaltra óg in ospidéal i lár na cathrach, áit a raibh cosc iomlán ar thobac. Bhí fear amháin tar éis obráide agus é tar éis éirí amach as a leaba den chéad uair ina dhiaidh. Fuair sí boladh tobac agus d'iarr sí air an raibh sé ag caitheamh. Dúirt sé nach raibh, ach thug sí faoi deara an deatach ag teacht amach thart ar a mhuinéal. Bhí a lámh iompaithe isteach aige agus lámh a chuid éadaigh codlata in úsáid mar shimléar. Bhí an t-ádh air nár las sé é féin. Bhí sé mar pholasaí aici ina dhiaidh sin cead a thabhairt do dhaoine caitheamh in áit shábháilte.

Bhí sé de nós ag Samantha nó ag cibé duine i bhí i mbun dualgas luí ar an tolg le suan beag a bheith acu nuair a bhí a fhios acu go raibh gach duine san áit slán sábháilte. Ghiorraigh sé an oíche agus rinne an scíth maith dóibh nuair a bhí obair na maidine le déanamh: breathnú ar aon duine nach raibh ar fónamh agus na táibléid a roinnt. Níor mhór do dhuine a bheith ar a gciall leis sin a dhéanamh. Bhí an oiread drugaí difriúla ann agus ní raibh duine ar bith nach raibh ag fáil cineál eicínt. Shíl sí féin gurbh é an plean ab fhearr ná iad a chur i mboscaí éagsúla le linn fhaire na hoíche agus iad a dháileadh ar na hothair ar maidin. Bhí riail dhocht dhaingean ag Traolach go gcoinneofaí faoi ghlas iad ar feadh na hoíche, ar fhaitíos go mbrisfeadh lucht drugaí isteach len iad a ghoid.

Bhí díomá ar Samantha toisc gur chuala sí ó dhuine de na hothair go bhféadfadh Edwina, an bhean a ghoid a fear, a bheith ag iompar. Chonacthas í ag rith isteach sa leithreas mar a bheadh fonn múisce uirthi. Tuige a raibh an t-ádh ar fad ar chuid de na daoine, a d'iarr sí uirthi féin agus ar Dhia chomh maith. Thug sí na blianta is fearr ina saol do Thraolach, í ag seachaint páistí go dtí go mbeadh an teach altranais agus an gnó tógála ar a gcosa. D'imigh sé ansin leis an striapach agus anois bhí siad ag súil le páiste, Samantha caite ar an gcarn aoiligh, an gnó in isle brí. Ní raibh a fhios aici céard a bhí i ndán do Suaimhneas dá mba rud é go bhfiosródh na húdaráis cás Stiofáin Uí Anluain. Maidir leis an obair thógála, ní raibh ag éirí go maith leis in áit ar bith. Ach d'fhéadfadh sé go raibh rud eicínt faoi á cheilt ag Traolach le go mbeadh an t-airgead aige féin agus ag an striapach lofa sin.

Bhí a fhios ag Samantha nach mbeadh codladh ar bith aici agus í ag smaoineamh mar sin. Bhreathnaigh sí ar na rudaí dearfacha ina saol. Ba é an rud ba mhó é ná go raibh sí ina banaltra mhaith agus go raibh obair ann i gcónaí dá leithéid. Maidir le Suaimhneas, ní raibh fáth ar bith go gcuirfí milleán orthu toisc gur éalaigh seanfhear a raibh fadhbanna meabhrach aige. Bíodh acu, a dúirt sí léi féin; maidir le Traolach agus Edwina, chaithfeadh sí scaoileadh leis an saol atá caite. Bhí a súile ag dúnadh, an codladh ag breith uirthi, nuair a chuala sí an scréach.

Léim Samantha ón tolg agus chuaigh sí amach sa halla. Ní raibh duine ná deoraí le feiceáil agus ní raibh tuairim dá laghad aici cén seomra as ar tháinig an scréach. De réir a chéile d'oscail cuid de na doirse. Is ansin a thug Samantha faoi deara Eibhlín Uí Ruairc ag teacht amach as seomra Mhicí Uí Fhaoláin, a lámha ag creathadh, cosúlacht uirthi go raibh sí trína chéile ar fad.

"Céard a tharla, a Eibhlín?" a d'iarr Samantha, na hothair eile ag bailiú ina dtimpeall.

"Tá diabhal eicínt i mo leaba," a d'fhreagair sí. "Seanfhear eicínt atá ann, seanfhear mantach."

"Ach ní hin é do sheomra," arsa Samantha. "Céard a thug go taobh na bhfear thú?"

"Bhí mé ag dul go dtí an leithreas," ar sise, "agus nuair a tháinig mé amach fuair mé an diabhal sin i mo leaba." Shín Eibhlín a méar i dtreo Mhicí a bhí tar éis teacht go dtí doras a sheomra.

"Tháinig an tseanbhitseach isteach sa mullach orm," ar sé. "Scanraigh sí an cac asam."

Bhí Séamas Mac Cormaic ar a bhealach ar ais tar éis dó a thoitín a chaitheamh. "Is dóigh gur cheap tú gurbh í an Nollaig í, a Mhicí."

"Chuile dhuine ar ais go dtí a sheomra féin," a d'fhógair Samantha go crosta. "Ní raibh ann ach botún den tsórt atá in ann tarlú nuair atá codladh ar dhuine."

D'imigh siad ina nduine agus ina nduine go dtí nach raibh fanta ach Eibhlín agus Micí a bhí in aon leaba cúpla nóiméad roimhe sin, agus Séamas a bhí ag breathnú amach dá chara Micí.

"Ba cheart í sin a cheangal," arsa Micí. "Níl duine sábháilte ina leaba níos mó. Bhain sí croitheadh asam."

"M'anam ach gur bhain," arsa Séamas ag gáire. "Croitheadh nach bhfuair tú le fada."

"Ar ais go dtí do sheomra, a Shéamais," a d'fhógair Samantha, "nó ní bheidh cead agat toitíní a chaitheamh a thuilleadh."

D'imigh Séamas go mall, straois mhór gháire fós ar a bhéal. "Inis di cá bhfuil mo sheomrasa anocht, a Mhicí," ar sé.

"Ní cúis gháire ar bith é," arsa Samantha ina dhiaidh.

"Is fearr an áit seo ná *pantomine*," arsa Séamas, ag casadh isteach i ndoras a sheomra féin.

"Téirigh isteach i do leaba," arsa Samantha le Micí. "Beidh mé ar ais ar ball le labhairt leat nuair atá Eibhlín curtha a chodladh agam."

Bhí Micí ag teacht chuige féin faoin am seo. "Is leor bean amháin in aghaidh na hoíche," ar seisean.

Thug Samantha Eibhlín ar ais go dtí a seomra agus chuir sí isteach ina leaba í. Léigh sí scéal di mar a dhéanfaí le gasúr, scéal simplí as Bíobla scoile faoi Íosa Críost ag leigheas na ndaoine a bhí tinn. Thit Eibhlín ina codladh gan mórán achair, agus nuair a d'fhill an bhanaltra ar sheomra Mhicí bhí seisean ina chodladh chomh maith. Chuala sí síorchlingeadh an ghutháin ón oifig ach bhí sé stoptha faoin am a shroich sí a deasc.

Meas tú an raibh siad ag glaoch as Amstardam? Thosaigh an clingeadh arís láithreach. Ba é Traolach a bhí ann, ag fiafraí, "Cá raibh tusa?"

"Bhí mé ar fud an tí ag tabhairt aire do na hothair. Bhí Eibhlín ar seachrán. Chuaigh sí isteach i seomra Mhicí. Thosaigh seisean ag béiceach agus dhúisigh tuilleadh acu."

"Is dóigh gur cheap Micí gurbh é a lá breithe a bhí ann," arsa Traolach ag gáire.

"Níl chuile dhuine cosúil leatsa," a d'fhreagair a

hiarbhean chéile, "réidh le léim isteach sa leaba le pé ar bith bean atá ar fáil."

Scaoil Traolach thairis an méid sin. "Ar tháinig scéala ar bith ó Amstardam ó shin?"

"Shíl mé go mb'fhéidir gurbh iad a bhí ag glaoch anois," arsa Samantha.

"An bhfuil cabhair ag teastáil le hEibhlín agus Micí?" a d'iarr Traolach. "Nílim in ann titim i mo chodladh."

"Is mise an bainisteoir, agus táim in ann a leithéid seo a bhainistiú, go raibh maith agat. Ní theastaíonn uaim na hothair a chur trína chéile."

"Ceart go leor mar sin."

Chroch Samantha an fón gan aon rud eile a rá. Bhraith sí nach raibh aon ghá a bheith sibhialta leis an té a lig síos go dona í agus a raibh a leannán ag súil lena pháiste. Ní hé go mbeadh sí ag guí aon dochar ar an bpáiste sa mbroinn, ach ní raibh gliondar uirthi ach an oiread.

Tháinig an smaoineamh trí intinn Samantha go bhféadfadh sí bailiú léi agus saol breá a bheith aici mar bhanaltra i nDubai nó áit den tsórt sin a raibh pá maith agus coinníollacha breátha ann. Ní bheadh freagracht ná imní den tsórt a bhí anois uirthi. Ní bheadh uirthi castáil le Traolach ná Edwina lá i ndiaidh lae. Tháinig aoibh an gháire ar a héadan nuair a chuimhnigh sí go bhféadfadh sí a bheith ina banaltra phearsanta do *sheik*, gan aon rud le déanamh ach aire a thabhairt dá shláinte, an chuid eile den am caite ina luí faoi sholas na gréine. Ní bheadh boladh na sean ina timpeall ná gá a bheith ag plé le daoine bochta seafóideacha.

Ach an mbeadh sé de mhisneach aici tabhairt faoi, a d'fhiafraigh Samantha di féin. Ní raibh duine ná deoraí len í a cheangal ná a choinneáil sa mbaile. Bheadh a sciar féin de Suaimhneas i gcónaí aici, an teach altranais ag saothrú ar a son agus í i bhfad ó bhaile. Ní hé nár chuimhnigh sí ar a leithéid cheana, ach bhí súil aici i gcónaí Traolach a fháil ar ais. Anois agus Edwina ag súil lena leanbh ní raibh seans ar bith go dtiocfadh sé ar ais chuici go deo.

Chuaigh a hintinn síos bóithrín na smaointe go dtí an chéad uair a casadh Traolach agus í féin ar a chéile. "Grá ar an gcéad amharc" a thug seisean air agus iad ag damhsa i lár an urláir ag dioscó i Londain, áit a raibh sí i mbun oiliúna in Ospidéal Naomh Eoin. Chuaigh sé chuig an dioscó le cailín eile agus chuaigh sé abhaile léise. Tuige nár fhoghlaim sí a ceacht ón eachtra sin? D'fhéadfadh sé iompú uaithise chomh sciobtha is a d'fhág sé an cailín eile ina dhiaidh.

Ní air sin a bhí sí ag cuimhneamh nuair a chuaigh sé ar ais go dtí an t-árasán léi agus nuair a chaith siad an oíche le chéile. Ní raibh smaoineamh ar bith aici a leithéid a dhéanamh nuair a d'fhág sí an baile an oíche sin mar ní raibh sí le fear ar bith go dtí sin. Ach bhí Traolach chomh mealltach, chomh heolach, chomh cineálta, go háirithe nuair a luigh siad lena chéile de chéaduair. Níor ghortaigh sé í agus cé go raibh fuil ar na braillíní lá arna mhárach níor airigh sí pian ar bith nuair a chuaigh sé isteach inti. Faoin am ar tháinig an mhaidin bhraith sí go raibh na flaithis bainte amach aici.

Ní raibh ceachtar acu in ann a ndóthain dá chéile a fháil an mhaidin sin. Chuir siad scéala chuig a bhfostóirí san ospidéal agus an lucht tógála go raibh siad tinn. Tinn le grá, a dúirt siad eatarthu féin, a lámha agus a méaracha ag cuardach agus ag cuimilt chuile áit, iad ag pógadh ar nós gurbh é deireadh an tsaoil é. Chuadar ón leaba go dtí an cith agus ar ais. Luigh siad ar an urlár agus ar na cathaoireacha boga agus b'fhearr gach tréimhse pléisiúir ná an ceann a chuaigh roimhe.

Chodail siad. D'éirigh siad. Shuigh siad chun boird le bricfeasta, lón – cibé a thabharfá ar tae agus pónairí i lár an lae. Bhí gearrbhríste ar Thraolach, tuáille casta ina timpeall uirthi, chaon duine ag breathnú síos ar a raibh ar na plátaí rompu ar nós go raibh náire orthu mar gheall ar ar tharla eatarthu. D'ardaigh sise a súile. D'ardaigh Traolach a shúile féin agus nuair a bhreathnaigh siad ar a chéile d'fhág siad an bord. Bhain Traolach de an bríste agus bhí sé chomh righin le maide. Lig Samantha uaithi an tuáille, chuir sí a lámha thart ar a mhuinéal agus chas sí a cosa ina timpeall, é ag dul mar bhior ina beo.

Ba dheacair cuimhneamh anois air gan cuid den phléisiúr sin teacht ar ais. Níorbh in grá, ar ndóigh, ach paisean agus pléisiúr, cé gur cheap siad gur fíorghrá a bhí ann ag an am. Shíl sise go mbeadh sí ag súil gan achar ar bith mar nach raibh trácht ar choiscín acu ná ar ghin a sheachaint. Níor theastaigh ó Thraolach ach go bpósfaidís chomh luath agus a d'fhéadfaidís, agus dá mba rud é go mbeadh gasúir acu, bheadh fáilte rompu. Le beirt dá gcairde ag seasamh leo agus gan aon duine eile i láthair ach sagart óg Éireannach, phós siad i séipéal mór Cricklewood, gar don áit a raibh lóistín Thraolach. Bhain siad croitheadh as a muintir nuair a dúirt siad leo go raibh siad pósta nuair a d'fhill siad abhaile agus iad ar mhí na meala ar ais in Éirinn.

Nuair nach raibh aon chaint ar ghasúir sa gcéad bhliain, dúirt Traolach gur dhóigh gurbh é toil Dé é, agus gurbh fhearr dóibh gasúir a sheachaint go mbeidís ar ais sa mbaile agus gnó de chineál eicínt tosaithe acu. Chuaigh sise ar an bpill, cé go raibh a fhios aici anois nach raibh gá lena leithéid mar gheall ar ghortú a bhain di nuair a thit sí anuas de chrann agus í ina gasúr. Ní bhfuair sí amach é sin go dtí go raibh sé ródheireanach.

Shíl Samantha gurbh in é an fáth gur chaill Traolach

suim inti ó thaobh cúrsaí gnéis de réir mar a chuaigh na blianta ar aghaidh. Bhíodh corroíche thar cionn ar fad acu ach ní tharlódh tada eile go ceann míosa. Bhí sé tuirseach, a deireadh sé. Bhí an gnó ag cur imní air. Theastaigh codladh na hoíche uaidh, agus nuair nár theastaigh, ba é a mhalairt ar fad a bhí i gceist. Bheadh sé ag iarraidh fanacht ag breathnú ar chluiche nó ar scannán. Rud ar bith ach dul chun na leapa léi.

Shíl Samantha gur cara léi a bhí in Edwina i dtús báire. Bhaineadh sí taitneamh as a comhluadar nuair a bhíodh sos ag an mbeirt acu san oifig le haghaidh lóin nó le cupán tae nó caife a ól. Ní tharlaíodh sé sin rómhinic mar go mbíodh duine amháin acu i mbun dhualgais an tí nuair a bhíodh scíth á ligean ag an duine eile. Sin í an uair a raibh Traolach ina bhainisteoir ar Suaimhneas, agus thug sé sin am dó féin agus Edwina a bheith le chéile nuair a bhíodh Samantha ina codladh sa mbaile.

Bhíodh leithscéal ag Traolach go minic leis an oíche a chaitheamh sa teach altranais: bhí an duine seo nó an duine siúd míshuaimhneach agus chaithfeadh sé súil a choinneáil nach rachaidís ó sheomra go seomra, mar a rinne Eibhlín an oíche roimhe sin. Tharlaíodh a leithéid ó am go ham, ar ndóigh, ach shíl Samantha nárbh iad na hothair a bhí míshuaimhneach an uair sin ach an dream a bhí ceaptha a bheith os a gcionn.

Smaoinigh Samantha ar an sórt comhrá éadrom a bhíodh idir í féin agus Edwina. Bhí iontas uirthi nach raibh fear óg dá haois féin aici agus shíl sí go mb'fhéidir gur leispiach a bhí inti. Thug sí le fios go hindíreach le leidí nach ndéanfadh sé sin aon difríocht di ná do stádas Edwina i Suaimhneas. Bhí a cluiche féin á imirt ag Edwina: ag tabhairt le fios nár thuig sí céard a bhí i gceist ag Samantha. Leis an am a chaitheamh, d'iarr sí uirthi lá amháin céard a cheap sí faoina fear féin, Traolach. "Is duine deas é," a d'fhreagair Edwina, "ach ní hé an saghas duine a bheadh mealltach domsa é." Bhí Samantha cinnte ina dhiaidh sin gurbh fhearr le hEdwina mná ná fir. Fuair sí amach, ar ndóigh, sách luath, ach fuair go leor daoine san áit amach roimpi. Eibhlín Uí Ruairc a d'oscail doras an stór agus a chonaic an bheirt *in flagrante* mar a déarfaí in úrscéalta Mills and Boon. Dhún sí an doras agus chuir sí an bolta air. Chuaigh sí ar ais go dtí an seomra suí agus níor dhúirt sí aon rud faoi. Chiceáil Traolach amach an doras. Ní raibh sé éasca leithscéal a fháil ar cén fáth a raibh sé istigh ansin le hEdwina ach fuair sé ceann. Bhí fiús leictreach imithe agus theastaigh duine uaidh leis an tóirse a choinneáil nuair a bhí sé á athrú.

Níor dhúirt Eibhlín rud ar bith ach bhíodh sí ag síneadh a méire ar Edwina agus Traolach uair ar bith a d'fheiceadh sí iad. Dúirt siadsan go raibh seafóid uirthi, ach chuir sí amhras ar Samantha i dtaobh a fir agus Edwina. Níor thóg sé mórán an scéal a fháil óna fear. Is cosúil gur cheap sé go raibh a fhios aici níos mó ná mar a bhí, mar nuair a dúirt sí leis go raibh a fhios aici faoi féin agus Edwina d'fhreagair sé, "Tá rud le plé ag an mbeirt againne."

Dúirt sé, ar ndóigh, go raibh aiféala air, ach ní toisc go raibh sé mídhílis, ach mar nár inis sé di roimhe sin é. Ba é an rud ba mhó a bhí le rá aige ná go raibh sé i ngrá le hEdwina agus gur theastaigh uaidh a bheith in éineacht léi. Bhí áthas air, a dúirt sé, sea áthas, nach raibh gá a ngrá a cheilt a thuilleadh, go bhféadfaidís a bheith oscailte faoi. Is minic a chuala Samantha faoi bhriseadh croí, ach ní briseadh a bhí anseo ach pléascadh. B'fhéidir go dtiocfadh leigheas ar bhriseadh croí, ach bhí a fhios aici nach raibh leigheas ar ar tharla dise. Dúirt daoine léi nach raibh ann ach *fling*, go mbeadh Traolach ar a ghlúine á hiarraidh ar ais gan mhoill, ach bhí a fhios aici go raibh sé thart go deo. In ainneoin a grá dó ní rachadh sí ar ais chuige ar ór ná ar airgead. Bhí an dochar déanta, an ceangal briste.

Ba é an rud ba mhó a chuir iontas ar Samantha ná gur éirigh leo a bheith sách sibhialta, in ainneoin a gcuid mothúchán, le Suaimhneas a choinneáil ag imeacht. Bhí sé sin níos éasca ná an áit a dhíol agus post a fháil in áiteacha eile. Bhí ar Thraolach a phost bainisteora a fhágáil. Ní raibh sise sásta go bhfanfadh sé, cé go raibh tionchar aige i gcónaí mar úinéir, mar a thug sé air féin. Leathúinéir a bhí ann i ndáiríre, mar ba léise leath na háite. Bhí sé ar intinn aici an sciar sin a choinneáil fiú dá mbeadh sí le triail a bhaint as Dubai, mar a bhí sí ag smaoineamh ó chuala sí go raibh Edwina ag iompar.

XIX

Chuir Stiofán Ó hAnluain méaracha ina chluasa gach uair a tháinig caint ón *tannoy*. Bhí a dhóthain cloiste aige, an seanscéal céanna arís is arís eile gach fiche nóiméad nó mar sin. Bhíodar fíorlách, dá bhféadfá iad a chreidiúint. Níor bhaol dó, dar leo. Ní raibh le déanamh ach teacht anuas ón mballa agus bheadh chuile shórt ceart. "An gceapann sibh gur amadán ceart cruthaithe mé?" a d'fhiafraigh sé os ard.

Chuir a gcuid cainte i gcuimhne dó na focail "Má thagann tú anuas ón gcrois, creidfidh muid ionat", a dúradh le hÍosa Críost lá a chéasta. Ba mhó an seans go gcreidfí, nó go ligfí é féin saor tar éis a raibh d'am na bpóilíní agus chuile dhuine á chur amú aige. Chuimhnigh Stiofán ar Vincent Van Gogh agus ar na pictiúir dá aghaidh a bhí feicthe ar an mballa aige. Críost eile, ar sé leis féin, fear a raibh air fulaingt é féin. Níor thrua ar bith eisean i gcomparáid leis.

Smaoinigh Stiofán gurbh é an t-aon uair ina shaol a raibh air féin fulaingt i gceart ná an uair a fuair a bhean bás. Chonaic sé as sin ansin í ar leaba a báis. Theastaigh uaidh láithreach bás a fháil é féin le go bhféadfadh sé an fhís sin a choinneáil ina shamhlaíocht go deo. Rófhada a bhí sí imithe uaidh, imithe ar shlí na fírinne mar a thugtaí air ach, níos tábhachtaí dósan, imithe glan as a mheabhair. Ní raibh ar a chumas le fada í a tharraingt ar ais os comhair shúile a chuimhne. Bhí a fhios aige nach mbeadh sí ann i bhfad, go mbeadh sí imithe ar ball mar a imíonn an bogha ceatha i ndiaidh na báistí.

Ní raibh Stiofán in ann cuimhneamh ar a hainm ach bhí sí chomh hálainn agus a bhí an chéad uair a chonaic sé í. Ach bí sí ag breathnú craite, imithe as, an fheoil tite isteach ar dhá thaobh a héadain, gan fanta ach na cnámha agus an craiceann, ach mar sin féin bhí sí níos deise ag breathnú dá bharr. Ní raibh sí in ann corraí sa leaba na laethanta deireanacha sin. Bhí ar na banaltraí agus ar mhuintir an tí í a iompú agus a réiteach, ach bhí a hintinn agus a caint chomh glan soiléir is a bhí riamh. Shleamhnaigh an t-anam aisti ansin go díreach mar a bhí sí ag imeacht óna intinn anois. Chrom Stiofán a chloigeann agus chuimil a lámha dá shúile.

Ar cheart dó í a leanacht, a bhí Stiofán ag fiafraí de féin. Ní bheadh le déanamh ach léim a chaitheamh go dtí a bhás thíos in íochtar. Ach an mbeadh sé chomh simplí sin? Céard faoi dá ndéanfadh sé iarracht í a leanacht agus nach mbeadh ar a chumas teacht chomh fada léi go deo na ndeor?

Thograigh Stiofán éirí ina sheasamh, ach ní raibh sé furasta é a dhéanamh gan titim siar ar a chúl, síos go dtí an t-urlár crua in íochtar. Ní raibh a fhios aige fós arbh in a theastaigh uaidh a dhéanamh, ach b'fhéidir nach mbeadh an deis sin aige mura mbeadh sé ina sheasamh. Tharraing sé cos amháin aníos agus shín amach ar bharr an bhalla í. Lig sé a mheáchan ar a lámh chlé agus rinne iarracht é féin a tharraingt suas ar a chosa. Chinn air. Lig sé scíth. Chuaigh sé ar ais go dtí an chaoi a raibh sé roimhe sin, é ina shuí go díreach, a chloigeann cromtha.

Chuir an méid a rinne Stiofán an áit trína chéile. D'éirigh cuid de na daoine a bhí ina suí timpeall ar feadh an tráthnóna ina seasamh, cosúlacht ar dhuine nó beirt go raibh siad réidh le rith isteach le breith air, ach faitíos orthu ag an am céanna gurbh é a mhalairt a tharlódh agus go mbeadh sé tite rompu. Thíos in íochtar bhí borradh faoi na gardaí slándála san oifig. Is ar éigean a bhí Tomás in ann an scáileán san oifig a fheiceáil, bhí an oiread ina thimpeall. Ba léir go raibh chuile dhuine ar aire tar éis an chúpla nóiméad sin.

Thug Stiofán comhartha don dream timpeall air ar an urlár uachtair, a sheas suas nuair a chonaic siad é ag corraí, dul ar ais ina suí arís. Nuair nach ndearna cuid acu é sin láithreach, d'ardaigh sé a chos chlé ar nós go raibh sé le hiarracht eile a dhéanamh éirí ina sheasamh. Nuair a shuigh siad síos chuaigh sé ar ais go dtí an chaoi a raibh sé roimhe sin. Ní raibh a fhios aige an raibh sé réidh nó nach raibh iarracht a dhéanamh a bhean a leanacht go dtí an saol eile. B'in a theastaigh uaidh ach cén chaoi a mbeadh sé in ann í a aimsiú sa saol thall?

De réir mar a bhí an t-am ag imeacht gan iarracht a dhéanamh dul ina diaidh is amhlaidh a cheap sé go mbeadh sé deacair coinneáil suas léi. Chaithfeadh sé fanacht go dtiocfadh sí thart arís luath nó mall. Aisteach an rud é, níor smaoinigh sé ar an gcuid sin den bhás riamh cheana. Ghlac sé leis, ar fhocail na sagart agus dream a bhíodh ag caint ag sochraidí, go gcasfadh daoine muinteartha ar a chéile ar an taobh eile gan trioblóid ar bith. Ba bheag a bhí ar eolas acu faoi. De réir mar a bhí sé féin in ann é a oibriú amach, bheadh ar dhuine dul ag cuardach. B'fhéidir go mbeadh sé chomh deacair aige mian a chroí a fháil sa saol sin agus a bhí sé í a fháil ar talamh, cé gurbh í an bhean chéanna í.

Dá mbeadh a hainm ar eolas, bheadh seans aige. Bheadh sé in ann tuairisc a chur. Ní amháin nach raibh sé in ann í a ainmniú anois, ach bhí a híomhá ag sleamhnú uaidh. Bhí an pictiúr a bhí aige ina intinn ar ball agus í go hálainn ag breathnú ar leaba a báis ag leá. Is gearr go mbeadh sí imithe, mar a d'imigh sí cheana. Bhí a sochraid ann an uair sin mar chineál sóláis. Ní bheadh tada aige an uair seo ach caitheamh ina diaidh. Ba mhaith an leagan cainte í sin, "caitheamh ina diaidh". Tuige nach ndearna sé é sin, é féin a chaitheamh ina diaidh, síos in íochtar go dtí go mbuailfeadh sé talamh, go scaoilfeadh sé a anam uaidh. Ach céard faoi dá mbeadh an t-anam bocht sin ar seachrán ar feadh na síoraíochta mar nár thapaigh sé a dheis nuair a bhí a anamchara ag druidim thairis?

Is aisteach an mac é an saol, a dúirt Stiofán leis féin, agus is aisteach an iníon í chomh maith. Ní raibh ciall ná réasún leis, cé go raibh sé ceaptha imeacht de réir loighice an chuid is mó den am. Bheadh air fanacht le tuilleadh machnaimh a dhéanamh sula ndéanfadh sé gníomh ar bith. Bhí sé ina bheatha fós fiú mura raibh sé ar a chiall agus is iomaí casadh a d'fhéadfadh a bheith ar an mbóthar roimhe.

Is minic a chuimhnigh Stiofán le blianta beaga anuas ar an soicind sin inar thograigh daoine dul ar aghaidh le lámh a chur ina mbás féin. Bheidís ag smaoineamh air agus i mbun pleanála ar feadh i bhfad, b'fhéidir. Thiocfadh nóiméad na cinniúna ansin. Dhéanfaí cinneadh dul ar aghaidh leis nó fanacht beo. Ní raibh aon mhaith san aiféala ina dhiaidh dá mbeadh duine crochta nó báite nó maraithe le drugaí. Bhí tábhacht faoi leith ag baint leis an soicind sin, agus ba mhinic gurbh é an rud ba lú a chuirfeadh athrú intinne ar dhuine.

Bhí daoine eile ann, ar ndóigh, nach ndearna mórán machnamh ar bith air. Bheidís ag siúl le taobh na habhann nó ina seasamh ar bhalcóin foirgnimh agus thógfaidís ina n-intinn deireadh a chur lena saol. Bhí sé ar cheann d'fhadhbanna móra na linne de réir na nuachtán, ach shíl sé gur beag duine nár smaoinigh air ag am eicínt beagnach chuile lá. Dá mbeadh rud ar bith réasúnta maith ina saol chuirfidís ar an méar fhada é. Dá mbeadh chuile rud ag dul ina gcoinne is é a mhalairt scéil a bheadh ann.

Bhí an tríú sórt duine ann: daoine ar nós é féin, a smaoinigh ar bhás mar sin gach lá ach nach raibh sé de mhisneach acu tabhairt faoin ngníomh. É sin nó bhí rud eicínt eile ag teacht idir iad agus an bás: creideamh, eagla Dé, nó an smaoineamh go gcaillfidís rud éigin fiúntach. Bheadh an *lotto* in ann dóibh an tseachtain sin, b'fhéidir, ach bheidís imithe as an saol sula dtiocfadh na huimhreacha rathúla amach as an druma mór. Fad is a bhí dóchas de chineál eicínt, súil ar rud eicínt ann, bheadh fonn orthu bás den tsórt sin a sheachaint.

Is minic a cheannaigh Stiofán ticéid *lotto* le blianta beaga anuas agus ní bhreathnaíodh sé arís orthu. Chuireadh sé sa mbosca brúscair iad nó scaipeadh sé le taobh na sráide iad, ag súil go bhfaigheadh duine gan dídean ceann acu agus go mbeadh sé nó sí ina mhilliúnaí roimh dheireadh na hoíche. Bheadh an lucht *lotto* ag fógairt gur ceannaíodh an ticéad buacach ina leithéid seo nó a leithéid siúd de shiopa ach nár tháinig aoinneach á iarraidh. Bheadh sé féin ag magadh faoi na hamadáin ansin.

Meabhraíodh scéal dó a bhíodh á reic i measc na ndaoine sa mbaile faoi sheanfhear a cheannaigh ticéad fillte ó Mhaigh Nulla go Caisleán an Bharraigh. Shiúil sé abhaile agus bhíodh sé ag maíomh gur chuir sé an dallamullóg ar CIE. Cé a bhí ina amadán sa gcás sin ach an oiread leis féin agus an *lotto*? Cén dochar? Bhain sé taitneamh as, agus b'fhéidir nach mbainfeadh sé taitneamh ná tairbhe ar bith as an airgead dá mba rud é go mbeadh an bua aige.

Bhraith Stiofán go raibh an lucht féachana socraithe síos faoi seo tar éis an ruaille buaille a tharla nuair a chroch sé a chosa. Thograigh sé croitheadh eile a bhaint astu. Chuir sé cos thar bharr an bhalla an uair seo. Shocraigh sé a thóin ar bharr an bhalla ar bhealach nach dtitfeadh sé nuair a tharraingeodh sé an chos eile ina diaidh. Rinne sé é sin agus taobh istigh de chúpla soicind bhí a dhroim iompaithe aige ar an dream a bhí ina thimpeall ar feadh an tráthnóna.

XX

Baineadh geit as Tomás Ó hAnluain chuile uair a chorraigh a athair ar bharr an bhalla. Bhí a shúile greamaithe den scáileán slándála. Níorbh é nach raibh spéis ag na gardaí slándála a bhí ag breathnú air in éineacht leis, ach shíl sé go raibh siad ar nós cuma liom faoi céard a dhéanfadh Stiofán. Bhíodar foighdeach. Rófhoighdeach. Ghlac sé leis sin fad is a bhí a athair ina shuí gan chorraí, ach anois gur chorraigh sé cúpla uair bhí iontas air nach raibh fuadar fúthu ag iarraidh é a shábháil.

"Meas tú ar cheart dom dul suas agus iarracht a dhéanamh labhairt leis?" a d'fhiafraigh sé den cheannaire.

"Fuair tú an seans sin agus níor ghlac tú leis," ar seisean. "Tá sé ródheireanach anois."

"Shíl mé nárbh í sin an t-am ceart," a dúirt Tomás. "Caithfear rud eicínt a dhéanamh anois ó tharla nach bhfuil sé ina shuí go stuama."

"Tá muid ag obair ar phlean eile faoi láthair," a d'fhreagair an fear i gceannas.

"Feictear domsa nach bhfuil plean ar bith agaibh," arsa Tomás go feargach. "Is é m'athair atá thuas ansin."

"Ní muid a chuir ann é," an freagra a thug an ceannaire go ciúin. "Níor iarr muid air teacht anseo, agus bheadh muide, agus bheadh an tír seo, i bhfad níos fearr as dá uireasa."

Bhain an chaint sin preab as Tomás. Ghabh sé a

leithscéal, ach d'iarr sé cead glaoch gutháin a chur ar a dheirfiúr. Bhí an ceannaire sásta leis sin, ar an gcoinníoll nach mbeadh ceachtar acu i dteagmháil leis na meáin chumarsáide in Éirinn ná san Ísiltír.

Thug Tomás le fios dó i mBéarla nach raibh sé ina amadán chomh mór sin; nár theastaigh uaidhsean ná óna mhuintir go mbeadh an scéal seo i mbéal an phobail.

"Cén chaoi a bhfuil sé?" a d'iarr Sara chomh luath is a chuala sí a ghuth. "Tá rud eicínt tarlaithe. Léim sé?"

"Tá sé ina shuí san áit chéanna ach tá sé iompaithe thart. Tá sé míshuaimhneach le tamall. Shíl mé gur cheart go mbeadh a fhios agat, ar fhaitíos tada."

"Go raibh maith agat as glaoch," ar sise. "Faraor nach bhfuil mé in ann aon rud a dhéanamh ach guí."

"Déan seo," ar seisean. "Éist go cúramach, agus déan ar an bpointe é. Níl a fhios agam an bhfuil siad ag éisteacht leis seo nó an dtuigeann siad Gaeilge. Glaoigh ar an Roinn Gnothaí Eachtracha agus labhair leis an té a chuir an scéala chugat tráthnóna. Abair leo go bhfuil mise anseo agus nach bhfuil mé sásta leis an gcaoi a bhfuil na húdaráis ag déileáil leis."

"Céard atá mícheart?" a d'iarr Sara.

"Déan an rud a d'iarr mé láithreach," arsa Tomás. "Inseoidh mé duit nuair a ghlaofas tú ar ais."

"Ach má chuireann siad ceist orm, céard a déarfas mé?" an cheist a chuir Sara.

"Bhí gach rud ceart go leor fad is nár chorraigh sé. Tá siad ar nós cuma liom anois faoi céard a dhéanfas sé. Bheidís chomh sásta céanna é a bheith caillte."

Thug Tomás an ceannaire faoi deara agus é ag breathnú go géar air nuair a leag sé uaidh an fón. Bhreathnaigh sé ar ais ar an gcaoi chéanna. Ba é a athair a bhí i gceist anseo, pé ar bith fáth ar tháinig sé ann agus bhí dualgas ar phóilíní agus gardaí slándála ar fud an domhain aire a thabhairt do dhaoine agus a mbeatha a thabhairt slán dá mb'fhéidir. Shíl sé gurbh in é an chéad uair ina shaol inar labhair sé amach thar ceann a athar. Rinne sé iontas an mbeadh Stiofán bródúil as sin dá mbeadh a fhios aige é. "Ar a laghad rinne mé uair amháin le mo bheo é," ar sé leis féin.

Ghlaoigh Sara ar ais taobh istigh de chúpla nóiméad. Shín an ceannaire an fón go drogallach chuig Tomás, ach níor dhúirt sé rud ar bith. Bhí gardaí slándála ag freagairt fónanna eile agus ag teacht is ag imeacht an t-am ar fad, ag plé imeachtaí an lae agus impleachtaí gach a d'fhéadfadh tarlú eatarthu féin.

"Tá sé sin déanta agam," arsa Sara, nuair a ghlaoigh sí ar ais, "ach níl a fhios agam an ndéanfaidh sé aon mhaith."

"Tuige a bhfuil tú á rá sin?" a d'iarr Tomás.

"Shíl an fear a d'fhreagair an fón go raibh an ghéarchéim, mar a thug sé air, thart fadó anocht."

"Níor labhair tú leis an té a ghlaoigh ort cheana?" a d'iarr Tomás.

"Tá sé siúd ag plé le rud eicínt a bhaineann le Comhairle na nAirí, agus tá sé ar an mbealach go dtí an Bhruiséil faoi láthair," ar sise.

"B'fhéidir gur ar an mbealach anseo atá sé," arsa Tomás, "mar níl an Bhruiséil i bhfad as seo."

"Ní dóigh liom é. Níl aon chosúlacht ar an scéal go bhfuil muide go hard ar aon liosta," a dúirt Sara, "ach cuirfidh sé tuairisc. Déanta na fírinne, déarfainn nach bhfuil uathu ach deireadh an scéil ar bhealach amháin nó ar bhealach eile."

"Is cuma leo sin beo nó marbh dó ach go mbeadh deireadh leis an trioblóid."

"Ar chorraigh sé ó shin?"

"Níor chorraigh, ach go bhfuil sé iompaithe i dtreo an fholúis mhóir leis an titim mhór amach ar a aghaidh."

"B'fhéidir go bhfuil sé ag smaoineamh ar thitim, nó ar léim a chaitheamh."

"Tá sé ag breathnú amach go díreach uaidh," arsa Tomás. "Níl a chloigeann cromtha mar a bhí nuair a bhí sé iompaithe an bealach eile. Tá cosúlacht air go bhfuil faitíos air breathnú síos, ar eagla go dtitfeadh sé."

"Níl a fhios agam an bhfuil aon mhaith leis in áit ard," arsa Sara. "Ní cuimhneach liom é a fheiceáil ar dhréimire riamh sa mbaile nuair a bhíomar ag éirí aníos."

"D'fhaigheadh sé péintéirí leis an taobh amuigh den teach a phéinteáil," arsa Tomás, "ach is í Maim a dhéanadh an taobh istigh, go dtí go raibh muide sách mór le cuidiú léi."

"Déarfainn gur leisce ba chúis leis sin," a dúirt Sara, "seachas faitíos an dréimire a dhreapadh."

"Ní raibh aon fhaitíos air nuair a bhíodh muid ag siúl sna cnoic thíos i gCill Mhantáin," arsa Tomás, "cé go mbíodh faitíos ormsa é a leanacht uaireanta."

"Bhíodh éad orm nuair a théadh sibh ar na turais sin," a chuimhnigh Sara, os ard.

"Tuige nár iarr tú teacht linn?"

"Cailín a bhí ionam agus níorbh in an saghas ruda a rinne cailíní, dar leis. Agus, ar ndóigh bhí ar dhuine eicínt fanacht sa mbaile in éineacht le Maim."

"Bhíodh sí sásta go maith léi féin," a dúirt Tomás.

"Bhíodh, ach is mar sin a bhreathnaigh Deaid ar an saol, buachaill le buachaill, cailín le cailín."

"Má tá na húdaráis ag éisteacht leis seo," arsa Tomás, "ceapfaidh siad gur ag caint i gcód eicínt atá muid. Ní chreidfeadh duine ar bith gur ag caint ar dhul ag siúlóid sna cnoic atá muid agus muid i gcruachás den tsórt seo."

"Ceapaidís a rogha rud," a d'fhreagair Sara. "Is iad na glaonna seo atá do mo choinneáil ar mo chiall. Is uafásach an rud é a bheith chomh fada ón láthair ina bhfuil d'athair i mbaol báis. Tá sé sách dona nach féidir linn tada a dhéanamh faoi, ach é a bheith thuas ansin leis féin . . . Ar a laghad ar bith tá tusa in ann é a fheiceáil."

"Táim in ann a rá leat nach cúnamh ar bith é sin," a dúirt Tomás go cinnte.

"Ar a laghad ar bith nuair a bhí Maim ag fáil bháis bhí duine in ann fanacht le taobh na leapa," arsa Sara.

"Bhí tusa," arsa Tomás. "Ab in atá tú a rá?"

"Ní hin a bhí i gceist agam a bheag ná a mhór," a dúirt a dheirfiúr. "Bhí dearmad déanta agam go raibh tú san Astráil ag an am."

"Níor dhúirt sibh liom go raibh sí chomh dona is a bhí."

"Dúradh leat go mion is go minic go raibh ailse uirthi," arsa Sara.

"Níor dhúirt sibh amach díreach go raibh sí i mbaol a báis."

"An bhfuil duine ar bith le hailse mar a bhí uirthi nach bhfuil i mbaol?" a d'iarr Sara.

"Maireann cuid de na daoine blianta," a d'fhreagair Tomás. "Bhí sibh ag súil go léifinn idir na línte, go dtuigfinn na leideanna gan aon rud a rá amach go díreach."

"Cé atá ag dul a rá leat ar an bhfón ón taobh eile den domhan go bhfuil do mháthair ag fáil bháis?" a d'iarr Sara.

"Bheadh sé i bhfad níos fearr é a rá ná a bheith ag rá go raibh dóchas agaibh. Bheadh sé i bhfad níos éasca agamsa glacadh leis dá mba rud é go raibh mé ansin in am."

"Cá bhfios dúinne gur ar thrá Bondi a bheifeá an lá sin? Agus gan uimhir ar bith fágtha le teagmháil a dhéanamh leat. Murach go raibh Deaid in ann oibriú trí na póilíní thall is abhus . . ."

"Cén bhaint atá aige seo ar fad lena bhfuil ar siúl anseo anocht?" a d'fhiafraigh Tomás.

"Bás ár dtuismitheoirí atá á bplé againn," arsa Sara. "Ar a laghad ar bith tá tú ansin. Buachaill le buachaill."

"Tá tú an-chinnte go bhfuil sé le bás a fháil," arsa Tomás.

"Nár dhúirt mé leat níos túisce gur mar sin a mhothaím ó fuair mé an scéal de chéaduair?" a d'iarr Sara.

"An mbíonn mothúcháin le trust i gcónaí?"

"Formhór an ama."

"Tá sé an-socair arís anois," a dúirt Tomás.

"Sin í an uair le súil a choinneáil air."

"Ar dhúirt mé leat gur thairg mé dul chun cainte leis ar ball?" a d'iarr Tomás.

"Tá dearmad déanta agam ar leath dá bhfuil ráite," ar sise. "An é nár thug siad cead duit?"

"Dúirt siad go bhfuil plean eile idir lámha acu i láthair na huaire, ach i ndáiríre ní fheicim go bhfuil plean ar bith acu seachas fanacht go dtí go ndéanfaidh sé rud eicínt. Ar an mbealach sin is ar Dheaid a bheas an milleán seachas orthu féin."

"Shíl mé i dtosach gurbh é a dhéanfaidís ná é a chaitheamh," a dúirt Sara. "Bíonn muinín rómhór ag cuid de na fórsaí sin as a gcuid gunnaí."

"Tá cáil ar mhuintir na tíre seo a bheith réchúiseach maidir le drugaí," arsa Tomás. "B'fhéidir go bhfuil siad mar a chéile nuair atá siad ag plé le rudaí mar seo."

"Shíl mise go mbeidís go mór ar a n-aire. Nár maraíodh polaiteoir mór le rá ansin roinnt blianta ó shin?"

"Chuile sheans go bhfuil siad ag cloí le nós imeachta agus gur muide atá mífhoighdeach."

"Is muide a mhac agus iníon," arsa Sara. "Níl na mothúcháin chéanna i gceist leo siúd."

"Meas tú an é an fáth gur roghnaigh sé an tír seo ná go raibh a fhios aige go bhfuil siad réchúiseach?" a d'iarr Tomás.

Bhí tuairim eile ag Sara. "B'fhéidir go bhfuil spéis faoi leith aige i Van Gogh, ach níor dhúirt sé tada linne faoi."

"An mbíonn aithne ag clann ar bith ar a n-athair agus máthair i ndáiríre?" a d'fhiafraigh Tomás. "Ceapann muid go bhfuil, ach baineann siad le dearcadh difriúil ar fad ar an saol."

"Chaitheamar leath dár saol nó níos mó ina gcuideachta," arsa Sara. "Mura bhfuil aithne againn orthu ina dhiaidh sin . . ."

"Tá a fhios againn go leor fúthu," ar seisean, "ach tógadh iad i saol atá difriúil ar fad ón saol seo, ó thaobh bochtanais, ó thaobh creidimh, ó thaobh dearcaidh ar an domhan mór."

Níor aontaigh a dheirfiúr leis. "An raibh siad chomh dall sin ar an saol mór? Cuimhnigh go raibh do sheanathair agus do sheanmháthair i Chicago sular phós siad. Bhí an saol sin feicthe acu sular fhill siad ar Éirinn."

Níor fhreagair Tomás láithreach agus d'iarr Sara an raibh sé ag éisteacht. D'fhreagair sé i gcogar, "Tá sé ag corraí arís. Is cosúil go bhfuil sé ag iarraidh éirí ina sheasamh. Tá cos amháin tarraingthe aníos aige, a sháil leagtha ar bharr an bhalla. Ó . . ."

Bhí Sara ar bís ar an taobh eile den líne. "Céard é sin?"

"Tá sé ar ais mar a bhí sé," arsa Tomás; "Déarfainn gur chinn air éirí. Níl a fhios agam céard a dhéanfas sé anois."

"Ba bhreá liom a bheith in ann mo dhá láimh a chur ina thimpeall," a dúirt Sara.

"Níl aon fhonn air titim, déarfainn," a dúirt a deartháir. "Bhí sé thar a bheith cúramach an uair sin."

"Nach maith an rud é sin?"

Ní bhfuair Sara mórán sóláis ó Thomás. "Tá an baol ann i gcónaí go dtitfidh sé, fiú mura bhfuil sé ag iarraidh. Tá na cosa lag, agus ag éirí níos laige, déarfainn."

"Is cosúil nach bhfuil sé ag iarraidh an deamhan balla sin a fhágáil mar sin féin," arsa Sara.

XXI

D'éirigh Edwina Stoc de léim sa leaba. Las sí an solas lena taobh. Baineadh geit as Traolach. Chonaic sé Edwina ag dul i dtreo dhoras an tseomra folctha. Chaith sí níos mó ama ansin ná mar is gnách nuair a théann duine go dtí an leithreas. Bhí tuairim mhaith ag Traolach céard a bhí i gceist leis an moill. Ní bheadh páiste acu an uair seo.

"Gabh i leith," ar sé, nuair a tháinig sí ar ais go dtí an leaba. Chuir sé a lámha ina timpeall agus dúirt, "Ná bíodh imní ort, Edwina. Beidh chuile shórt ceart."

"Gabh mo leithscéal," a dúirt sise. "Bhí mé cinnte de an uair seo. Ní raibh mé chomh deireanach riamh cheana."

"Tá tú óg," arsa Traolach. "Tá tú láidir. Beidh neart ama againn le haghaidh páistí a bheith againn."

"Ní tharlóidh sé go deo," ar sise le díomá. "Tá na blianta ag imeacht go sciobtha agus beidh mé róshean ar ball."

"Tuige a bhfuil tú á rá sin?" a d'fhiafraigh Traolach. "Drochmhisneach atá anois ort, ach an chéad uair eile, b'fhéidir."

"Níor tharla sé le Samantha ach an oiread. Nach raibh sibhse pósta le fada agus ní raibh gasúir agaibh."

"An bhfuil tú ag rá gur ormsa atá an locht?" a d'fhiafraigh Traolach, iontas le tabhairt faoi deara ina ghuth.

"Luíonn sé le réasún," ar sise.

"Ach bhí gasúir á seachaint againne, agam féin agus ag Samantha, ag an tús. Bhí sise ar an b*pill* nó bhí coiscíní agamsa nuair nach raibh an *pill* ag réiteach léi."

"B'fhéidir nach raibh gá le ceachtar acu," arsa Edwina, "agus nach bhfuil tú in ann gasúir a bheith agat."

Chosain Traolach é féin. "Ar Samantha a bhí an locht ar fad. Níl cruthúnas ar bith ann go bhfuil mise ciontach. Táim chomh haclaí le fear ar bith de m'aois."

"Níl aon duine ag caint ar chiontacht," a dúirt Edwina leis. "Is iomaí fear nach bhfuil in ann gasúir a chur ar an saol ar chúis amháin nó ar chúis eile. Ní cúis náire ar bith é."

"Níl mise mar sin."

"Cá bhfios duit?"

"Tá a fhios agam é."

"An bhfuil tú ag rá go bhfuil gasúir agat cheana féin?" a d'fhiafraigh sí, ag breathnú go géar air.

"Níl, ach déarfainn go bhfuil mé chomh maith le fear ar bith ag na cúrsaí sin," ar seisean. "Níor airigh mé thú ag casaoid go dtí seo ar chaoi ar bith."

"Níl baint ar bith le do chumas sa leaba leis an scéal," ar sise. "Is rud eile ar fad a bhíonn i gceist, maidir leis na síolta, mar shampla. Bíonn siad mall, nó ní bhíonn a ndóthain díobh ann . . ."

"Tá dóthain díobh ann leis an tSín a líonadh le daoine faoi dhó," arsa Traolach. "Nach mbíonn na milliúin ann chuile uair?"

"Ní mar sin a oibríonn sé," arsa Edwina. "D'fhéadfaidís a bheith ann ach a bheith mall nó lochtach ar bhealach eicínt. Ba cheart duit dul le haghaidh scrúdaithe."

"Níl mise ag dul i gcomhair scrúdaithe," a d'fhreagair Traolach, ar nós go raibh fearg ag teacht air, "mar níl aon rud mícheart liom. Téirigh thú féin le haghaidh scrúdú a bheith agat, más maith leat."

"Níl aoinneach ag caint ar cheart nó ar mhícheart," an freagra a thug Edwina. "Ach má tá tú ag iarraidh gasúir a bheith agat, caithfidh tú rud eicínt a dhéanamh."

Tharraing Traolach a philiúr suas le taobh a éadain ar nós nár theastaigh uaidh breathnú ar Edwina. "Tá mo dhóthain de chúraimí an tsaoil orm don lá inniu mar gheall ar an mbollix sin a d'imigh as Suaimhneas ar maidin. Is féidir linn breathnú ar na cúrsaí eile sin arís má chinneann orainn idir an dá linn páiste a bheith againn."

D'iompaigh Edwina uaidh agus dúirt, "Níor cheart do dhaoine páistí a bheith acu go dtí go mbíonn siad pósta."

D'éirigh Traolach ina shuí lena taobh. "Níor airigh mé thú ag caint mar sin go dtí go bhfuair tú amach nach bhfuil tú ag súil. Bhí cosúlacht ort go raibh tú breá sásta leis an saol mar atá sé go dtí ar ball."

"B'fhéidir go bhfuil mé santach," a d'fhreagair Edwina. "Ach ar mhaithe le pé páiste a bheas againn, ba cheart dúinn fanacht go dtí go mbeidh muid pósta."

"Tá tú ag iarraidh páiste nóiméad amháin," arsa Traolach. "Anois tá tú á chur ar an méar fhada."

"Ar mhaithe leis an bpáiste atá me," arsa Edwina. "Ach b'fhéidir nach dteastaíonn uait mé a phósadh."

"Tá a fhios agat go maith nach féidir liomsa colscaradh a fháil go ceann ceithre bliana eile," arsa Traolach. "Beidh orm féin agus Samantha a bheith scartha ar feadh cúig bliana. Sin dlí na tíre agus ní féidir linn aon rud a dhéanamh faoi."

"Tá mise óg fós, mar a deir tú ar ball. Céard é ceithre bliana?" a d'iarr sí, searbhas ina guth.

"Beidh mise i ngar don leathchéad i gceann ceithre bliana," a dúirt Traolach. "Beidh mé róshean le bheith ag caint ar chlann a thosú. Nach é an príomhrud é go bhfuil sé ar intinn againn pósadh?"

"B'fhéidir nach ndéanfaidh sé aon difríocht mura bhfuil tú in ann gasúir a bheith agat," arsa Edwina.

"B'fhéidir nach ndéanfaidh sé aon dochar má bhreathnaíonn tusa isteach ann ó do thaobh féin de," ar seisean.

"Déanfaidh mise é má dhéanann tusa é," a d'fhreagair Edwina. "Má shásaíonn sé sin thú."

"Fág faoin nádúr a bhealach féin a fháil," arsa Traolach.

"Agus bainfidh muid taitneamh as ár gcuid iarrachtaí."

"Níl ag éirí leis an nádúr go dtí seo."

"Níl muid le chéile bliain fós."

"Níl mar atá muid faoi láthair," a dúirt Edwina, "ach bhíomar le chéile gach uair arbh fhéidir linn le bliain nó níos mó roimhe sin chomh maith, agus níor tharla tada."

"Ach níor theastaigh gasúir uainn an t-am sin."

"Níor chuir mise ina gcoinne."

"An bhfuil tú ag rá," a d'iarr Traolach, "nach ndearna tú iarracht ar bith gin a sheachaint i rith an ama sin?"

"Chuirfinn fáilte roimh ghasúr leatsa," ar sise. "Bhí . . . Táim i ngrá leat."

"Ach níor theastaigh uainn an uair sin go bhfaigheadh Samantha amach fúinn."

"Dá mbeinn ag iompar ní raibh mé chun a rá léise cérbh é an t-athair," a dúirt Edwina. "Cibé cérbh é an t-athair."

"Céard a chiallaíonn sé sin?" a d'fhiafraigh Traolach, "'Cibé cérbh é an t-athair.' An raibh tú le fir eile?"

"Tá a fhios agat nach raibh."

"Tuige ar dhúirt tú é sin, mar sin?"

"Ní raibh ann ach cur i gcás. Ní bhainfeadh sé le Samantha céard a dhéanfainn i mo shaol pearsanta. Dá mbeadh do pháistese nó aon pháiste eile ar iompar agam ní déarfainn cé leis é."

"Bhí sé ar intinn agat breith orm ón tús?"

"Cén chaoi breith ort?" arsa Edwina.

"Theastaigh uait mo phósadh a scrios, le mé a fháil duit féin," a d'fhreagair Traolach. "Sin é a theastaigh uait ón tús. Sin é an fáth nach ndearna tú aon iarracht gin a chosc."

"Tá an fear chomh freagrach sna cúrsaí sin is atá an bhean," a dúirt Edwina. "Tusa a dúirt liom ón tús nach raibh i do phósadh ach cur i gcéill, nó ní bheinn in éindí leat a bheag nó a mhór."

"Níor dhúirt mé a leithéid de rud," ar seisean. "Ní raibh sé i gceist agam an uair sin mo bhean a fhágáil."

"B'fhéidir nach raibh," arsa Edwina, "ach theastaigh uait do chuid a fháil in áit éigin eile."

"Níl aon neart agamsa air gur thit mé i ngrá leat," a dúirt Traolach. "Bhí tú óg, álainn, tarraingteach."

"Bhí mé," ar sise, "agus nílim níos mó." Ba léir gur airigh Edwina goilliúnach.

"Má tá aon athrú tagtha ort is athrú chun feabhais é," a d'fhreagair Traolach. "Níos deise atá tú in aghaidh an lae."

"Níl tú ach á rá sin agus tú ag fanacht go dtiocfaidh an chéad bhean óg álainn tarraingteach eile thart."

"Ní bhreathnóinn ar aon bhean eile," arsa Traolach.

"Is dóigh gur dhúirt tú an rud céanna go minic le Samantha, sular casadh orm thú."

"Phós Samantha is mé féin nuair a bhíomar ró-óg. Sin a rinne daoine ag an am. Tá daoine i bhfad níos ciallmhaire anois. Cónaíonn said le chéile sula bpósann siad."

"Níl ansin go minic ach leithscéal gan pósadh."

"Tá a fhios agatsa go bpósfainn amárach thú dá mbeadh an deis sin agam," a dúirt Traolach.

"Leithscéal eile."

"Ní mé a rinne an dlí. Nílim scartha ó Samantha ach le bliain. Caithfidh muid fanacht ceithre bliana eile."

"Níl tú scartha léi go fóill agus ní bheidh go deo."

"Cén leigheas atá agatsa ar an scéal?"

"D'fhéadfá neamhniú pósta a fháil ón eaglais. D'fhéadfadh muid pósadh i séipéal agus na rudaí dlíthiúla a shocrú leis an Stát i gceann ceithre bliana," a dúirt Edwina.

"Ní chreidim sa rud sin," a d'fhreagair Traolach go borb.

"Anois atá tú ag rá liom nach gcreideann tú i nDia?"

"Dá n-éistfeá liom bheadh a fhios agat nach in atáim a rá, ach ní bheadh sa rud sin ón eaglais ach admháil nach raibh mé pósta i gceart an chéad lá riamh. An gceapann tú go bhfuil Samantha sásta é sin a admháil agus a shaighneáil?"

"Sin é arís é," arsa Edwina. "Níl tú ag iarraidh nó níl tú ábalta scaradh le Samantha."

"Níl sé sin fíor, agus tá a fhios agat é."

"Céard atá mícheart le Las Vegas?" a d'iarr Edwina ansin.

"Déanann siad sin ceap magaidh den phósadh," a d'fhreagair Traolach, "le Elvis bréagach mar mhinistir. Bheadh sé chomh maith dúinn léim a chaitheamh thar bhuicéad, mar a dhéanfadh an lucht siúil fadó."

"Braitheann sé ar fad ar chomh mór is a chreideann daoine ina gcuid geallúintí," a dúirt Edwina go ciúin.

"Ab in atá uait?" a d'iarr Traolach, iontas air.

"Thabharfadh sé lá amach do chailín ina gúna," ar sise.

"Tá go maith," arsa Traolach. "Caithfidh mé bróga nua a fháil."

"Cén sórt bróga?" a d'iarr sise.

"*Blue suede*," ar seisean. "Ar nós Elvis."

XXII

Ní raibh a fhios ag Stiofán Ó hAnluain ar feadh tamaill céard a bhí athraithe i Músaem Van Gogh in Amstardam, áit a raibh sé fós ina shuí in áit chontúirteach ar bharr balla, titim mhór amach ar a aghaidh. Thuig sé ansin é. Bhí tost san áit. Ní raibh an chaint ar an *tannoy* ar siúl a thuilleadh. Is cosúil nár theastaigh uathu labhairt leis níos mó.

Bhí Stiofán idir dhá chomhairle, idir an dá chomhairle chéanna a bhí ina intinn ó chuaigh sé suas ar an mballa sin. Rogha idir bás is beatha a bhí os a chomhair, agus ba é an bás a bhí in uachtar faoi láthair. Bhí a fhios aige go bhféadfadh sé deireadh a chur leis an léigear am ar bith trí theacht anuas ón mballa. Ach céard a bheadh roimhe ansin? Póilíní, ceistiú, ceisteanna gan freagra mar nach raibh a fhios aige i ndáiríre cén fáth ar thograigh sé an rud a rinne sé an lá sin a dhéanamh.

D'fhéadfadh sé a dhéanamh mar a rinne na coirpigh a bhíodh á gceistiú acu i mBaile Átha Cliath nuair a bhí sé ina bhleachtaire: a bhéal a choinneáil dúnta. Bhíodh tuilleadh a choinníodh orthu ag caint gan aon rud a rá. Bhodhróidís thú le seafóid, agus ní bheadh a fhios agat ar deireadh céard a bhí fíor agus céard a bhí bréagach. Bhí Kilroy thar cionn aige sin. D'inseodh sé scéalta móra bréagacha leis an bhfírinne fite fuaite tríd, ach bheadh sé doiligh a dhéanamh amach cén chuid den scéal a bhí fíor.

B'aisteach an rud é, ach bhí meas aige ar Kilroy chomh maith leis an ngráin a bheith aige air. Ba namhaid cheart chruthaithe é, ach bhraith sé go raibh chaon duine acu ar aon leibhéal ó thaobh éirime agus meabhrach de, gan trácht ar ghliceas. Shíl sé féin uair amháin go bhféadfadh sé Kilroy a iompú ina bhrathadóir, rud a scriosfadh a bhuíon go huile agus go hiomlán. D'iarr sé cead ar an gCeannfort tabhairt faoi, ach ba é a d'fhreagair seisean, "Is mó an seans atá ag Kilroy tusa a iompú ná a mhalairt." Shíl sé i dtosach gur aisteach an rud é sin le rá, ach thuig sé ansin gurbh é a bhí á rá ag an gCeannfort ná go raibh Stiofán Ó hAnluain do-iompaithe.

Blianta ina dhiaidh sin tháinig an lá nuair a cuireadh cathú air. Thairg Kilroy a rogha rud dó ach cuidiú leis féin agus lena bhuíon. "Árasán sa Spáinn, teach saoire i gCiarraí, do ghasúir a íoc ag an ollscoil. Níl le déanamh agat ach é a rá," ar seisean leis. "Níl ach an t-aon amháin uaim ar an saol seo," a d'fhreagair Stiofán, "an tsláinte a thabhairt ar ais do mo bhean." Bhí sí ag fáil bháis leis an ailse ag an am.

Meabhraíodh an scéal dó faoi Ádhamh agus Éabha sa mBíobla agus an scéal faoin gcathú a cuireadh ar Íosa Críost: "Bí liom agus bíodh agat". Bhí a fhios ag Stiofán go raibh sé réidh lena anam a dhíol leis an diabhal ach nach raibh ar chumas Dé ná diabhal an rud a bhí uaidh a thabhairt dó: an tsláinte a thabhairt ar ais dá bhean. Thairg Kilroy í a chur go Lourdes, ach bhí sí rólag. Thairg sé í a sheoladh chuig na dochtúirí is fearr i Sráid Harley i Londain nó go dtí an Mayo Clinic sna Stáit Aontaithe, ach dhiúltaigh Stiofán. Dhiúltaigh sé, ní mar go raibh sé mícheart glacadh le hairgead drugaí, ach mar go raibh a bhean rólag, róthinn.

Bhraith Stiofán gur chaill sé a chloigeann ar níos mó ná bealach amháin nuair a chaill sé a bhean. B'fhéidir go raibh an tinneas intinne ag cur as dó roimhe sin, ach choinnigh sé nótaí le rudaí a mheabhrú dó féin. Ní raibh baint ar bith ag Kilroy le bean Stiofáin a chur den tsaol, ach thug sé faoi é a chiontú le teann díoltais ar nós go raibh. Bhí sé tógtha ina intinn aige gurbh é Kilroy an diabhal mar gheall ar an tairiscint a rinne sé. Cé nár ghlac Stiofán leis an tairiscint sin, bhraith sé go raibh a anam díolta, mar go nglacfadh sé leis dá ndéanfadh sé aon mhaith. Is minic a chuala sé caint ar choinsias glan ach shíl sé go raibh a mhalairt fíor i dtaobh a choinsiasa féin. Bhí sé salach, brocach, dubh, dorcha, ach bhí áthas air dá bharr sin mar gur thug sé cead dó a rogha rud a dhéanamh.

Ba é mian a chroí Kilroy a chiontú ar ais nó ar éigean. D'éirigh leis. Bhain sé úsáid as modhanna oibre an choirpigh ina choinne féin. Chiontaigh sé an fear bréagach le bréaga. Bhí daoine ag rá nuair a bhí an triail thart gur botún nádúrtha a bhí ann nuair a mhionnaigh sé gur aithin sé Kilroy, ach níorbh ea. Bréag a bhí ann. Bhí a fhios aige go raibh Kilroy róghlic le bheith ann, gurbh fhíor dó go raibh sé sa mbaile lena bhean agus a leannán, ach cé a chreidfeadh é? Cé a chreidfeadh focal coirpigh in aghaidh an bhleachtaire chróga a sheas roimhe sa mbearna bhaoil? Is le bréag a ciontaíodh an té a raibh a shaol bunaithe ar bhréaga, agus bhí Stiofán bródúil as an mbaint a bhí aige leis an diabhal a chur go hifreann Mhuinseo.

Bhraith Stiofán nach mbeadh aon aiféala air dá gcuirfeadh sé lámh ina bhás féin. Ní raibh aon choinsias fanta aige, agus ba é an t-aon rud a chuir bac air ná an phian a bhainfeadh leis. B'fhéidir nach mbeadh sé sin ródhona ach gan machnamh a dhéanamh air a thuilleadh. Leag sé a lámha síos ar bharr an bhalla. Lig sé dá thóin sciorradh chomh fada leis an imeall agus ansin scaoil sé é féin síos sa bpoll mór oscailte thíos roimhe.

Má cheap sé go raibh a bhás ina lámh féin, ní mar a shíl sé a bhí. Thit sé isteach in eangach mhór mhillteach láidir nár thug sé faoi deara mar go raibh an dath uaine céanna air is a bhí ar an urlár. Bhí sé socraithe ag na gardaí slándála in íochtar taobh istigh de chúpla uair an chloig tar éis dó an balla a dhreapadh de chéaduair.

XXIII

Bhí súile Thomáis Mhic Dhiarmada ar an scáileán slándála nuair a scaoil a athair é féin go réidh ó bharr an bhalla. Is minic a chuala sé caint roimhe sin faoi dhuine a raibh a chroí ina bhéal aige ach níor thuig sé i gceart é go dtí sin. An rud ba mheasa ar fad ná go raibh na póilíní agus gardaí slándála taobh istigh agus taobh amuigh den oifig ag bualadh a mbos agus ag liú gártha áthais. Rinne sé a bhealach go garbh thar chuid acu amach tríd an doras agus chonaic sé cúis a n-áthais.

Bhí a athair sínte ar eangach a bhí fós ag luascadh suas is anuas i ngeall ar an meáchan a bhuail é. Bhí sé beo beathach, ach go raibh cuma an iontais ina shúile. Bhí sé fós ar an saol a bhí sé ag iarraidh a fhágáil.

Bhí an áit ina chíor thuathail ar feadh tamaill, póilíní, saighdiúirí agus gardaí slándála ag rith anseo is ansiúd, daoine ag caint ar ghutháin, a thuilleadh ag fógairt rudaí ar a chéile in ard a ngutha. Chuaigh Tomás chomh gar dó is a d'fhéadfadh sé de bharr na rópaí agus eile a choinnigh an deis sábhála ar ar thit a athair os cionn na talún.

"Deaid!" a d'fhógair sé, "mise atá ann."

Bhreathnaigh Stiofán air ar nós nach bhfaca sé riamh cheana é, ach níor dhúirt sé rud ar bith.

"Mise atá ann. Tomás. Do mhac."

"Mo mhac, cac," ar seisean. "Níl aon mhac agamsa."

Bhreathnaigh sé sa treo eile ar fad.

Rug na póilíní agus na gardaí slándála ansin air agus chuir siad ina sheasamh é. D'imigh na cosa faoi, ach thug beirt láidir chomh fada le cathaoir é, lámha Stiofáin thar a nguaillí.

"Céard a dúirt sé leat?" a d'iarr an ceannaire ar Thomás.

Bhí náire airsean a rá nár aithin a athair féin é. "Déarfainn go bhfuil sé i *shock* i gcónaí," a d'fhreagair sé. "Níl a fhios aige céard atá ag tarlú, agus caithfidh sé go bhfuil ocras air."

"Caithfidh dochtúir scrúdú a dhéanamh air i dtosach," a dúirt an ceannaire. "Gheobhaidh sé rud le n-ithe sula gceisteofar é."

"An gá é a cheistiú?" a d'iarr Tomás. "Tá sé sean agus is léir nach bhfuil sé ina shláinte."

"Beidh orainn freagraí a thabhairt don dream atá os ar gcionn, chomh fada suas leis an Rialtas," a dúirt an ceannaire. "Tá cúrsaí slándála ar an leibhéal idirnáisiúnta i gceist anseo."

"An féidir liom a inseacht do mo dheirfiúr go bhfuil sé beo?" a d'fhiafraigh Tomás. Tugadh le fios le comhartha láimhe go bhféadfadh.

"Tá sé beo fós," an chéad rud a dúirt Tomás nuair a chuaigh a glaoch tríd. "Léim sé ach bhí eangach thíos faoi."

Baineadh geit as Sara. "Léim sé. Thriail sé lámh a chur ina bhás féin. Go bhfóire Dia orainn."

"Níl aon neart aige air," arsa Tomás. "Níl a fhios aige céard atá ar siúl aige. Ní aithníonn sé mise."

"An féidir liomsa labhairt leis?" a d'iarr Sara.

Labhair Tomás leis an gceannaire agus thug seisean an fón do Stiofán. "Haileo?" ar sé, go cúthalach.

"Haileo, Deaid. Cén chaoi a bhfuil tú? Sara anseo."

"Cén Sara?"

"D'iníon Sara, ar ndóigh."

"Uimhir mhícheart," a dúirt Stiofán agus thug sé an guthán ar ais don cheannaire, a shín chuig Tomás é.

"Nár dhúirt mé leat é," ar seisean le Sara. "Tá sé imithe glan as a mheabhair."

"Dá bhfeicfeadh sé mé, bheadh a fhios aige," ar sise.

"Chonaic sé mise agus ní dhearna sé aon mhaith," arsa Tomás.

"Céard atá muid ag dul a dhéanamh leis?" Chuir Sara an cheist ar nós nach raibh sí ag súil le freagra.

"Caithfidh an dream seo déileáil leis i dtosach," an freagra a thug Tomás. "Cá bhfios dúinn nach mbeidh siad ag iarraidh é a choinneáil agus é a chur ar a thriail anseo?"

"Nach bhfuil a fhios acu go maith nach bhfuil sé ar fónamh?"

"Braitheann sé sin ar na dochtúirí, ar ndóigh. B'fhéidir gur isteach in ospidéal síciatrach a bheas siad sin ag iarraidh é a chur."

"Ní féidir leo é sin a dhéanamh."

"Tuige nach féidir? Nach í a dtír féin í?"

"Ní fheicfidh muid ach corruair é."

"Níl a fhios agam céard a dhéanfas siad, ach caithfidh muid a bheith réidh lena aghaidh cibé céard é féin. Chuile sheans nach mbeidh uathu ach é a dhíbirt as an tír chomh luath in Éirinn agus is féidir leo."

"Beidh sé ina dhiabhal uilig má choinníonn siad ansin é," a dúirt Sara go himníoch.

"Ba cheart duit dul i dteagmháil leis an Roinn Gnóthaí Eachtracha arís," a mhol Tomás. "Má shánn siad sin a ladar isteach sa scéal, is mó an seans go scaoilfidh siad ar ais go hÉirinn é."

"An gceapann tú go gcaithfidh muid é a chur isteach in

ionad síciatrach?" a d'iarr Sara. "Níl mise sásta é a shaighneáil isteach in aon *mental*."

"Tóg go réidh é," a dúirt a deartháir. "Tá laethanta na *mentals* thart. Tá siad i bhfad níos sibhialta anois."

"Tá, má tá," arsa Sara. "Is lú airgead atá ag an Rialtas le caitheamh ar shláinte intinne anois ná riamh."

"Luíonn sé sin le réasún," arsa Tomás, "mar níl na beairicí móra sin d'ospidéil sin le téamh ná le cothabháil níos mó."

"Tá níos lú á gcaitheamh acu," a dúirt Sara, "mar nach ndéantar an oiread gleo ar a son is a dhéantar faoi othair eile nach bhfuil an stiogma céanna ag baint leo."

"Tá muid ag dul ar strae," an tuairim a bhí ag Tomás. "Beidh siad ag súil le freagraí anseo gan mórán achair, agus ba chóir dúinn beirt a bheith ar aon intinn."

Bhí Sara cinnte d'aon rud amháin. "Tabhair abhaile go hÉirinn é más féidir sin a dhéanamh. Tabharfaidh muid aghaidh ar na ceisteanna eile ina dhiaidh sin."

"Meas tú ar cheart dúinn fiafraí den dream sin i Suaimhneas an nglacfaidh siad ar ais leis?" a d'iarr Tomás.

"Nár lig siad sin amach é i bhfad ró-éasca?" a dúirt a dheirfiúr. "Ba cheart fiosrú a chur ar bun faoin dream sin in ionad a bheith ag iarraidh orthu glacadh leis arís."

"Bheidís faoi bhrú aire níos fearr a thabhairt dó, mar go bhfuil a fhios acu go raibh siad ciontach as é a ligean amach mar sin."

"B'fhearr é ná ospidéal síciatrach," a d'fhreagair Sara, "ach an mbeadh sé bailithe leis go Páras nó go dtí an Róimh nó Vienna an chéad deis eile a gheobhas sé?"

"An gcuirfeá glaoch orthu?" a d'iarr Tomás.

"Is mó aird a thabharfaidís ar fhear," an freagra a bhí ag Sara.

"Tá tusa ansin agus tá mise anseo. Caithimse cead a

fháil glaoch a chur. Ní bheidh siad róshásta má tá rudaí á n-eagrú agam sa mbaile gan cúrsaí a bheith socraithe anseo i dtosach."

"Fágtar agamsa chuile rud le déanamh," a d'fhreagair Sara go drogallach.

"Ní tú atá anseo i lár an aonaigh," a dúirt a dheartháir.

"Is fíor sin," ar sise. "Bainfidh mé triail astu."

"Maith an cailín. Caithfidh mise labhairt leis an dream i gceannas anseo, féachaint céard atá ar intinn acu a dhéanamh."

XXIV

"Cén chaoi a bhfuil d'athair, a stór?" a d'fhiafraigh Samantha Mhic Dhiarmada de Sara, tar éis di leithscéal a ghabháil faoi ghlaoch gutháin a dhéanamh chomh deireanach san oíche. "Tá muid ag faire ar scéal anseo ar feadh an achair."

D'inis Sara dó faoi gach ar tharla in Amstardam, agus d'iarr sí an mbeadh aon seans go nglacfadh Suaimhneas lena hathair arís dá mba rud é go scaoilfeadh na húdaráis san Ísiltír abhaile é.

"Sin freagra nach bhfuil mise in ann a thabhairt," a d'fhreagair Samantha. "Caithfidh mé é a phlé leis an mBord."

"Mmm . . ." Bhí Sara ag smaoineamh. "Tá sé seo práinneach ó thaobh s'againne de. Is dóigh nach féidir libh cruinniú a ghairm roimh mhaidin ar a luaithe?"

"Níl ar an mBord ach triúr againn," arsa Samantha. "Cuirfidh mé glaoch orthu go bhfeicfidh mé."

"Go raibh míle maith agat," a dúirt Sara. "B'fhéidir nach ndéanfaidh sé difríocht ar bith dóibh san Ísiltír, ach déarfainn go dtreiseodh sé lámh mo dhearthár agus é ag plé na ceiste leo."

Ghlaoigh Samantha ar árasán Edwina agus Thraolaigh nuair a bhí Sara imithe den líne. Edwina a d'fhreagair.

"An bhfuil a fhios agat cén t-am den oíche é?"

"An bhfuil a fhios agatsa céard a tharla i Suaimhneas le

ceithre huaire fichead anuas? Cuir d'fhear ar an bhfón." Bhí "d'fhear" ráite ag Samantha sular chuimhnigh sí uirthi féin. Fad is a bhain sé le Samantha ba é Traolach a fear céile i gcónaí.

"Ó, is liomsa anois é?" arsa Edwina. "Fan go ndúiseoidh mé é. Tá sé anseo le mo thaobh."

Bhí Samantha ag brath ar rud gránna a rá, ach choinnigh sí a comhairle. Bhí rudaí níos tábhachtaí le plé.

"Cén chaoi a bhfuil Ó hAnluain?" a d'iarr Traolach nuair a d'fhreagair sé an fón. Mhínigh Samantha an scéal agus an cheist a bhí curtha ag Sara faoina hathair a ghlacadh ar ais.

"Scaoilfeadh sé sin ón mbrú muid maidir le fiosrúchán ón lucht sláinte," ar sé. "Abair léi go nglacfaidh muid leis."

"Ní mór don Bhord a bheith ar aon fhocal faoi," a dúirt Samantha.

"Nach bhfuil muid uilig anseo?" a d'iarr Traolach. "Tá an fón casta suas ard. Cloiseann Edwina chuile fhocal."

"Ní chailleann sí sin tada ceart go leor," arsa Samantha.

"Déan an gnó i dtosach," arsa Traolach. "Is féidir libh dul ag spochadh as a chéile ina dhiaidh sin."

"Ise a thosaigh é," arsa Samantha.

Bhí caint Edwina rómhilis. "Ní raibh mé ach ag glacadh buíochais gur dhúirt tú gurb é Traolach m'fhear."

"An ag déileáil le páistí nó le daoine fásta atá mé anseo?" a d'iarr Traolach.

"An mbeidh muid in ann aire a thabhairt do Stiofán Ó hAnluain i ndáiríre?" a d'fhiafraigh Samantha. "D'imigh sé cheana. Má dhéanann sé arís é? Ní príosún atá anseo againn."

"Smaoineoidh muid ar rud eicínt," arsa Traolach. "Is é an príomhrud ná a rá go bhfuil muid sásta glacadh leis agus beidh a mhuintir agus an lucht sláinte sásta linn. Níl aon rud socraithe ar an taobh eile fós, agus b'fhéidir nach mbeidh cead acu é a chur anseo a bheag nó a mhór."

"An aontaíonn sí féin leis sin?" a d'iarr Samantha.

"An í Edwina atá i gceist agat?" a d'iarr Traolach.

Dúirt Edwina, "Aontaím."

"Cinneadh Boird, dó in aghaidh a haon," a bhí Samantha a rá ar nós go raibh sí á scríobh síos, an fón á mhúchadh aici ag an am céanna. "Is féidir leo a rogha rud a dhéanamh," ar sí léi féin os ard. "Beidh mise i nDubai faoin am a bheas sé ar ais anseo."

Nuair a fuair Sara Mhic Ruairí an scéal ó Samantha ghlaoigh sí láithreach ar Thomás.

"Tá siad sásta glacadh ar ais leis," ar sí.

"Is cosúil go ligfear abhaile mar sin é," arsa Tomás. "Luaigh mé an socrú sin leo, ach cead a bheith faighte ó Suaimhneas."

"Cén chaoi a bhfuil Deaid anois?" a d'fhiafraigh Sara.

"Tá sé tar éis anraith agus arán a bheith aige, agus é ag imirt pócair leis na gardaí slándála. Cibé céard eile atá ar a mheabhair, ní chuireann sé as dá mháistreacht ar na cártaí."

"An mbeidh tú in éineacht leis ar an eitleán?" a d'iarr Sara.

"Is dóigh go mbeidh, mura mbeidh siad ag iarraidh póilíní a chur anonn leis," a d'fhreagair a deartháir.

"Tuige a mbeidís á iarraidh sin?"

"Leis na paisinéirí a chosaint," arsa Tomás. "Len é a choinneáil ó léim amach leath bealaigh. Níl a fhios agamsa céard é an chéad rud eile a dhéanfas sé. An bhfuil a fhios agatsa?"

"Níl a fhios agam ach go bhfuil mé sásta go bhfuil sé beo."

"Tá sé ansin leis na gardaí slándála anois," arsa Tomás,

"ar nós gurb é an cara is fearr a bhí acu riamh é, eisean ag cabaireacht i nGaeilge leo agus iad ag freagairt ar ais ina dteanga féin, ach iad chomh mór lena chéile is atá bó le coca féir."

"Ar labhair sé leat fós?" a d'iarr Sara.

"Labhair sé liom ar nós gur stráinséir mé. D'iarr mé air an raibh sé ceart go leor agus dúirt sé go raibh. Sin an méid," a dúirt Tomás, díomá air.

"B'fhéidir nach n-aithníonn sé thú i ndáiríre."

"Bheadh a fhios aige ar a laghad go bhfaca sé cheana mé," a d'fhreagair a deartháir, "ach níor thaispeáin sé an méid sin aitheantais dom. Níl sé ag iarraidh mé a aithint. Sin é an scéal."

"An bhfuil a fhios agat céard faoi a bhfuil sé ag caint leis na gardaí slándála?" a d'iarr Sara.

"Chomh fada le m'eolas tá sé ag déanamh cur síos ar eachtraí a tharla nuair a bhí sé sna Gardaí."

"Nach aisteach go bhfuil sé in ann cuimhneamh ar na rudaí sin?" a dúirt Sara, "agus nach bhfuil aon chuimhne aige ar ar tharla inné."

"Bhí muide ar an saol an t-am sin chomh maith," arsa Tomás, "agus bhí sé mór linn, nó bhí an chosúlacht sin air, ach níor labhair sé liomsa faoi riamh."

"Ní hé an duine céanna é a bhí ann an uair úd is atá ann anois," arsa Sara. "Tá sé athraithe uilig agus déarfainn nach bhfuil aon neart aige air."

"Tá sé ag breathnú orm anois," a dúirt Tomás, "ar nós go bhfuil sé ag iarraidh a dhéanamh amach cé mé féin."

"B'fhéidir go bhfuil an chuid sin dá chuimhne ag teacht ar ais chuige," an tuairim a bhí ag Sara.

"Níor sheas sé i bhfad má tá," a dúirt Tomás. "Tá sé imithe ar ais go dtí na cártaí."

"An bhfuil airgead ar an mbord acu?" a d'iarr Sara.

"Fan go bhfeicfidh mé." Níor fhreagair Tomás ar feadh roinnt soicind. "Tá, agus is cosúil go bhfuil sé ag buachaint."

"B'fhéidir go bhfuil siad ag ligean dó buachaint," arsa Sara.

"Ní dóigh liom é," a dúirt Tomás. "Tá na cártaí aige, déarfainn. Bhí an t-ádh dearg air riamh san imirt."

"Tá sé chomh meabhrach is a bhí riamh," an leagan a bhí ag Sara ar an scéal. "Faraor go bhfuil an mheabhair chéanna ag cliseadh air ar go leor bealaí eile."

"Cá bhfios nach ndéanfadh cúram síciatrach maitheas dó?" arsa Tomás go tobann. "Níor chuimhnigh mé ar an gcuid sin de."

"Fan go dtiocfaidh sé abhaile i dtosach," arsa Sara, "agus féachfaidh muid chuige duine a fháil le scrúdú ceart a chur air."

"Caithfidh Diarmaid a lámh a chur ina phóca arís," an freagra a thug Tomás, "mar níl an t-airgead agamsa."

"Bhí dinnéar maith aige leis na Seapánaigh anocht," a d'fhreagair Sara. "Déanfaidh muid ár ndícheall. Tá do dhóthain déanta agatsa go ceann tamaill."

"Fan soicind," arsa Tomás. "Tá sé ag teacht anonn chugam."

"Tá a fhios agamsa cé thú féin," a dúirt Stiofán, "ach níor aithin mé thú go dtí anois leis an mullach gruaige sin ort."

"Deaid," a dúirt Tomás.

"Is tú m'athair," arsa Stiofán. "Aithním anois thú. Is tú a rinne an diabhal ar mo mháthair leis an mbitseach sin Maggie Frainc."

Labhair Tomás isteach sa bhfón le Sara. "Ní raibh a fhios agam i gceart go dtí seo, ach tá sé imithe glan as a mheabhair."

Thóg Stiofán an fón amach as láimh Thomáis agus é ag rá, "An le Maggie atá tú ag caint anois?"

"Le Sara atá mé ag caint," arsa Tomás go cráite.

"D'iníon, Sara."

"An iníon le Maggie thú?" a d'iarr Stiofán ar a iníon.

"Cén Maggie?" a d'iarr Sara. "Níl a fhios agam céard faoi a bhfuil tú ag caint."

"Táim ag caint ar an striapach sin a mheall m'athair," ar seisean. "An le m'athair thú nó cérbh é d'athair?"

"Is tusa m'athair," ar sise. "Is mé d'iníon, Sara."

"Uimhir mhícheart," arsa Stiofán agus thug sé an fón ar ais do Thomás. "Caithfidh mé dul ar ais go dtí na cártaí. Ba dheas thú a fheiceáil."

"An dtuigeann tú anois mé?" a dúirt Tomás. "Tá cúnamh ag teastáil ón bhfear sin má bhí sé ag teastáil ó aon duine riamh."

XXV

"Deir siad go bhfuil sé ag teacht ar ais." Bhain Séamas Mac Cormaic barr dá ubh bhruite ag an mbricfeasta i Suaimhneas. "Ní bheidh sé furasta é a choinneáil an uair seo ach an oiread leis an uair dheireanach."

"Cé atá ag teacht ar ais?" a d'iarr Eibhlín Uí Ruairc.

"An boc sin a bhí ag iarraidh teacht isteach i mo leaba aréir, ab é?"

"Ní raibh aon duine ag iarraidh dul isteach in aice leat," a d'fhreagair Séamas, "ach tusa ag iarraidh dul isteach in aice le Micí Ó Faoláin ansin, an fear bocht."

"B'fhéidir gur ag brionglóideacht a bhí mé," a dúirt Eibhlín. "Is minic i mo chodladh mé, lá agus oíche. Bím ag brionglóideacht an t-am ar fad."

"Ba é Micí a cheap go raibh a chuid brionglóidí uile ag teacht fíor," arsa Máirín Ní Bhriain le scairt gháire.

"Ní raibh mise ag iarraidh aon bhean," arsa Micí. "Bhí mé sách te. Bhí an oíche meirbh."

Chuaigh Máirín ar ais go dtí an chéad rud a dúirt Séamas. "An é siúd a d'imigh an lá cheana atá ag teacht ar ais?" a d'iarr sí.

D'fhreagair Séamas, "Sin é a deir siad."

"Cé a dúirt leatsa é?" a d'iarr Máirín.

"Ag imeacht san aer a bhí sé," arsa Séamas. "Bíonn caint ag imeacht tríd an aer nuair a bhíonn daoine ar an bhfón."

"Bhí tú ag éisteacht leo san oifig?" a d'iarr Máirín. "Cén scéal?"

"Níor mhaith liom a bheith ag éisteacht, ach nuair a bhíonn an doras fágtha oscailte, b'fhéidir go mbíonn siad ag iarraidh go gcloisfeadh muid rudaí."

"Bréaga a bhíonn acu," arsa Eibhlín. "Deargbhréaga, chomh dearg le fuil lá ar bith."

"Orthu féin an locht," an tuairim a bhí ag Máirín. "Má fhágann siad an doras ar oscailt, agus má bhíonn cluas le héisteacht ar Shéamaisín s'againne."

"Tá mo dhuine a d'imigh ag teacht ar ais," arsa Séamas. "D'imigh sé i dtigh diabhail," arsa Eibhlín. "Sin é an áit a ndeachaigh sé: i dtigh diabhail."

"Ní raibh an diabhal sásta glacadh leis," arsa Máirín ag gáire, "agus chuir sé ar ais arís é."

"Bhí sé thuas in áit eicínt, a d'airigh mé," arsa Séamas, "ach níl a fhios agam cén áit go barainneach."

"Is beag nach raibh Micí é féin thuas in áit eicínt," arsa Máirín, "agus tá a fhios againn cén áit."

"Tá béal brocach ort, a Mháirín Ní Bhriain," arsa Micí. "Tá mise ag dul ag inseacht don mháistir ort."

Lean Séamas lena scéal. "Bhí mo dhuine – Stiofán an t-ainm atá air – bhí sé in áit chontúirteach i dtír i bhfad ó bhaile. Léim sé anuas ó áit trí stór in airde."

"Mharaigh sé é féin," arsa Micí.

"An mbeadh sé ag teacht ar ais anseo dá mbeadh sé maraithe?" a d'iarr Máirín.

"Tháinig Íosa Críost ar ais," arsa Micí. "Tháinig sé amach ón tuama Lá Nollag nó lá beannaithe eicínt."

"Domhnach Cásca," arsa Máirín, á cheartú, "ach bhí sé sin difriúil. Ba eisean mac Dé."

"Chuala mé caint ar Mhac Sé," arsa Micí. "Bhíodh sé go maith ag imirt peile. Ar mharaigh siad an fear bocht?"

"Ní hé mac Dé Mac Sé," arsa Máirín go mífhoighdeach. "Ciarraíoch a bhí ann, Mac Dé," arsa Micí. "Bhíodh sé thar cionn i lár na páirce. Níor airigh mé go bhfuair sé bás, agus an bhfuil sibh ag rá liom gur tháinig sé ar ais ar nós mac Dé?"

Bhí a cloigeann á chroitheadh ag Máirín. "A leithéid de sheafóid. Go dtarrthaí mac dílis Dé sinn."

"Áiméan. Áiméan. Aiméan," arsa Eibhlín. "Go dtarrthaí mac dílis Dé sinn anois is choíche."

Bhuail Máirín a bosa lena chéile. "Sin deireadh leis na paidreacha. Inis an scéal anois, a Shéamais. Tá am an chreidimh thart agus am na cúlchainte tagtha."

"Thit mo dhuine, Stiofán, an fear a bhí anseo cúpla lá ó shin."

"Tá a fhios againn an méid sin," arsa Máirín. "Lean ort."

"Thit an *bhitch*," arsa Eibhlín. "Thit an diabhal ar nós splanc, síos go hifreann."

"Bhí eangach faoi réir ag na Gardaí," arsa Séamas, "agus is isteach ann a thit sé."

"An diabhal?" a d'iarr Micí.

"An diabhal agus a chuid aingeal," a dúirt Máirín go míthrócaireach, "agus faraor nach ndeachaigh tuilleadh in éindí leis, mar chuirfidís as do mheabhair thú. Dá mbeifeá ceart ag teacht isteach san áit seo, ní bheifeá ceart ag imeacht as."

"Tá sé ag teacht ar ais anseo," arsa Séamas, "mar níl aon áit eile acu len é a chur."

"Tuige nach gcuireann siad sa reilig é?" a d'iarr Micí, "ar nós chuile dhuine eile a fhaigheann bás."

"Mar go bhfuil sé ina bheo fós," arsa Máirín. "Nach tú féin a dúirt gur éirigh sé arís ó na mairbh?"

"D'éirigh, má d'éirigh," a dúirt Eibhlín. "Nuair atá tú thíos, tá tú thíos. Ar nós an diabhail."

"Tá súil agam nach suífidh sé i mo chathaoir am bricfeasta," arsa Micí. "Beidh trioblóid ann má shuíonn sé i mo chathaoir."

"Má dhéanann tú do chuid uisce ar an gcathaoir," a dúirt Séamas, "ní shuífidh sé air. An bhfaca tú madra riamh? Fágann sé a bholadh san áit atá sé ag iarraidh dó féin."

"Ní bheidh mé féin in ann suí ar an gcathaoir má bhíonn sé fliuch fúm," a d'fhreagair Micí.

Bhí a leigheas féin ag Máirín ar an scéal. "Má shuíonn tú nuair atá sé fós te, ní aireoidh tú é."

"D'fhéadfainn *pneumonia* a fháil i mo thóin," arsa Micí. "Is iomaí duine ar chuir an *pneumonia* den tsaol iad."

"Is cosúil go raibh mo dhuine ag iarraidh imeacht as an saol," a dúirt Séamas, "nuair a chaith sé é féin síos."

"Caitheadh síos é ar nós an diabhail," a dúirt Eibhlín, "síos go tóin ifrinn."

"Tá súil agam nach mbeidh sé ag léim amach trí na fuinneoga uachtair anseo," a dúirt Máirín. "Níl mé ag iarraidh teacht ar a chnámharlach."

"Tabharfaidh siad an oiread táibléid dó," arsa Séamas, "nach mbeidh sé in ann léim a chaitheamh in áit ar bith."

Dúirt Micí, "Táimse in ann léim a chaitheamh fós, tar éis a bhfuil de tháibléid á dtógáil agam."

Lig Máirín racht gáire. "Tá an t-ádh ar Eibhlín nach ndearna tú léim ar bith aréir."

"Tá difríocht idir an léim fhada agus an léim ard," a dúirt Micí. "Chonaic mé ar an teilifís iad ag na cluichí Oilimpeacha."

Chuaigh Séamas ar ais go dtí an t-ábhar cainte a tharraing sé féin anuas. "Meas tú an raibh sé tuirseach den tsaol?"

Chuir Eibhlín a ladar féin isteach. "*Fed up* a bhí sé. *Fed up* go dtí seo." Chuir sí lámh faoina smig.

"Sin é an chéad rud a dúirt sí ó tháinig mise anseo," a dúirt Máirín, "nach ndearna trácht ar bith ar an diabhal."

Bhí Eibhlín ag rá faoina hanáil, "Téirigh i dtigh diabhail, téirigh i dtigh diabhail."

"Meas tú an é an áit seo a chuir isteach chomh mór sin air?" a d'fhiafraigh Séamas.

"B'fhéidir gurbh é an leite a rinne é," arsa Micí. "Tá sé lán le clocha beaga de chineál eicínt."

"Tá *muesli* measctha tríd," arsa Máirín leis. "Tá sé go maith duit. Coinneoidh sé ag imeacht thú."

"Ag teacht is ag imeacht," arsa Eibhlín.

"Tá *muesli* go maith ach níl sé chomh maith sin," a dúirt Máirín léi le scairt gháire.

"Murach an eangach bheadh sé básaithe," arsa Séamas. "Sin é a thug slán an fear bocht."

Rud amháin a bhí ag cur as do Mhicí. "Tá súil agam nach suífidh sé ar mo chathaoirse ar chaoi ar bith."

Bhí a tuairim féin ag Máirín. "Déarfainn gurb é an saghas duine é nach bhfuil in ann socrú in aon áit."

"Fan go bhfaighidh sé a tháibléid," arsa Micí. "Tá na táibléid thar cionn le haghaidh an socrú síos. An bhfeiceann tú Eibhlín ansin? Bhí an bhean ar seachrán chuile nóiméad go dtí gur tugadh slám de na táibléid sin di. Tá sí thar cionn anois."

Chuir Máirín ar an eolas é. "Bhí sí ar seachrán arís aréir. Nach raibh sí ag iarraidh dul isteach in aice leat sa leaba?"

"Mar nach raibh siad tógtha aici," arsa Micí. "Sin é an fáth. Bhí siad deireanach ag dul thart leis na táibléid mar gheall ar an gcaint a bhí ar siúl eatarthu féin."

"Ag iarraidh tuilleadh táibléid a bheas mo dhuine," arsa Séamas, "len é féin a chur den tsaol arís."

"Ní féidir leat imeacht as an saol faoi dhó," arsa Micí.

"Bhí sé ann agus bhí sé as," arsa Eibhlín. "Ar nós an diabhail."

"Bleachtaire a bhí ann," a dúirt Máirín. "Sin é an jab a bhí aige sular éirigh sé as obair. Mo dhuine a bhí anseo agus a d'imigh, atá mé a rá."

"B'fhéidir gur imithe ag bleachtaireacht atá sé," arsa Micí, "ag bleachtaireacht na mbó."

Cheartaigh Eibhlín é. "Ag bleán na mbó." Bhreathnaigh sí uaithi agus chroith sí a cloigeann sular dhúirt sí, "Cailín deas crúite na mbó."

"Tá na táibléid ag obair anois," arsa Micí.

Bhí Séamas ag cuimhneamh ar an rud a dúirt Máirín. "Bleachtaire! B'fhéidir go bhfuair sé amach rud eicínt rúnda nach féidir leis a inseacht d'aoinneach."

"Meas tú an bhfuil a ghunna aige i gcónaí?" a d'iarr Micí. "Bhíodh gunna ina phóca ag gach bleachtaire, ach is dóigh nach bhfuil sé aige anois nó d'fhéadfadh sé é féin a chaitheamh. Ní bheadh gá aige dul ag caitheamh an léim ard i bhfad ó bhaile."

Bhí a dearcadh féin ag Máirín. "B'fhéidir nach bhfuil sé ag iarraidh deireadh a chur leis féin níos mó, ó chinn air an chéad uair."

"Má tá an gunna aige," arsa Micí, "tá súil agam nach mbeidh sé ag iarraidh daoine eile seachas é féin a mharú. Chonaic mé ar an teilifís an dream sin a théann isteach i scoileanna agus a mharaíonn chuile dhuine timpeall orthu."

"Bí cúramach," arsa Máirín leis, "nó beidh níos mó ná Eibhlín ag teacht i do dhiaidh."

"Eibhlín ag teacht i do dhiaidh," a dúirt Eibhlín í féin. "Eibhlín ag teacht i do dhiaidh agus tú ag dul i dtigh diabhail."

"Bhí imní orthu aréir go mbeadh an teach seo ag dúnadh ó tharla gur éalaigh mo dhuine as," arsa Séamas.

"D'airigh mé ag caint iad nuair a bhí mé taobh amuigh ag caitheamh toitín."

"Tuige a mbeadh an teach dúnta mar gheall ar dhuine amháin?" a d'iarr Máirín.

"Mar gur lig siad amach as a n-amharc é agus d'imigh sé," a d'fhreagair Séamas.

"Beidh siad sásta é a fháil ar ais mar sin," a dúirt Máirín.

"Ar ais, *a rash, rashers* agus *sausages*," a dúirt Eibhlín.

XXVI

Bhí Tomás Ó hAnluain ina shuí trasna ó Stiofán ar an eitleán ó Aerfort Schiphol in Amstardam go Baile Átha Cliath. Bhí beirt bhleachtairí ón Ísiltír ar chaon taobh de, beirt a bhí ag imirt chártaí leis níos túisce agus a raibh caidreamh maith acu leis. Ní hé go raibh sé faoi choimeád, mar bhí sé le scaoileadh faoi chúram a mhic nuair a bheadh príomhchathair na hÉireann bainte amach acu. Ghabh Tomás a leithscéal leis na bleachtairí a raibh orthu taisteal leo, ach dúirt siadsan go raibh go leor le plé acu lena gcomhghleacaithe abhus maidir le lucht drugaí.

Bhí súil ag Tomás nach mbeadh an banóstach Maedhbh a casadh air ar an eitilt an oíche roimhe sin ar an gceann seo chomh maith. Níor theastaigh uaidh castáil léi ar an mbealach seo. Bhí a huimhir aige i gcónaí agus bhí sé ar intinn aige teagmháil a dhéanamh léi chomh luath is a bheadh a athair ar ais sa teach altranais. Bheadh air leithscéal eicínt a chumadh do Mhagda chomh maith, ach bhí cleachtadh maith aige ar slán a fhágáil ag cailíní gan iad a ghortú rómhór. Ach ní raibh sé réidh le scaoileadh léi go fóill, é ag féachaint cén chaoi a n-oibreodh rudaí le Maedhbh i dtosach báire.

Bhí argóintí móra ag Tomás le Sara ar an bhfón i rith na hoíche maidir le haire a thabhairt dá n-athair. Theastaigh uaithise go bhfanfadh sé léi féin, Diarmaid agus na gasúir.

"An bhfuil sé seo pléite agat le d'fhear céile?" a d'iarr Tomás.

"Tá a fhios agam go ndéanfaidh sé an rud ceart," an freagra a thug Sara air. "Tá a fhios agam nach dtaitníonn Diarmaid leat, ach bhí sé go maith do Dheaid cheana."

"Ar chuimhnigh tú riamh gur mar gheall ar d'fhear céile a d'fhág sé teach s'agaibhse an chéad uair?" a d'iarr Tomás.

"Níor thaitin Diarmaid riamh leis."

Chosain Sara a fear céile. "Níl sé sin fíor," a dúirt sí. "Níor thaitin sé leis gur chaith Deaid an oiread sin ama sa teach ósta."

"Le fanacht amach uaidh siúd," arsa Tomás.

"Faraor nár choinnigh muid é agus ní bheadh an trioblóid seo in Amstardam," ar sí.

"Ach an bhfuil tusa in ann aige?" a d'iarr Tomás. "Obair ceithre huaire fichead a bheas ort. Cuimhnigh air sin."

"Táim cinnte go bhfuil cúram baile ar fáil agus, ar ndóigh, tabharfaidh a mhac aire dó corruair."

Ní raibh Tomás sásta leis sin. "Is measa go mór fada anois é ná mar a bhí sé nuair a bhí sé ag fanacht agaibhse. Is measa é ná páiste. Beidh sé i bhfad níos deacra aire a thabhairt dó ná do Shorcha agus do Sheán."

"Níor dhúirt aoinneach go bhfuil an saol éasca," a d'fhreagair sí.

"Ar chuimhnigh tú ar an tionchar a bheas aige seo ar na gasúir?" a d'iarr seisean. "Deaideo nach n-aithníonn iad ná a iníon féin sa teach leo?"

"Is cuid de réalachas an tsaoil é," an freagra a thug sise. "Caithfidh siad foghlaim faoi na rudaí sin."

Níor aontaigh Tomás léi agus ar deireadh dúirt sé léi gur ar choinníoll go rachadh Stiofán ar ais go dtí an teach altranais a scaoil póilíní Amstardam saor é. Bréag a bhí ann, ach bhí faitíos ar Thomás ina chroí istigh go dtabharfadh a athair Seán agus Sorcha amach ag siúl lá eicínt agus nach mbeadh a fhios aige an bealach abhaile. An dtabharfadh sé leis iad dá mba rud é gur theastaigh uaidh lámh a chur ina bhás féin arís? Ba mheasa é sin i bhfad ná an méid a tharla in Amstardam.

Rinne Traolach Mac Diarmada margadh crua leis ar an nguthán maidir leis an teach altranais. D'ardaigh sé an táille fiche cúig faoin gcéad ar gheallúint go bhfaigheadh sé cúpla duine faoi leith le súil a choinneáil ar Stiofán. Bhí súil aige garraíodóir a fháil mar dhuine acu agus duine le scileanna i gcúrsaí leictreachais agus pluiméireachta mar an duine eile. Bhí súil aige go bhféadfadh an garraíodóir Stiofán agus cuid de na daoine is aclaí eile a thabhairt leis agus é ag tabhairt aire do na gairdíní.

"Céard faoi má imíonn sé as an áit tar éis cúpla lá?" a d'iarr Tomás.

"Sin seans atá muid a thógáil," ar seisean. "Beidh na hoibrithe eile sin ag teastáil ar aon chaoi le haire a thabhairt don teach agus an áit ina thimpeall."

"Tuige a gcaithfidh mise íoc astu?" an cheist a chuir Tomás.

"Shíl mé gurb í do dheirfiúr agus a fear a bheas ag íoc as," a d'fhreagair Traolach.

Bhain an ráiteas sin gaoth as seolta Thomáis. "Tá muid á íoc eadrainn," a dúirt sé.

"Cosnaíonn beirt oibrithe i bhfad níos mó ná an bhreis a bheas sibh a íoc," arsa Traolach.

Ghlac Tomás lena thairiscint mar nach raibh aon rogha eile aige. Bhí sé ag súil leis anois go scaoilfeadh an socrú sin ar ais chuig a shaol féin é.

Ag breathnú trasna go dtí an áit ina raibh a athair ina shuí ar an eitleán, thug sé faoi deara chomh socair is a bhí sé ina shuí idir na bleachtairí. Bhí na cártaí tugtha amach arís acu agus iad ag imirt ar an mbord beag ag cúl an tsuíocháin. Faraor nach raibh seisean chomh mór leis is a bhí siad siúd, a dúirt Tomás leis féin. Cén bhrí ach ní raibh an teanga chéanna fiú á labhairt acu.

Chuimhnigh Tomás ansin nach raibh fáth ar bith nach mbeadh sé mór lena athair, ach iarracht a dhéanamh. Thóg sé ina intinn cuairt a thabhairt ar a athair uair in aghaidh na seachtaine, paca cártaí ina phóca aige. Dhéanfadh sé iarracht aithne a chur ar a athair arís as an nua. Bhraith sé go raibh bearna mhór eatarthu mar nach raibh a athair sásta é a aithint mar a mhac. "Ní hé nach bhfuil sé sásta," ar sé leis féin os ard. "Níl sé in ann. Tá an chuid sin dá intinn in easnamh. Níl neart aige air. Má chuimhním air sin chuile uair, beidh liom."

Chomh maith leis na cártaí bhí sé ar intinn ag Tomás grianghraif a bhí aige den chlann uilig nuair a bhí sé féin agus Sara ag éirí aníos a thabhairt leis go dtí Suaimhneas. Cá bhfios nach dtabharfaidís sin leide dá athair cérbh é féin agus cérbh iad a mhuintir? Ach fiú mura ndéanfadh sé sin aon mhaith, chaithfeadh sé glacadh leis.

Idir an dá linn bheadh sé ar ais ar an seansaol arís: obair, mná, spórt ar an teilifís. Shíl sé gur cheart dó ceacht a bheith foghlamtha aige ón méid a tharla faoi thábhacht clainne agus faoin gcaoi a raibh a shaol á chur amú aige, dar lena dheirfiúr. Ach ba é a shaol féin é agus bhí sé sásta leis. Ní raibh sé ag iarraidh mac nó iníon a bhreathnódh isteach ina éadan lá eicínt agus nach raibh sé in ann iad a aithint. Gach seans gur rith galair den tsórt sin ó ghlúin go glúin agus bheadh ar a chumas deireadh a chur leis ina chás féin ar a laghad.

Dúradh leis i bhfad roimhe sin gur tháinig a sheanathair ar ais ó Chicago mar go raibh seafóid ar a athair féin agus nach raibh sé in ann aire a thabhairt don talamh. Ní raibh an focal Alzheimer's ann an uair sin ná go ceann i bhfad ina dhiaidh, ach bhí an galar nó ceann cosúil leis sách fairsing. B'fhéidir nár tháinig an tseafóid sin ar an oiread céanna daoine mar nach bhfuair siad saol chomh fada, ach bhí sé ann. San ospidéal síciatrach i gCaisleán an Bharraigh a bhásaigh a shin-seanathair.

Ghortaigh sé sin Tomás nuair a chuala sé i dtosach é, ach cheap sé gur ghortaigh sé a dheirfiúr Sara níos mó. Bhí an seanstiogma ag baint leis an *mental* i gcónaí. B'fhéidir gurbh é an rud ba mhó a chuir as do dhaoine ná go raibh an tinneas sin, nó tinneas ar bith a bhain leis an meabhair, tógálach, go ndeachaigh sé ó ghlúin go glúin taobh istigh den teaghlach céanna. Bhí sé ar intinn aigesean gan é a thabhairt níos faide ar aghaidh.

Cá bhfios nach mbeadh dearcadh difriúil ag Maedhbh nó Magda nó cailín nár casadh fós air air sin, a d'iarr Tomás ina intinn. D'fhéadfadh an grá chuile shórt a athrú. Cibé céard é an grá. Níorbh ionann é agus gnéas. Bhí an méid sin faighte amach aige in imeacht na mblianta. Ní hé go raibh locht ar bith ar an taobh sin den ghrá. Bhí sé sin ina dhruga tógálach é féin. Bheifeá ag súil go mbeadh sé difriúil le mná éagsúla, ach rómhinic ba mhar a chéile é, go háirithe nuair a bhí ól déanta aige, mar a bhíodh go hiondúil.

Ba chuimhin le Tomás gur chuir sé iontas air uair amháin cailín a fheiceáil ar cheann de shobaldrámaí na teilifíse. Bhí sí lena dóthain fear ina ham, ach nuair bhí sí féin agus buachaill a raibh sí i ngrá leis ag teacht le chéile i lár an lae, d'admhaigh sí, "Seo é an chéad uair agamsa á dhéanamh seo gan alcól." Nuair a smaoinigh sé air bhí a fhios ag Tomás go bhféadfadh sé féin an rud céanna a rá. Ach cén dochar? B'fhada leis go mbeadh a athair tugtha chomh fada leis an teach altranais agus go mbeadh sé saor arís. Meas tú an mbeadh Maedhbh ar ais in Éirinn anocht? Chuir Tomás ceist ar an gcailín a bhí ag freastal an raibh aithne aici ar Mhaedhbh. Níor chuidigh sé leis nach raibh a fhios aige a sloinne. "Tá go leor i mbun na hoibre seo nach bhfuil a fhios agam cé hiad," a d'fhreagair sí. Ní raibh sí leath sách dona í féin, ach ní fhéadfadh sé bleid a bhualadh uirthi agus a athair ina shuí trasna uaidh san eitleán.

Bhí caint agus gáire ag teacht ón triúr trasna uaidh in ainneoin a ndeacrachtaí teanga. Caithfidh sé go raibh bá ag póilíní uile na cruinne lena chéile. Níorbh aon iontas é sin mar gheall ar an gcontúirt a bhain lena saol go minic, rud nár thuig sé féin sách maith mar nár chuir sé mórán spéise ina raibh ar siúl ag a athair an chuid is mó dá shaol. An eisceacht is mó a bhí ann ná an cás sin ar chuir an t-iriseoir suim ann – cás Kilroy.

B'aisteach an rud é le cuimhneamh air: go raibh Kilroy ina phríosúnach i Muinseo, agus an fear a chuir ann é lena fhianaise, a athair, ina phríosúnach ina chloigeann. Cé acu is fearr a bhí as? Ach ní raibh duine ar bith ann a raibh a shaol foirfe. Bhreathnaigh Tomás ar a uaireadóir. Bheidís ag tuirlingt i mBaile Átha Cliath i gceann fiche nóiméad. Bhí an chuid is éasca den lá thart. As seo ar aghaidh a tharlódh an t-aicsean.

XXVII

Shroich Sara Mhic Ruairí Suaimhneas tamall sula raibh súil lena hathair agus a deartháir ann. Bhí ar Dhiarmaid na Seapánaigh a bhí ag an dinnéar leis an oíche roimhe sin a thabhairt go dtí an t-aerfort.

"Tá súil agam nach gcasfar d'athair orainn ar a bhealach abhaile," ar sé ar maidin.

"An gcuireann sé náire ort?" a d'fhiafraigh a bhean.

"Ag magadh atá mé. Ar aon chaoi ní thuigfeadh na Seapánaigh a chuid Gaeilge, agus ní labhródh seisean Béarla leo."

Níor dhúirt Sara níos mó faoi. Bhí seicleabhar Dhiarmada ina póca aici agus ba leor sin. Chuir Tomás in iúl di an socrú a bhí déanta aige le Traolach ó Suaimhneas. Níor luaigh sí an t-ardú lena fear. Gheobhadh sé amach ag deireadh na míosa. Faoin am sin bheadh a hathair socraithe san áit nó imithe go háit éigin eile.

Chuir Samantha Mhic Dhiarmada fáilte roimpi agus dúirt go raibh sí ar a bealach abhaile tar éis a bheith i mbun na ndualgas oíche. D'fhág sí Sara faoi chúram Thraolaigh agus Edwina. Leag siad cupán tae agus pláta brioscaí os a comhair, agus ba léir di go raibh siad chomh neirbhíseach is a bhí sí féin.

"Cén chaoi a bhfuil na gasúir?" a d'iarr Edwina.

"Go maith, go raibh maith agat," a d'fhreagair Sara. "Tá siad ag an naíscoil faoi láthair, agus tabharfaidh duine de na máithreacha eile aire dóibh má bhím deireanach ag dul ar ais." Bhreathnaigh sí ar a huaireadóir, ag déanamh iontais cén mhoill a bhí ar Thomás agus a hathair.

Leis an tost a bhriseadh, d'iarr sí, "An bhfuil gasúir agaibh féin?"

Bhreathnaigh Traolach agus Edwina ar a chéile. "Níl go fóill, ach tá muid ag faire ar an lá," a dúirt Edwina.

"Gabh ár leithscéal gur fhág d'athair i ngan fhios dúinn an lá cheana," arsa Traolach, "ach ní príosún atá anseo againn ach áit chomh gar do bheith ina bhaile agus is féidir linn."

"An mbeidh sé chomh deacair céanna é a choinneáil an uair seo?" a d'iarr Sara.

"Ní bheidh sé éasca, ach tá foláireamh faighte anois againn," a dúirt Traolach. "Coinneoidh muid súil níos géire ar d'athair an uair seo. Ní raibh muid ag súil le tada an uair dheiridh. Níor shiúil aon duine de na hothair amach as Suaimhneas riamh cheana."

"Ní bheidh sibh róchrua air," arsa Sara. "B'fhearr liom an rud a tharla an lá cheana, a dhonacht a bhí sé, ná go mbraithfeadh sé go raibh sé go hiomlán faoi ghlas."

"Mar atá ráite agam," a dúirt Traolach, "ní príosún atá á rith againn."

"Níor mhaith liom go mbeadh sé drugáilte amach is amach ach an oiread," arsa Sara.

Edwina a d'fhreagair an uair seo. "Leanann muid comhairle an dochtúra sna cúrsaí sin. Ná bíodh aon imní ort: beidh d'athair ceart go leor linn anseo."

Bhraith Sara go raibh sé róluath cúrsaí drugaí a lua a bheag nó a mhór ag am a raibh fabhar á dhéanamh ag lucht an tí altranais di. "Tuigeann sibh go gcaithfidh mise labhairt ar a shon nuair nach bhfuil sé in ann labhairt ar a shon féin."

"Ní féidir linn ach ár ndícheall a dhéanamh," a dúirt

Traolach. "Má tá sé sách glic imeacht i ngan fhios dúinn, céard is féidir linn a dhéanamh ach scéala a chur chugaibhse agus chuig na Gardaí go bhfuil duine ar iarraidh."

"Tiocfaidh mé féin agus na gasúir ar cuairt air chomh minic agus is féidir linn," arsa Sara. "M'fhear céile, Diarmaid, freisin, ar ndóigh, ach bíonn sé gnóthach lena chuid oibre."

"Cuidíonn sé sin go mór le daoine a bhfuil galar aoise ar nós Alzheimer's orthu," a dúirt Edwina. "Fiú mura n-aithníonn siad a muintir, déanann sé maith dóibh castáil leo, agus anois is arís dúisíonn sé rud eicínt ina gcuimhne."

Dúirt Traolach, "Déanann sé maitheas dóibh freisin fios a bheith acu go bhfuil daoine ann a bhfuil cion agus grá acu dóibh, cé is moite de lucht an tí seo a dhéanann a ndícheall ar a son."

Bhreathnaigh Sara ar a huaireadóir arís. "Ba cheart dóibh a bheith anseo faoin am seo. Tá súil agam nach ndeachaigh sé amú ar mo dhearthár Tomás ag an aerfort."

Ní túisce an focal as a béal gur tharraing tacsaí isteach an geata agus stop ar aghaidh an dorais. Chuadar amach le fáilte ar ais a chur roimh an seachránaí.

"Caitlín," a dúirt Stiofán lena iníon nuair a tháinig sé amach as an tacsaí. Chuaigh sé anonn agus thug sé póg di. "Dúirt siad liom go raibh tusa imithe ar shlí na fírinne."

"Cé hí Caitlín?" a d'iarr Edwina ar Thomás i gcogar.

"Mo mháthair," a d'fhreagair seisean. "Deir siad go bhfuil Sara an-chosúil léi."

"Lig leis," arsa Sara nuair a bhí lámha Stiofáin timpeall uirthi. D'fhan sí ag tabhairt barróige dó go ceann tamaill. Rug sí ar láimh air ansin agus thug sí anonn go dtí suíochán sa ngairdín é. In ainneoin chomh fuar is a bhí sé shuíodar ansin, an triúr eile – Tomás, Edwina, Traolach – ina seasamh ag breathnú orthu.

"Ní mise Caitlín," arsa Sara leis go ciúin.

"Ní tú?" ar seisean an díomá le tabhairt faoi deara ina ghuth.

"Is mise Sara."

Chroith Stiofán lámh léi go foirmeálta. "Is deas castáil leat. An bhfuil tú cinnte nach tú Caitlín?"

"Táim fíorchosúil léi," arsa Sara, "mar is mé a hiníon."

"Iníon Chaitlín?" Bhí cosúlacht ar Stiofán gur theastaigh uaidh an t-eolas sin a thuiscint ach nach raibh sé furasta é sin a dhéanamh.

"Iníon Chaitlín agus Stiofáin," arsa Sara.

"Caitlín agus Stiofán?"

"Agus is tusa Stiofán."

"Nach bhfuil a fhios agam é sin go maith?" a d'fhreagair Stiofán. "Stiofán an Garda."

"Is fíor dhuit," arsa Sara. "Is mise iníon Stiofán an Garda. D'iníonsa, Sara."

"Tuige nár dhúirt aon duine é sin liom?" a d'iarr Stiofán. "Gabh i leith anseo," ar sé ag glaoch ar Thomás. "Seo í m'iníon Sara." Dúirt sé le Sara ansin, "Agus seo é m'athair . . . cén t-ainm atá arís ort?"

XXVIII

Maidin Domhnaigh a bhí ann. Dhúisigh Tomás Ó hAnluain le taobh Magda Siberski, a bhí fós ina codladh. Níorbh aon iontas é sin, mar go raibh siad ina ndúiseacht faoi dhó i rith na hoíche, paisean á roinnt aici leis go mall, réidh, murarbh ionann agus cailíní nár theastaigh uathu ach a bpléisiúr a thógáil chomh tapa in Éirinn agus ab fhéidir leo sula dtitfidís ina gcodladh go maidin. Bheadh an oiread deifre orthu ar maidin ag dul chun na hoibre nach mbeadh sásamh as an gcuid sin féin de ach an oiread.

Bhí Maedhbh, an cailín a casadh air ar an eitleán go hAmstardam, ina nduine acu sin. Cailín deas a bhí inti: dathúil, barrúil, spéisiúil, ach neirbhíseach ar bhealach eicínt. Bhí sí óg, agus cé narbh í a céad uair í, bhraith sé nach mórán taithí a bhí aici sa leaba. Bhí sí lán de dheifir, deifir leis an ngníomh féin, deifir uirthi titim ina codladh ina dhiaidh, deifir ar maidin mar go raibh uirthi a bheith ag an aerfort ag a sé. Nuair a ghlaoigh sé uirthi arís dúirt sí go raibh sí ar ais leis an mbuachaill a raibh sí geallta leis, agus gur thaispeáin an oíche a bhí aici le Tomás di cé leis a raibh sí i ngrá.

Rinne sé teagmháil le Magda ina dhiaidh sin agus bhí áthas air go ndearna. Chuir siad aithne ar a chéile gan deifir, ag dul chuig scannáin nó ag siúl ar na tránna móra ar chósta na cathrach. Thug sé leis í nuair a thugadh sé cuairt ar a athair i Suaimhneas gach Domhnach, áit ar chaith siad roinnt uaireanta ag imirt chártaí, Stiofán ag labhairt Gaeilge le Magda, ise á freagairt ina teanga féin.

Den chéad uair le fada ní raibh deifir ar Thomás dul chun leapa leis an gcailín seo, agus ní raibh deifir uirthise ach an oiread. Bhí siad mar a bheidís cúthalach toisc an éagsúlacht chultúir; ní raibh a fhios ag ceachtar acu cá dtosóidís. Tharla an nóiméad ceart an oíche roimhe sin nuair a d'fhág siad an teach ósta. Bhíodar sa scuaine chun tacsaí a fháil nuair a thug Tomás póg do Mhagda ar fhaitíos nach mbeadh am aige slán a rá léi nuair a thiocfadh an carr. Nuair a thug sí póg ar ais dó bhí a fhios ag chaon duine acu go raibh an nóiméad tagtha. Chuadar faoi dheifir go dtí árasán Thomáis.

Is minic a dhúisigh Tomás ar maidin, díomá air nuair a bhreathnaigh sé ar an té a bhí lena thaobh, gan aon cheist ina intinn ach cén chaoi a gcuirfeadh sé deireadh leis an gcaidreamh. Ní mar sin a bhí sé an mhaidin sin. Bhí boladh álainn fós ó chumhrán Mhagda, boladh a bhí níos deise arís nuair a thug sé póg di le taobh a muiníl. Chas sí isteach ina ghabháil agus idir chodladh is dúiseacht thosaigh sí á phógadh. Nuair a tháinig an dá cholainn te le chéile bhíodar in aon cholainn amháin taobh istigh de shoicind. Ansin bhuail an guthán.

"Lig leis," arsa Tomás. "Is féidir leo glaoch ar ais."

Dúirt Magda go mb'fhéidir gur bhain sé lena athair. Shín seisean a lámh amach agus rug sé ar an bhfón. Ba í Sara a bhí ann.

"Táim tar éis glaoch a fháil ó Suaimhneas."

"An bhfuil sé éalaithe arís?" a d'iarr Tomás.

"Ní dheachaigh sé taobh amuigh de na geataí, ach tá sé imithe in airde ar chrann agus ní thiocfaidh sé anuas."

"Abair leo fios a chur ar an mbriogáid dóiteáin."

"Ní cat atá ar iarraidh, ach d'athair," arsa Sara. "Caithfidh tú dul amach chun labhairt leis."

"Déanfaidh mé sin, nuair a chríochnós mé an rud atá ar siúl agam."